Женитьба Кевонгов

ウラジーミル・サンギ
Владимир Санги

田原佑子訳

ケヴォングの嫁取り

サハリン・ニヴフの物語

Женитьба Кевонгов

群像社

日本の読者へ

最近の十五年から二十年の間に、私はたびたび日本を訪れています。交流行事での訪問、そして創作や学術上の目的をもつ訪問です。私は日本やアイヌの人々の中に、たくさんの良い知人を持っています。その知人たちは、見事なコントラストをもつ自然に恵まれた、この素晴らしい国の生活を十分に観察できるようにと、私のために好適な環境を用意してくれました。その観察を通じて、また近隣諸民族の歴史、民族誌、フォークロアの研究を通じて、私はこんなことを考えるようになりました。遠い昔からサハリンのニヴフと日本列島の諸民族の間には、交流があったのではないか、交易関係やさらには血縁関係さえあったのではないだろうかと。ニヴフの歴史を語る伝説や英雄叙事詩では、主人公たちの父親が、遠い海のかなたの「タリグラフ」と呼ばれる土地からサハリンに渡って来たことが語られています。私は、その土地は北海道を指すのではないかと考えています。さらに私は北海道で、明らかにニヴフ語に由来すると思われる地名にいくつも出会いました。
二冊目の日本語訳である私のこの本は、ニヴグン（サハリンのニヴフ）と血がつながっているかもしれない日本の読者の皆様に、親しくお読みいただけるのではないかと思い、またそれを願っています。

心をこめて
ウラジーミル・サンギ

傍注の†は原書注、＊と文中の〔　〕内は訳者注。

目次

日本の読者へ　4
ケヴォングの嫁取り　9
訳者あとがき　321

ケヴォングの一族

カスカジーク（長老）

タルグーク（妻）

イニギート（長女）

ナウクーン（長男）

ウィキラーク（次男）

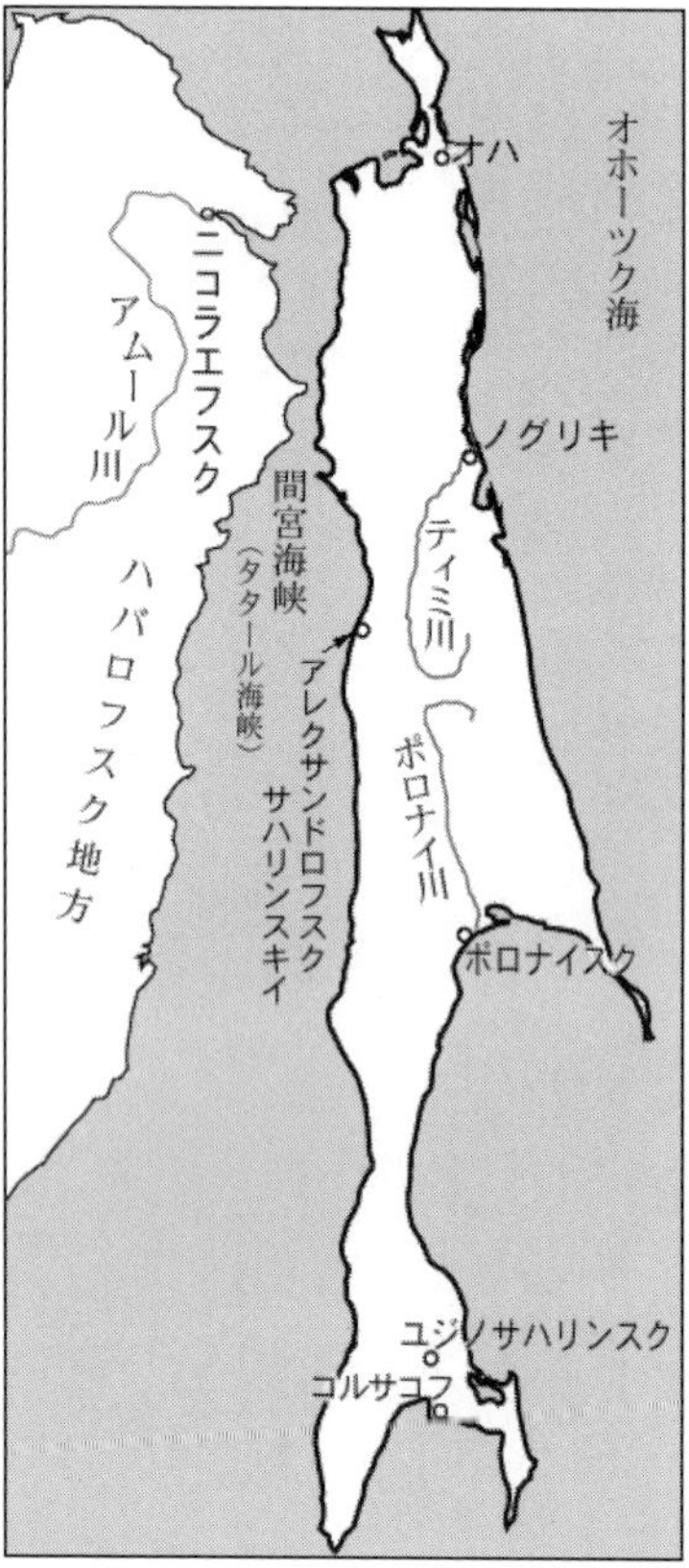

アヴォングの一族

エムライン（長老）

プスールク（妻）

ヒルクーン（長男）

ムズルーク（妻）

リヂャイン（次男）

ラニグーク（長女）

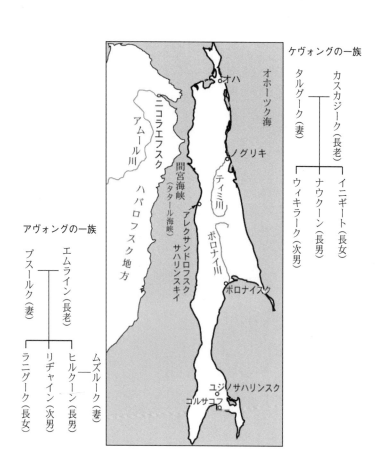

ケヴォングの嫁取り——サハリン・ニヴフの物語——

Художник: В. Петров
("Путешествие в стойбище Лунво", Современник, Москва, 1985)

モスクワで生を受けた最初のニヴフ、
わが息子ポズヴェインに贈る

作者

第一章

春、氷が解ける頃には二丁の斧《おの》が集落にあった。それを忌々しいことにあのナウクーンが……。白髪頭も薄くなったケヴォング一族の長老、カスカジーク老人は息子たちに魚の干し竿《ざお》を準備するように命じた。マスの群来《くき》がやってくるのだが、それまでに竿《さお》を天日にあてて乾かし、樹脂《やに》を灼き尽くしておかなければならない。ナウクーンとウィキラークの兄弟は集落の裏手にある崖の麓をめざした。この段丘をなす崖の中腹の、香りの良いイソツツジや弾力のあるクロマメノキの茂みの上方に、淡緑色の若いカラマツの木立がすっくと立っている。若木は細く、すらりと背が高い。兄弟は、長くまっすぐに伸びた木を選んで、ゆっくりと切っていった。

すでに木を切り終えて、樹皮を剝いでいる時だった。ウィキラークはガリッという鋭い音を耳にした。続いて無念そうな叫び声が聞こえた。まずいことが起きたのだと直感して、兄のところへ急いだ。兄は斧の刃を自分に向けて持ち、ためつすがめつ眺めている。この薄刃の斧は、父が去年、二匹のクレストーフカ†と交換して手に入れたものだ。それが今、刃のほとんど半分が欠け落ちているではないか。

　夕方、二人は家に戻った。長男のナウクーンが父親にやり終えた仕事の報告をした。

「二十本切った」うなだれて言った。指が無意識のうちに、掌《てのひら》についた松脂《まつやに》を丸めてこすり落とそうとしている。

「十分だ。向こうの浅瀬の近くに去年のが八十本ある。ここに古いのが六十本と新しいのが二十本ある。十分だ」

　二人は、うなだれたまま立ちつくしている。長老は不審に思った。何の問題もなさそうだが。しっかり働いてくれた。どうしたというのだ？　最後に長老の視線が斧に向けられ、へし折れてぎざぎざになった刃の断面にくぎづけになった。

「フィ！」老人はそばにあった太い木の枝をつかみ取るや、長男の肩めがけて力まかせに打ち下ろした。ナウクーンはつづく打擲《ちょうちゃく》をかわそうとして後ろ向きになったが、憤怒に駆られた父親の次の一撃だけはかわしそこねた。

　老人はナウクーンの手から斧をひったくって川に放りこもうとしたが、気を取り直して刃をよくよく確かめてみた。欠けた部分に粒状のものが光って見える。金属の外側はなめらかだが、内側はまるで細かい粒子がプレスされているようだった。驚きの念にとらわれた老人は斧を脇の下に突っ込んで、冬の家《トラフ》へ向かった。

　翌朝、茶を飲みながら、父親は言った。

「こうなったらもう、お前たちに夜はないものと思え」

それから川岸へ出かけると、しゃがみこんで樹齢の古いハコヤナギの材木をじっと眺めた。まるで太い木の内部をすっかり見透して、乾燥がどれぐらい進んでいるか見定めようとするかのように。この巨木は去年の夏、息子たちが二丁の斧で伐《き》り倒して二つに切り分けたものだ。一方は七尋《ひろ》、もう一方は五尋と半分の長さである。

オホーツク海沿岸の住人たちは大型の舟を好む。彼らには自分たちの尺度がある。〈ほおーっ、いい舟だな〉――ここまでは普通だが、すぐにこんな解説がつづく――〈アゴヒゲアザラシが三頭と、それにまだワモンアザラシが二頭は積めるな〉だが、カスカジークが搬送しようとしているのは真新しい、ひび割れひとつない二艘《そう》の舟だ。沿海部のニヴフたちは、もう久しくカスカジークの手になる舟を見ていない。しかし、彼の舟で氷海に出たことのある者は今なお忘れてはいない。丸木舟は軽く、舟べりは急角度で低めにつくられ、波にも風にも、突風にだってもちこたえる。横転することなく、さっそうと波を切って走り、舵の命じるままに進む。

漁期が終わったらすぐに、霧の立ちこめる沿海部へ向けておろし立ての軽快な舟を駆り立てるのだ。沿岸では集落を上げて、老いも若きもティミ川から下ってきたニヴフたちを見ようとして駆けつけ、羨望のまなざしで舟を眺めることだろう。カスカジークは海岸でぐずぐずしたりせずに、さっさと長老の夏の家《ケラフ》へ向かうつもりだ。

およそ一ヶ月の間、息子たちはひたすら木を切り続けた。母親のタルグークはその間に、イ

†黒っぽい毛並みの高価なキツネ。

ラクサの繊維から一枚の漁網をこしらえることができた。去年の夏、大量のイラクサを切り取って束に分け、風に当てておいたのだ。沢山の束ができ、四本の干し竿がいっぱいになった。日の短い冬に、あれやこれや忙しい用事の合間を見つけては、細く裂いた繊維を撚《よ》り合わせて糸にした。冬はいつも昼の時間が足りない。タルグークはうす暗い中で遅くまで座り込み、敏感な指先で太さを正確に測りながら糸を撚った。

　父親の方はユーコラ*を干すための「ハス」と呼ばれる架け台を新しく建て、冬の雪嵐で傷んだ古い架け台を修理した。そして毎日へとへとになるまで、刃こぼれした斧と格闘していた。川砂利の中から選りだした砥石はみな摩滅してしまっており、刃を研ぎ上げることはほとんど不可能に思われた。だが、頑固な老人はついにそれをなしとげたのである。コケモモの細い茎にビーズ玉のような小粒で丸い優しいバラ色の花が開いた日、族長は勝ち誇った様子であの斧を、短くはなったがピカピカの刃の斧を手にしていた。そして、銀色に光る先駆けのマスが浅瀬に潜む頃、荒削りの丸木舟を川の水に浸すよう息子たちに命じた。出来のわるい大きな木桶のようだ。水で湿らせると、舟の外板は加工しやすくなる。

　数日後、ケヴォングの男たちは舟の水を空にして、あらかじめ乾燥させておいた突っ張り棒を使ってきっちりと均等になるように両舷の間を押し広げた。二艘の舟は夏の終わりまでそのまま陽に当てる。すっかり乾き上がってはじめて老人は仕上げの作業にとりかかる。切っ先の鋭い斧で舷と船底を削り、艫《とも》と舳先《へさき》にしかるべき形を与えるのだ。

　仕事をやり終えた兄弟は傷だらけの掌にオオバコの肉厚の葉をのせて、白樺の樹皮で包帯をした……。

第二章

秋の初め、カスカジークは部屋の隅から布にくるまれた斧を取り出した。とてつもない労苦の末に救い出したあの斧である。息子たちにサケを獲るよう指示しておいて、自分は舟にとりかかった。

ナウクーンとウィキラークは新品の網を古い舟に積みこみ、浅瀬をめざしてティミ川を下っていった。ケヴォ集落の者は皆、この地域の地形については自分の掌のように知りつくしている。ひとつひとつの岬や急な曲がり、岸辺の灌木や浅瀬の石ころにいたるまで、すっかり頭に入っている。

ウィキラークは舳先に立って竿を操り、急流に乗って舟を進めていく。川は舟をぐるぐる回転させようとするので、若者は一時も気が許せない。

荒れた掌に竿が当たって痛い。曲がり角にさしかかると、ナウクーンも自分の竿をつかんだ。曲がり角をふたつ過ぎ、舌のように長く突き出たコムル・アフ岬を越えたところで、川は大きく姿を変えていた。流れは水面下の石にぶつかって盛り上がり、急角度に落下している。浅瀬の向こうは川が深くなり、流れは穏やかだ。兄弟は浅瀬の少し手前で、砂地の岸辺に舟をつ

*うすく切り分けて陽に干した魚肉。ニヴフの主要な食べ物。

けて川を観察し始めた。長いこと雨が降っていなかったので、岬はその舌先をほとんど川の中央にまで伸ばしている。

ほんの一時《いっとき》が過ぎた。ナウクーンがいきなり歓声を上げた。

「ほら！　ほら！　ほら！」

ウィキラークは兄の指す方を見た。石の間の、流れが波うって水面が大きく上下している所で、さっと走るものがいる。サケかもしれない。でかい、たくましい奴か。ナウクーンは勝ち誇った顔つきでそれを見ている。なんといっても、海からのぼるサケを最初に発見したのだから。そこかしこで長い波頭がくだけ、サケが通る道を示している。

兄弟はものも言わずに立ちつくした。嬉しくて呆然としていた。ティミ川沿いの住民にとってここ一番という時季《とき》が来たのだ、サケ漁の時季《とき》が。

網を投げてもよかったが、当てずっぽうに投げたくはない。岩の間を走りぬけていったあの魚たちが浅瀬に留まっている群れの中からきたのか、それとも産卵場所をめざして単独で一番乗りを図る屈強な魚たちなのか、判然としない。夕日が川に映り、照り返しがまぶしく目を射る。兄弟はしばらくの間、決めかねて立っていた。もちろん、網を打って何匹か捕獲することはできるだろう。しかし、網はまだ使われたことのない、まっさらな網なのだ。おろし立ての網は豊漁に使いたかった。こんな言い習わしがある——網の将来の獲れ高は初回の獲れ高で決まると。

ウィキラークにある考えがひらめいた。背の高いハコヤナギの木を岸辺に見つけて、よじ登った。上からなら厚い水の層を見透すことができるだろう。だが、いつもの灰色の川底が見えなかった。なぜか、川底は真っ黒だった。少しの間、考えをめぐらした。どういうわけで川底がこんなに黒くなったのか。その時、黒一色に見える中で、何か細長い白いものがしきりとちらつくのが目にとまった。よく見ると、頭がくらくらしてきた。魚の群れが動かずにじっとしているではないか。あまりにぎっしりと群れているために、後ろの魚は自分の体長分だけ進むにも力ずくで前の魚を押しのけなければならない。だが相手はぱっくりと口を開けて鋭い歯を見せ、闘わずには場所を譲るものかという構えを見せる。

ウィキラークは、転がるように木を下りた。あわてたものだから、摑《つか》まりそこねて手をすりむいてしまった。指を口にくわえて血を吸い、大声で叫んだ。

「魚が動かずにいる。でかい群れだぞ！」

兄弟は夏用の長靴——表面の毛を削り落とした大型アザラシ《ラルガ》の皮でつくられている——を脱ぎ捨て、ズボンの裾をまくり上げた。用心深く舟べりを押さえて浅瀬の岩の向こうまで下っていった。ナウクーンは艫綱《とも》をつかむと、ぐいと舟を押しやる。艫綱《とも》の長さは十分だ、二十尋はある。網が短いので、投げたときに魚が一番多くいる場所まで届くようにしなければならない。魚はタイフルと呼ばれる川の中央部の窪みに群れていることが多い。ウィキラークは竿をふるって前方の水をさっと切り裂き、川底まで下ろして、いきおいよく突いた。平穏を破られた魚たちが右往左往する。

急いで網を円形にしなければならない。力いっぱい竿を数回突くと、舟は岸の方へ向きを変えた。網は背後に残され、ぷかぷか揺れる木製の浮きだけがその場所を示している。

ふたりはどうにかこうにか網を引いた。しかし、あまりにも大量の魚がかかったので引き上げられなかった。何とか手を打たなくては。さもないと大漁が災厄に転じてしまう。力の強い魚たちが網を引き破ってしまうかもしれない。

ウィキラークは兄の方へ駆けより、濡れて滑りやすい艫綱を渡した。

「持ってくれ！」

そして、服を脱ぎ捨てるや、網の中へ潜りこんでいった。魚はまるで憤慨したように、しっぽや背中を打ちつけてくる。ウィキラークはごったがえす魚の群れの中で道を切り開きながら深みへと進んでいった。

ナウクーンはあっけにとられて立っていた。弟は一体何を思いついたのだ？　察しがついて、大声をあげた。

「気は確かなのか！　何だってせっかくかかった魚を放すんだ！」

だが、ウィキラークには聞こえなかった。たとえ聞こえたところで、思ったとおりにしただろう。これからだって大量の魚は獲れるさ、網さえ無事だったら。ウィキラークは張網をつかんで、ぐっと引っ張りあげた。

暗い中で息も絶え絶えになっていた魚たちは自由になったのを感じ、どっちに進めば助かるのか見定めようと、あわてふためいた。

つぎの瞬間、川底の砂利の上で網の壁が持ち上がり、魚たちはまるで目に見えない力に引き寄せられるように、いっせいにその深みに突進した。網の外は激しく波立っている。解放された魚たちが漁具から少しでも遠く離れようとしているのだ。

「もういい！　もういい！」ナウクーンがわめく。だが、ウィキラークは張網を持ちあげた両腕を下ろそうとしない。あたりに目を配り、あとどれぐらい逃がさねばならないか、見当をつけようとしていた。

後ろのどこかで銀色の大きな雄《おす》が網から抜け出した。頭がこぶし四つ分はある。魚体は厚みも幅もあり、鼻は鉤のように曲がっている。行く手にいる魚たちを押しのけて進み、スピードをあげてウィキラークの背中をドンと突いた。若者はよろけて、両腕を下ろしてしまった。雄ザケは安全な水域に逃れると、バシャッと水音をたてた。

ナウクーンはすっかり見ていた。あからさまに弟をあざけり、大笑いした。ウィキラークは自身を罵った。〈お前が悪いんだ。ちゃんと見ていたら、網を放り出して、あのどでかい頭を腕でも歯でもひっとらえてやったのに。軟骨や脂肪がどれほどあっただろう、旨そうな奴だった〉裸の背中がひりひり痛む。〈大した魚だ。すんでのところで、こっちの方がおだぶつになるところだった〉ウィキラークは感嘆した。

弟が手間取っているのを見て、ナウクーンは網の両端を自分の方に引き寄せた。ウィキラークはなかなか岸にたどり着けない。ぎっしりと集まった魚のぬるぬるする背中をかき分けながら進んだ。弟のしくじりを兄は大声で笑った。

網をたぐり寄せはしたものの、せいぜい三、四尋だった。網の中は再び入りきれないほどぎっしりと詰まってきた。ウィキラークはまたもや水中に入りこむ。今度は水深が膝までしかない。大ぶりの魚の尾びれをつかまえては、なだらかに傾斜した岸の砂地に放りあげる。尾びれをつかんで持ち上げることができないほどでかい魚もいた。

兄弟が、まだ空っぽの架け台の近くに漁獲を何回にも分けて運ぶ時分には、すっかり暗くなっていた。明日になれば架け台はきれいに切り分けられた紅色の干し魚《ユーコラ》でにぎわうことだろう。

タルグークは、今日は庭ではなく、炉に火を起こした。もう夜が冷え込むようになったので、冬の家《トラフ》を少し暖めなくてはならない。夫には夕食を出したが、息子たちが一向に帰ってこない。

「食べ物も持たないで行ってしまって……」小声で言う。

カスカジークは自分の心の内をけっして表に見せない。老いた夫が何を考えているのか、タルグークには分からない。しばらく黙りこくっていたと思うと、こんなことを訊いてきた。

「お前のナイフはどこにある？　きっと錆びてしまっているだろう？」

最後にイトウを捕った日から二ヶ月以上、ナイフは布きれにくるんだまま置いてある。タルグークは棚から取りあげ、布きれをほどいた。

カスカジークが手を伸ばしてきたので、老妻はすっかり驚いた。この長い年月、長老たる者がそんな些事にかかずらうことがあっただろうか――女用のナイフを研ぐなんて⁉　刃こぼれして使えなくなった斧を蘇らせるという信じられないことをやってのけたが、女用のナイフだなんて……。

カスカジークは一振りのサムライの刀から数丁の、長さが腕の四分の三ほどもある薄くて先の曲がったナイフを鍛造したのであった。熱く起こした白樺の炭火の上で長いこと鋼《はがね》を焼きもどした。まっかに灼熱した鋼を鋳直し、長く薄く帯状に延ばし、長さの違う四片に切り分けた。中ぐらいの長さの一片を自分の狩猟ナイフに仕上げた。一番短い一片から鉋《かんな》がけ用のナイフをこしらえた。刃が鈍らないように、火で焼きあげてから冷水に入れた。残りの二片は、大型の魚をさばくのに適した細長いナイフにした。こちらの方は焼きを入れなかった。柔らかい鋼の方が、生の魚にすべるように入り、薄くて平たい肉に切り分ける際に具合がよい。それに、そういうナイフは研ぎやすい。しかも、焼きの入った鋼は砂利に触れると切っ先が欠けてしまうのだ。

驚いている妻の目の前で、カスカジークは板床の下から小さな木箱を引っ張り出し、平たい砥石を探り出した。ナイフの刃を研ぎ直すのは難しい仕事ではない。炉の火を明かりとして、仕事にかかった。いつもなら、魚をさばく前にタルグークが自分でやるのだが。

翌朝、長老は斧を手にしなかった。

魚獲りの時季がやってきたのだ。漁撈《ろう》の日々はニヴフを無我夢中にさせる。ほかのどんな情熱とも異なるこの情熱は、もっぱら漁師にだけみられるものだ。年寄りのどんよりした眼差しを炎のように燃え立たせ、病人を床から立ち上がらせ、頭をくらくらさせ、正気を失わせて魚獲りに駆り立てるのだ。

兄弟が朝の網打ちをすませて焚き火を起こして暖を取っているところへ両親がやってきた。

犬も一緒についてくる。父親はふたつの山に積み上げられた魚をじろりと見ると、黙って焚き火の近くに腰を下ろし、誰にともなく言った。

「群来《くき》が始まったな」

母親は息子たちの収穫にうっとりと見とれ、しっぽの数を数えている。老人が肩をすくめて妻の怠慢に不満なしぐさを見せる頃には、すでに百匹以上も数えていた。タルグークも夫の言いたいことは察していた。木製の平たい鉢と中ぐらいの長さのナイフを取りあげると、大型の雄を選りだした。ナイフがよく研ぎ上げられているので、容易に切りさばくことができる。つぎからつぎへと頭を切り落としていった。沢山の魚が下の方にある。二百匹はあるだろう。もうひとつの山はもっと大きいようだ。そう思うと笑みがこぼれた。だが、すぐに急いであたりを見回した。まるで悪事をあばかれたように。〈善い精霊さん、わたしのことを怒った目で見ないで下さいよ。欲を出しちゃいけない、お前さまのくれるものを勘定するのは罪だってことは分かってるんです。お前さまがくれるものは、多かろうと少なかろうと、ありがたく思わなくちゃね。怒らないで下さいな。わたしらを避けたりしないで下さいよ〉

タルグークは大きな頭を冷水に放り込んだ。べとべとする粘液を器用に洗い落として切り分けた。エラ蓋《ぶた》と、大きな曲がった歯をもつ骨張った口の縁《へり》を、ナイフを小刻みに動かしながらスパスパと切り捨て、顎を取り分けた。

お茶は沸くにまかせておき、カスカジークは細長く刻んだ薄い軟骨のついた旨みのある顎肉を口に運んだ。それから、たっぷり肉のついた頬を、つづいて半分に切り分けられた大きな目玉を噛みくだく。一番のごちそうである大きな鼻骨にとりかかる頃には、やかんがヒューヒューと鳴り出した。

兄弟も頭を食べた。てっとり早く腹を満たそうとして余分な手間を省き、軟骨の出っ張った鼻だけを切り取って、がつがつと旨そうにほおばった。

気配りのきくタルグークは、ひとつまみの茶を布きれにくるんで携えてきていた。

男たちはたっぷり腹を満たしたあとで、やけどしそうなほど熱い香り高い茶を飲んだ。漁をよろこび、せめて今日だけでも重要な、しかしすぐには手の届かない懸案を忘れようとした。祝いごとの締めくくりは、熱い焚き火の風上側で焼かれた薄切りのサケである。紅色の魚はさらに紅くなり、食欲をそそる旨そうな匂いを放ち、汁や脂をしたたらせている。

タルグークは頭の骨と食べ残しの軟骨を拾い集めて犬に投げ与えた。そして心の中で、至高の精霊クールングと話し合った――〈そら、わたしらのふるまいは立派なものでしょう。お前さまからもらったものは、骨ひとつ無駄にしてないんだから。いつも、わたしらに良くして下さいね〉

タルグークは食事が終わるのを待たずに、魚をさばきにかかった。族長は独りきりで茶を飲み終えることになった。息子たちはすでに網の片づけにとりかかっている。藻を取り除いて竿に広げ、風にしばらく打たせるのである。イラクサの繊維は湿気に弱く、網打ちのあとで丸めたまま放っておいたりすると、すぐに使い物にならなくなる。

息子たちは十日ほど岬で暮らす。そのうち、魚は上流へのぼり始める。魚は産卵場所へまっしぐらに向かう前に大きな窪み《ピラ・タイフル》にしばらく留まって卵が熟するのを待つのである。母親もその間はずっと岬にいて、息子たちと一緒に暮らす。仕事は山ほどある。一匹のサケもむだにはできない。なにしろ浅瀬のサケは脂がのり身がたっぷりついているのだから。片身だけでも二枚か三枚におろさねばならない。薄切りにすると早く陽に灼かれ、早く風に干し上げられる。ティミ渓谷は、沿海部にくらべると雨は少ないというものの、時には何日もつづけて降られることもあるのだ。とりわけ、秋の後半に。じめじめした天気では魚は傷み、カビの生えたひどい干し魚《ユーコラ》になってしまう。これはニヴフなら誰でも知っていることだ。干し魚《ユーコラ》づくりの季節になると、誰もが神々に日照りを祈る。ティミ渓谷はいつも日当たりが良いので、ここの住民のつくる干し魚《ユーコラ》は他所《よそ》より出来がよい。

息子たちと妻の前には仕事がどっさり待ち受けている。雨をかわす場所が必要だ。カスカジークは朝飯をすませると、仮小屋づくりにとりかかった。昼飯どきには、小枝や草でこしらえた掘っ立て小屋が出来上がった。

そのあと老人は集落まで往復して、アザラシの脂身を少々と食器類を取ってきた。この日は気分がおだやかだったので、少しむっとしただけだった――〈ガキ共じゃあるまいし、舟に乗るときに持ち込めばよいものを。わしをへとへとにさせおって〉

ウィキラークは母親を手伝っていた。先が二股に分かれた長い棒を使って干し魚《ユーコラ》をぶら下げた干し竿を架け台に持ちあげる。カスカジークは妻の手際の良いきびきびした仕事ぶりを満足げに見守っていた。皮のついた腹側の肉も背に近い中ほどの肉も、どの切り身も仕損じがなく、きれいにさばかれている。こんな干し魚《ユーコラ》は見る目を楽しませるだけではない。生魚の水分は表面がなめらかだとすぐに抜ける。ところが、裂け目や傷があると水分が長くとどまる。だから、下手にさばいた干し魚《ユーコラ》は傷んでしまうのが常である。

妻は見事に魚を切り分けていく。いつも上手に仕上げる。こんな干し魚《ユーコラ》なら、どれほど偉い客に供しても恥ずかしくない。

網を干す作業がすむと、ナウクーンは深い草むらに寝ころがり、頭の下に両腕を入れて、何を考えるともなく、淡く白い涼しげな空を眺めた。ふと気づくと、今日はなにもかもが腹立たしかった。魚があまりにもぎっしりとのぼってきたことも、ウィキラークが木によじ登って魚の様子を確かめようと考えついたことも、母があまりにも手早く、かいがいしく魚をさばいたことも。父が漁に満足していることも腹立たしかった。もっとも、父はけっして嬉しそうな様子をあらわに見せたわけではない。言葉にもしぐさにも見せなかった。だが、ナウクーンは父を知っている。父は嬉しいことがあると、自分の物思いにさらに深くはいりこんでしまい、その思いを誰とも分かち合おうとしない——母を除いては。それも、必要と考えるときだけ。ただ、ふいに暖かみをおびる眼差しと、間をおいた深い息づかいでそれと知れるばかりだ。

日没にさしかかった。ひんやりとしてきた。ナウクーンは立ち上がって、架け台の方を見やった。すでに横木の半分近くまで巨大な舌を垂らしたような新鮮な干し魚《ユーコラ》がぶら下がっている。ナウクーンは顔をそむけてその場を離れ、腹立ちまぎれに倒木をけった。弟は干し魚《ユーコラ》と母親がかなりの厚さの肉を残しておいた背骨の処理にかかりきりだった。これも陽に干して、冬期の犬の餌にするのだ……。お前たちの犬など、喉を詰まらせてくたばってしまえ！

ナウクーンは乾いた倒木を見つけて、焚き火を起こした。

男たちは夕べの茶の前にもう一度、美味を楽しむことにした。老人と息子たちが汁気の多い軟骨をぼりぼり噛みくだいている間に、タルグークは魚の心臓の煮込みを用意した。この料理は骨は折れるが嬉しいサケ漁の一日に華を添えることになった。

夜の焚き火が勢いを強める。火勢を落としてはならない。ウィキラークが枯れ枝を引きずってきて、地面に打ちつけてへし折る。

いまいましさはまだ去らなかった。その気分をいくらかでも晴らしたくて、ナウクーンは言った。

「もっとたくさん獲れたんだ。みんなウィキラークのせいだ。すごい量の魚がかかったのに、こいつが逃がしてしまったんだ」

ウィキラークは怒った。

「網が破れてしまうだろう！」

「網はどうってことなかったさ、新しい網だからな」ナウクーンは自分が間違っていることを自覚しており、そのために一層、いまいましさが募るのだった。

〈どうってことなかったさ、どうってことなかったさ！〉心の中でウィキラークは真似てみせた。兄が意固地になって反論しているのは分かっていた。ただもう、意固地が言わせているのだ。さらに言えば、そういう意固地に生まれついているのだ。

カスカジークは焚き火に手をのばして小枝を見つけ、火のついた先を煙管《きせる》の黒い穴につっこんだ。底には屑タバコが少しばかり入っている。むさぼるように吸いこんで肺腑に煙を送りこむと、じっくりと味わい、なかなか吐きだそうとしない。やがて、フーッと長く息を吐き、この得も言われぬうまい煙をゆっくりとくゆらせた。

「昔々のことだ。ニヴフがどうにか生きていけるようになったばかりの頃、ティミ川はまだなかった。当時は、わしらの土地に川はひとつもなかったんじゃ。だが、ニヴフはもうこの土地におった。氏族の数はわずかだった。ひどい暮らしをしていた。生きていくのは大変だった。獣はあまりいなかった。魚も少なかった。もし、ある時、造物主《タイフナド》がわしらの土地に足を踏み入れてくれなかったら、ニヴフの氏族たちはまったく生きていけなかったかもしれん。造物主《タイフナド》は、いまティミ川が海と出会う場所にやってきた。地上に現れ、内陸の方へ向かった。造物主《タイフナド》が通ったところには深い跡がきざまれた。長い笞を左にピシリと打ち振るうと、地面に跡が残る。右にピシリと打ち振るうと、ここにも跡が残る。

造物主《タイフナド》の後ろに、波打つ水があらわれた。歩いた跡はティミ川となり、笞の跡はその支流になった。歩いた道の長さは、犬橇《ぞり》で四日もかかる距離だった。

ところがある時、ティミ川が大荒れに荒れた。支流が泡立ち始めた。造物主《タイフナド》がわしらの岸辺に向けて、無数のマスの群れを送り出したからだ。ニヴフが飢えで死ぬことがないようにと。ニヴフ氏族がもっと増えて、氏族の人間がもっと大勢になるようにと。その時、造物主《タイフナド》はニヴフたちにこう言った――〈お前たちはそれぞれ、自分と犬たちのために必要なだけの魚を獲る

がよい〉
　だが、神の言葉を忘れてしまった連中がいた。マスはどっさりいたものだから、マスを捕まえては旨い鼻の軟骨だけをかじり取って、あとは川に放り出す。たくさんの魚がだいなしになってしまった。造物主《タイフナド》は怒った。次の年は、わずかなマスしか川にのぼらないようにした。しかし、みんなは魚がまだ来るものと考えて、またしても鼻先だけ食べて魚を捨ててしまった。こうして秋になったが、秋ザケの群れはいつまでたってもやって来なかった。冬のつらさはひどいものだった。集落の人間は減ってしまった。
　また夏がきた。魚は造物主《タイフナド》の道をひしめきのぼった。ニヴフたちに飽食の時季がきた。人間は満腹になって、まわりに食べるものがたっぷりある時は、記憶がぼけて、知恵は鼻より長くはのびないものだ。みんなは、またしても頭だけ食べて、身を捨ててしまった。そこで、造物主《タイフナド》はこんな手を打った――ふた夏つづけて、川にマスのしっぽがちらつくことはまれになった。そこでやっと、みんなは自分たちの主食である魚を大切にすることを学んだのだ。それからは、一匹の魚も無駄にしなくなった。それ以来、魚が大量にのぼってくるのは三年に一度だけとなってしまった。他の年は魚はわずかになった。だからニヴフたちは決して魚を無駄にしないのだ」
　兄弟は、父がなぜこんな言い伝えを思い出したのか察することができた。弟は思った――〈あれで良かったんだ、魚を少し逃がしてやったのは。さもないと、今日は暖かいから、お袋の仕事が間に合わなくて、魚が傷んでしまっただろう〉兄の方は、上目遣いにちらりと父に目を

向けた――〈俺がほかの者よりだめな人間だとでも言うのかい？〉
朝になって、カスカジークは集落に戻っていった。

コムル・アフ岬で数日間、漁をした。六本の手で魚をさばいた。架け台の、全部で七十本ほどある干し竿が一面、干し魚《ユーコラ》で覆いつくされた。晴天がつづき、最初に吊した干し魚《ユーコラ》はすでに干し上がっていた。岬でする仕事はもうなかった。サケは浅瀬を通りすぎて上流へのぼってしまったし、それに、魚を干そうにも場所がなかった。

九日目に、タルグークは架け台から最初に干した分の竿を下ろして、弾力のある生干しの干し魚《ユーコラ》を大きな束に結わえ上げた。兄弟はそれを舟に積み込んで、集落のある上流へ運んで行った。タルグークは歩いて家に帰った。

まだ遠くにいるうちから流れの水音を透して響いてくる高い音を聞きつけた。父が舟をこしらえているのだ。ウィキラークは知りたくて心がはやる――自分がいない間にどれぐらいはかどっただろう？　岸に下り立って、なめらかに削られた形のよい丸木舟が完成しているのを見て、すっかり驚いてしまった。父は細工用の切っ先の鋭い斧で最後の数振りを加えているところだった。打つたびに薄い削りくずが飛び散り、まるで大きな白い蝶のように空中を舞い、ふわりと草の上に落ちていく。やり終えて、カスカジークは斧を艫《とも》の張り出した縁の上に置き、作業で熱くなった掌で額の汗をごしごしぬぐうと、笑みをうかべて言った。

「見るがいい！」

第三章

アヴォ集落の娘ラニグークは険しい崖の端に立ち、兄たちの舟を見つけようとしていた。今日はどうしても仕事を手伝おうと、長いナイフを自分で研ぎ上げたのだ。覚えている限り、このナイフはいつも母親の手もとにあった。母はどんな魚でもこのナイフで、氷が解けた春には小さなウグイを、夏にはマス、秋には大ぶりのサケを巧みにさばいた。いま少女は胸をはずませて兄たちの帰りを待っていた。教えられたとおりに、きれいにサケを切り分けることができ、母にも恥ずかしい思いはさせないだろう。ここ数日は豊漁にめぐまれ、アヴォ集落の女たち――プスールク、ムズルーク、ラニグーク――は総出で干し魚《ユーコラ》を切りさばいていた。たしかに、ラニグークがどんなにがんばっても母や兄嫁に追いつくことはできない。娘が紅色の魚を干し竿三本分さばく間に、母は四本分もさばくのだから！　母の干し魚《ユーコラ》はなめらかできれいだ。ヒルクーン兄さんの嫁であるムズルークも干し魚《ユーコラ》づくりが上手い。サケのさばき方が達者で、ナイフはまるで自分からすいと魚の中に入りこんでいくようだった。ラニグークはさばく数は少ないかもしれないが、その代わり、仕上げた干し魚《ユーコラ》は名だたるケヴォング一族の干し魚《ユーコラ》に勝るとも劣らない。酷寒の日々がやってきて川が結氷したら、ケヴォング一族への手土産になるのだ。タルグークが包みを開けたときに、喜んでくれることだろう。アヴォング一族の娘はもういつでも一家の主婦になれると。ウィキラークを呼んで、こう言うだろう――〈アヴォのお土産だ

よ、お食べ……〉
大漁で帰るだろうと期待しながら、ラニグークは兄たちの舟が見えてくるのを待っていた。
だが、遠くで犬の吠え声がする。
　岬の向こうから二艘の舟が現れた。一艘目にはリヂャインとヒルクーンが乗り、客たちに水路を示しているようだ。二艘目に注意を向け、誰が乗っているのか見極めようと、じっと目をこらした。見分けがついた。霧深いオホーツク《ピラ・ケルク》海沿岸のヌガクスヴォ集落のニヨルグンとその友人たちだった。またしても、ウオッカと土産物を積んでいる。それに、犬橇用の犬も。またしても……。またあとで父親がラニグークの前で、ニヨルグンのことを立派な男だとほめそやすのだろう……。

　ケヴォ集落では二艘の舟に樅《もみ》の枝からつくられた櫂《かい》受けをすでに取り付け、水中に下ろしていた。下の岬の陰から丸木舟が現れた時、ティミ川の岸辺に立つ族長の住居の架け台は干し魚《ユーコラ》でほぼ埋めつくされていた。タルグークは舟に気づいた。朝の漁で獲れた魚の下ごしらえをしているところだった。〈今はティミ川沿いのどこの集落も干し魚《ユーコラ》づくりに忙しいはずなのに、遠出する人たちがいるなんて……。わたしらに一番近い村はうちの舅の氏族《アフマルク》の集落だけど。あの人たちかしら？　何かあったのかしら？〉
　ともあれ、網打ちのあとで一服している男たちに知らせることにした。先に川岸へ下りていったのは息子たちだった。そのあとを急ぐ風もなく、まるでその知らせは自分には何の関わりもないといわんばかりに、老人は姿を見せた。

細長い舟だ。川沿いの住人のものだ。海沿いの海獣猟師の舟なら、もっと幅がたっぷりある。乗っているのは三人だ。そのうち二人は、一人が舳《へ》先に、もう一人が艫《とも》に、すっくと立っている。流れるような、しかも敏捷な動作で水中から竿を引き上げ、巧みに持ち替えながら、ぐーっとひと突きして長い距離を進む。そのなめらかな進み方は、まるで舟が綱につながれて岸に沿って引かれていくように見える。カスカジークは考えた――〈実際、こんな芸当ができるのは川沿いの連中だけだ。だが、誰だろう？　どこの集落の者だ？〉

「真ん中にすわっているのは女の人だ」ウィキラークは見当をつけた。

「フィ！」ケヴォングの族長は予想した。「たぶん、舅の氏族《アフマルク》の連中だな、アヴォングたちだ」

丸木舟は軽快に進んでくる。波がひっきりなしに舟のまわりにはね上がる。ほどなく、疑う余地は消えた。まちがいなく、舅の氏族《アフマルク》の人々だ*。舳先に立つのはアヴォング一族の次男で、幅広のごつい顔立ちの若者、ウィキラークと同年のリヂャインだ。艫《とも》に立つのはヒルクーンという四十年配の堂々とした男、リヂャインの兄だ。そして、中央にいるのはラニグークだった。

ウィキラークは水際の砂利の上に立って、客たちに接岸する場所を指し示した。

ナウクーンはズボンを引っ張りあげると、自分の冬の家《トラフ》へ去ってしまった。舅の氏族《アフマルリ》の者たちに会うのがいやだったのだ。族長みずから客人たちを出迎えたのだから、自分が愛想笑いを振りまいたり、精出して舟を岸に引っ張ってやる必要はまったくない。弟にやらせておけばよい。バカな奴だ！　きっと、嬉しくて飛び跳ねたい思いでラニグークの目をのぞきこむことだろう。あのバカ娘も嬉しくてたまらないのだろう。なにもこの娘でなければ、この世は終わりというわけじゃない。女なんて見つかるさ、お前なんかより綺麗な女が。それにしても、何だって連中はやってきたのだ？　どうして来ることになったのだろう？

カスカジークはひかえ目な笑顔で客たちにあいさつした。リヂャインは自信に満ちた笑顔で応えた。舅の氏族《アフマルク》として、自分に敬意を求めているのである。ヒルクーンも笑みを浮かべてあいさつに応えた。疲れた顔をして、笑顔にも張りがない。カスカジークは、舟の中央に積み重ねてある目の粗い漁網に気がついて驚いた――〈何の漁をしてきたのだろう？　それとも、チヨウザメがほしくて来たのか？〉ヒルクーンが舷に足をかけてウィキラークが舟を岸に引きよせるのを助けた。ラニグークは黒々とした目でほんの一瞬、ウィキラークの方を見やった。すぐに頭を低くたれて、顔をそむけるようにして脇を通りすぎていく。きっちり編んだ太いお下げは、背中で両端がひとつに結わえられている。重いお下げが背中でぶらぶらして、空色の文様のある黄色い長衣がゆれて娘の足にまといつく。ラニグークの眼差しは何か意味ありげだ……。何だろう？　不安で胸がどきどきした。すぐにも追いかけて尋ねたかった。しかし、だしぬけ

＊ニヴフ民族の古いしきたりでは、氏族の婚姻は特定の他氏族との間で行われた。A氏族に生まれた女性は、父親の姉妹が嫁いだ先の氏族（B氏族）の男性に嫁ぐことが優先される。B氏族の女性はA氏族に嫁ぐことはなく、同じくその父親の姉妹が嫁いだ先の氏族（C氏族）に嫁ぐ。それぞれの氏族の間では、嫁いできた女性の父親の氏族をアフマルク（舅の氏族）、嫁ぎ先の氏族をウィムヒ（婿の氏族）と呼ぶ。

に走り出すわけにはいかない。たとえ自分の許嫁《いいなずけ》だとしても、男たちを放っておくことはできない。ましてや、舅の氏族《アフマルク》の男たちである。その上、若い娘は男たちと話してはならぬというしきたりがある。女たちとしか話をしてはならないのだ。妻になるまでずっとそうなのだ。妻になったら夫と話すことができる。もし夫に弟たちがいれば、弟たちと話すこともできる。というのも、弟たちが妻を迎えるまでは、二番手とはいえ、弟たちも彼女の夫となるのだから。そして、夫が死んだ場合には、弟たちのうちの誰かが彼女をめとることになる。

ラニグークはタルグークに歩み寄り、微笑んで、小さな包みを差しだした。タルグークは楽しみを後回しにしたりせずに、さっそく包みを開けてみた。思いがけない嬉しい贈り物に目を輝かせた――青い縞模様の更紗のスカーフだ。

タルグークは礼を言うように娘の方を見た。だが、相手は視線をそらした。悲しみにくれている様子だった。どうしたというのだろう？

ケヴォングの長老と次男に案内されて、客たちは長老の冬の家《トラフ》に入った。リヂャインは、もう一人前の男だという態度で、偉そうにふるまっている。茶の席でこう言った。「ちょっと寄らせてもらっただけだ。川の大きな窪み《ピラ・タイフル》がわれわれに恵みを与えてくれるように」そう言って、口をつぐんだ。ヒルクーンも黙ったままだ。話はもうすんだと見てよい。〈なんだって、チョウザメが要るんだ？　それとも、誰か賓客でもお越しになったというのか？〉カスカジークは頭を悩ませた。しかし、チョウザメを捕るほかあるまい、舅の氏族《アフマルク》が要求しているのだから。

男たちが網にかかずらっている間に、ラニグークは樹皮製の小さな籠をもって森へ急いだ。

もどってきた時には、男たちはすでに生の白味の魚に舌鼓を打っていた。舟の中では人の背丈ほどもある巨大なチョウザメが尾をぴくぴくさせている。〈二匹、捕まえたんだわ〉ラニグークはそう考えて、もう一匹を目で探した。

「ほら、あそこだ。うちの舟のうしろにいるんだ」ウィキラークはそう言って、自分のナイフを差しだした。

ラニグークは骨の軟らかな尾の部分をひときれ切り取った。そして、籠に山盛りにしたコケモモを男たちの前に置いた。チョウザメのあとのコケモモの旨いことといったら！

ラニグークは手早く食べ物を片づけ、そして、ほんの一瞬、ふたたびウィキラークの目をちらりと見た。若者は心臓が止まりそうになった。立っている足がふるえる。娘は向きを変えて、集落の裏手に立つ「カラスの樅《もみ》」の方へゆっくり歩き出した。舅の氏族《アフマルク》を放っていくのは具合が悪かったが、婿の氏族《ウィムヒ》の族長が一緒にいるのだ。ウィキラークは目立たぬように少しずつ脇の方にそれ、冬の家《トラフ》の陰に隠れ、「カラスの樅」へ向かって駆けだした。

自分の思いきった行動に気後れしながらも、ラニグークのそばに近づいた。あまり近づきすぎたものだから、娘の目が急に大きく見開かれたように感じられ、若者にはきらきらする黒いふたつの目しか見えなかった。

娘はだしぬけにウィキラークを抱擁した。そのあとは、まるで何もかもどこかに崩れ落ちてしまったようだった。覚えているのは背中の痛みだけである。あまりに強くラニグークに引き寄せられたので。それから、歌の一節を覚えている。

それはひな鳥、小さなひな鳥、
翼ふるわせ、羽ばたきはじめた……

ラニグークはウィキラークに自分のことを語って聞かせていたのだ。だが、この不安に満ちた歌は何を意味するのだろう？

ウィキラークは後になって、何度もこの歌を思い出そうとした。しかし、はっきりと覚えているのは、ラニグークのこの言葉だけだった――〈ニヨルグンがまた来たの。うちの客なの〉

何者なんだ、そのニヨルグンというのは？　何の用があってやって来たんだ？……。

霧深いヌガクスヴォの人々と凄絶な闘いを繰り広げて以来、カスカジークはティミ川を河口まで下ったことは一度もなかった。海沿いの住人たちと出会うのを避けていたのである。そして、ケヴォング一族の首領はすでに人生の半ば以上にわたり、こう言って自らを慰めてきたのである。そりゃ、連中の住む土地は他とは比べものにならないさ。だが、ティミは大河だ。源流から河口まで下るには四日四晩もかかるのだ。ティミ川沿いや支流域には豊かな土地がいくらでもある。しかし、ケヴォング一族の住む土地より豊かなところは見つかるまい。大きな窪み《ピラ・タイフル》にはサケがひしめくように集まってくる。サケはニヴフにとって一番大事な魚だ。大きな窪み《ピラ・タイフル》だけは、冬でも夏でも大きなチョウザメやカワメンタイ、ウグイ、イトウがいる……。それに、森に行けば、谷でも丘でも熊やテン、トナカイがいる。ケヴォング一族の人間が飢えで死にそうになった例しなど、誰の記憶にもない。ひもじい春はあったが、人が死んだ話など、亡き父や祖父からも聞いたことがない。

ケヴォング一族にふたたび女があらわれ、その土地に孫たちの声が響こうというこの時、首領は賢明にも心に決めたのだった——過去をくり返さないために、ヌガクスヴォの者たちと和睦しなければならない。向こうだって和睦に応じるはずだ。彼らの方が失ったものがわずかだったのだから。その上、ずいぶん時間も経っている。たぎった血も冷め、復讐心も失せてしまっただろう。カスカジークは海沿いに関する噂に聞き耳を立てた。推測するところ、血を求めた人々の多くはもう生きていないようだった。

そして、漁期がすぎ、夜ごと草が霜をまとうようになった頃、ナウクーンとウィキラークの兄弟は連結された二艘の輝くばかりに真新しい舟を搬送すべく出立した。カスカジークの方は古いけれどもまだがっしりしている丸木舟に乗った。

舟には、名高いティミ川産サケの干し魚《ユーコラ》、干しチョウザメ、トナカイの毛皮、犬橇用の大型犬三頭が所狭しと乗せられていた。犬を贈られる相手は自分の思うままに犬を用いてよいのである。もしかしたら、彼らの古い罪を血であがなうために、いけにえとして至高の神に捧げられるかもしれない。

チョチュナーというのはヤクート語で〈粗野な人間〉とか〈野蛮人〉という意味である。この男がそうあだ名されたのはまだ子どもの頃だった。挑戦的で喧嘩早いためにそう呼ばれていた。少年は、オレクミンスク[*1]の鬱蒼たるタイガにひっそりと佇《たたず》むネリマ村の、実に困った災厄の種だった。小僧っ子たちのにぎやかな遊びが喧嘩で中断され、どこかの男児が顔中を血だらけにしてしゃくりあげるといった光景の見られない日は一日たりとてなかった。

「チョチュナァー！」なぐられた子どもの母親が大声で叫び、棒きれをもって追いかける。

「チョチュナァー！」チョチュナーの母親が涙声で叫ぶ。「この疫病神！　馬群《タブーン》のところにでも行ってしまいな、馬群《タブーン》のところに……」

タブーンとは……たてがみの長い、自由気ままに駆けまわる、鞍もながえも知らない馬の群れだ。荒々しいいななきで平安な村を騒がせながら、幅広い大河を見おろす地を黒雲のように疾駆する。ひづめの音で大地が揺れ、険しい岸がくずれ落ちる……。

チョチュナーの父親、セミョーン・アヤーノフは大々的に畜産業を営んでいた。気性が激しいとの噂があった。ビューと鋭くうなる笞《むち》が銃声のような音をたててはじけるのは、放し飼いのよく肥えた馬の背中ではなく、やせこけた雇い牧夫の骨の浮き出た背中だった。畜産家は自慢していた——うちの牧夫はこのあたりじゃ一番の連中だ、不平も言わずによく働く。

父親のアヤーノフは馬群《タブーン》とともに過ごすのを好んだ。息子をよく連れていくのだが、子どもは、土地の者がよく言うように、まず先に鞍に座ることを覚え、そのあとで歩くことを覚えた。
夜ごと、焚き火のそばで、草原に放牧された馬たちが若草を食《は》む穏やかな音に合わせて、疲れた牧夫たちの中からオロンホ[*2]を歌う声が上がる。この古来の伝説の中で、英雄のもとに馬が引いてこられる場面が、とりわけアヤーノフの気に入っていた。いつもは厳格で陰気な畜産家の様子が一変するのだった。

……そして、馬が引かれてくる
黒いたてがみの、燃えるような赤毛の馬が。
馬は勇んで地面を蹴る——
向こう見ずな力を抑えきれずに。
海のように広い鞍が敷かれ、
ふたつの頭をもつ雲のような鞍褥《あんじょく》が置かれる……
そして英雄は、闘いにいどむオオライチョウのように、
両手を大きく振り上げて、
軽々と飛びのり、どっしりと鞍に腰を下ろす。

だが、その後、牧夫たちは去って行った。感謝する風も見せずに出ていった。まるで、赤貧

＊1　ヤクーチヤ（現在の東シベリア、サハ共和国）の町。／＊2　ヤクート人の英雄叙事詩。

の彼らが生きてこられたのは、畜産家のおかげではないと言わんばかりに。馬の肉が前よりまずくなった、報酬としてうけとる肉が前より少なくなったとでも言わんばかりに。

牧夫たちは畜産家から、そして自分たちの父祖が放牧してきた馬群《タブーン》から去って行った。ヤクーチヤの至るところにある鉱山の採掘場へ出稼ぎに行ってしまったのである。これまでまったく見向きもされなかったその辺の小川にまで金《きん》がみつかったのだ。〈見ていろ！〉畜産家は脅しつけるように言った。〈また戻ってくることになるぞ。おとなしく戻ってくることになるさ！お前たちなど馬糞《ふん》でも食らわせてくれる〉……。

アヤーノフは残った二人の男たちと一緒に、何とかして馬群を維持しようとした。しかし、群れは統制がきかず、いくつもの群れに分かれ、無数に点在する柳の木立の間をてんでにぶらついて、水気の多い若芽を食べようとする。気がつくと、ろくでもない渡り者たちが、まるで野生動物でも相手にするように、アヤーノフの牡馬《おす》を撃っている。肉が目当てなのだ。牝馬《めす》を捕らえて乗り、幸運をもたらす小川を見つけようと、ネリマの先へ行ってしまう連中もいる。憤怒にかられたアヤーノフは郡知事に訴状を書いた。しかし、すぐに悟った。方策が講じられる間に自分は馬群をすっかり失ってしまうだろう。おまけに、動きのとれない季節、道路が泥濘《でいねい》と化す季節がやってきた。

なんとか集められるだけの馬を集め、大部分は屠殺にかけて良い値で〈さばいた〉。この地方は冬になるといつも食糧不足になるのだが、人の懐には金が貯まるのだ。

最近、畜産家にはもうひとつの懸案が持ち上がっていた。息子を町に出してはどうだろうか、中学校《ギムナジウム》に入れてみては？　ひょっとして、ひとかどの人間になれるかもしれんぞ。

老畜産家がどうしたものか決めかねていた時、町に住む甥のサプロンが村にやってきた。甥はチョチュナーを町へ連れて行くことに同意してくれた。

村の人々はほっと安堵のため息をついた――やれやれ、よかった！　司祭のポルフィーリイ神父は、おかしなヤギひげを生やした筋張った小男だが、聞き取りにくいかぼそい声で泣きごとを言うように、〈チョチュナーのサタンめ、サタンめが！　いやはや、いやはや！〉と言って、自分の身から不浄なものを振り払おうとするかのように、骨張った手をひくひく動かした。チョチュナーは小学校に入った最初の年に、さっそく司祭に〈ふしくれ倒木〉というあだ名を奉ったものである。以来、子どもたちはもっぱらその名で司祭を呼ぶようになった。

もっとも、若い女教師のソフィヤ・アンドレーエヴナはチョチュナーに対して、みんなと調子を合わせて反感をもつことはなかった。女教師は、県知事か何か大物の娘だと噂されていた。何が彼女を人気《ひとけ》なきヤクーチヤの田舎へ押しやったのか、誰も詳細を知らなかった。だが、風評によれば、婿選びで両親と折り合いが悪くなり、数多《あまた》の求婚をしりぞけ、身を守ろうとしてタイガへ逃げこんだ、とのことであった。事実はともあれ、ソフィヤ・アンドレーエヴナはネリマに暮らしてほぼ一年になる。

チョチュナーは自分でも気づかぬまま、ひそかに若い女教師をかばうようになった。こんな出来事があった。友人のケーシカ・モルヂーノフは人一倍喧嘩早く、彼もまたクラスの仲間より年長だったが、強情な態度を見せたことがあった。ソフィヤ・アンドレーエヴナは無理に従わせようとはしなかった。ところが放課後、チョチュナーは自分でも思いがけないほど容赦なく友人を打ちのめしたのである。

ある時、授業中に、チョチュナーは女教師の視線がひんぱんに自分に向けられるのに気づいた。まれに二人の視線が出会ったりすると女教師は黙りこみ、一瞬何かに思いをめぐらす風だった。生徒たちは辛抱づよく待っていた。

それは女教師がまもなく去ろうとしていた春のことだった。チョチュナーは執拗に彼女を見つめていた。時には視線があまりにも強く、ソフィヤ・アンドレーエヴナはうまくかわすことができなかった。話がとぎれ、色白の顔が夕日に照らされたようにぱっと輝き、そして、生徒たちも目にしたのだが、美しい長い首筋にそれまで見たこともない血管が脈うっていた。チョチュナーはソフィヤ・アンドレーエヴナの視線をしっかり摑んで離さず、異常な興奮に包まれて、全身が前のめりになった。子どもたちは当惑したように目配せを交わしていた……。

それ以外の時間はすべて、なんとも奇妙な状態に陥ったまま歩き回った。まるで足が地に着かないような心地で、蚊にくわれるのも感じなかった。

日没の光がようやく建物の丸太壁に射し、暖められた壁が何か柔らかい手触りでもするように見える頃、チョチュナーは庭の柵の中にしのび入った。丈の短い白樺の曲がりくねった枝で顔を引っかかれないように身をかがめ、窓からのぞき込んだ。ソフィヤ・アンドレーエヴナは何か白いものをまとって寝床に横になり、大きな枕にひじを突いて読書していた。日光が窓ごしに首筋と本を支える指を照らしていた。チョチュナーは息が詰まりそうになった。へ本から目を上げてくれ、目を上げてくれ〉――乾いた唇が懇願した。しかし、ソフィヤ・アンドレーエヴナは全く別の世界、理解のおよばない遠い世界に生きているようだった。まるで欺かれたかのように、チョチュナーは腹を立てた。まるでなぐさみ半分に公衆の面前で素裸でさらし者にされたとでもいうように。彼は窓から飛び退いた。

第五章

夏の初めにソフィヤ・アンドレーエヴナはネリマ村を去った。木イチゴの花が咲き、沼沢地の草原が蛾に似た白い花で一面におおわれる頃だった。近頃はチョチュナー自身も町へ出ることを考えるようになった。ただし、町に惹かれるのは中学校《ギムナジウム》のためでは全くなく、ソフィヤ・アンドレーエヴナのためだったが……。いまや昼も夜も彼女のことで頭がいっぱいだった。チョチュナーは町へ出た。親類のサプロンは四人の子持ちだった。港湾労働者の住むバラックで、家族は小さな部屋に身を寄せ合って暮らしていた。チョチュナーは台所の食卓の下で寝た。ほかに場所はなかった。

到着するとすぐに探索に没頭した。町中をうろつき回り、まれに辻馬車を見かけると止めて尋ねた。ソフィア・アンドレーエヴナという先生を知らないか、一年ほど、タイガ地方のネリマ村に住んでいた人で、偉いお役人の娘らしいのだがと。

「誰だって？」聞き返す馭者がいた。白い口ひげの老いたロシア人だった。「乗れ、連れて行ってやる」

曲がりくねった埃っぽい通りが平屋のバラック街と二階建ての屋敷街をへだてていた。そこかしこに、幹のぐるりを馬に喰われて半分死にかけた木がにょっきりと突っ立っている。きちんとしつらえてある板づくりの柵から中庭の緑の茂みがのぞき見える屋敷もあった。

長いこと走った後、やっとのことで馬車は止まった。背の高い板塀の向こうにまっ白い幹の白樺が高く整然と並んでいる。濃く茂った葉を透かして茶色に塗られた屋敷の屋根がちらちらと見える。白樺の並木の先には不自然なほど平らに刈り込まれた灌木の茂みがある。川砂利を敷きつめた幅広い路が玄関口へとつづく。灰色のシャツを着て、腰に革のベルトをしめた背の高い男が路を掃除している。頬を被う髭は、白樺の向こうの灌木と同じように、不自然なまでにきっちりと刈り込まれていた。

庭番は仕事の手を止めて、じっと若者の方を窺った。

「何だ、てめえは?」

「ソフィヤ・アンドレーエヴナを呼んで下さい」チョチュナーは頼んだ。

「誰だと?」庭番はこっちへ向かってきた。まるでなぐりかかろうとでもするように、箒を手に構えている。

「ソフィヤ・アンドレーエヴナです。先生をしている人で、偉い人の娘さんです」

「何が娘さんだ? ソフィヤ・アンドレーエヴナだと?」

庭番は木戸の外に出てきた。

「すごく偉い人の娘さんなんです。先生で、俺たちのネリマ村にいたんです」庭番がすぐにもソフィヤ・アンドレーエヴナを呼びに行ってくれることを願い、チョチュナーは哀願するように説明した。

「いいかげんにしろ！」相手はいきなり恐ろしい形相でわめいた。「あっちへ行くんだ、さもないと首根っこをへし折ってくれるぞ！　野蛮人めが！」そう言って箒を高く持ちあげた。

「おい、乱暴なまねはよせ！」馭者が叫んだ。「用があるから頼んでるんだ。それなのにお前さんときたら、まるで人でなしだ」

「用なんかあるもんか！　行けといってるんだ！」

「座りなよ、若いの」同情するように馭者が言った。

侮辱された若者は、憎しみにみちた充血した目でひげ男をにらみつけたまま退《ひ》き下がった。

第六章

チョチュナーは町に対する興味をすっかり失ってしまった。しょげかえってあちこちをぶらついているうちに港にきてしまった。

荷役人夫たちが塩を運んでいる。塩はここからヤクーチヤの隅々にまで運ばれるのだ。

ズック製の上着が汗で湿り、塩は上着をとおしてひりひりと背中を痛めつける。昼頃になると、サプロンは立っているのもやっとだった。人々は無言で彼を追い抜いていく。荷役人夫たちは、通常、誰かが運ぶ回数を少なくすることは許さない。一服するときはいっせいに休み、働くときはいっせいに働く。誰も人を追い抜かないし、誰も自分の順番をすっぽかしたりしない。規則正しい重苦しいリズムが、叫び声で断ち切られた。

「皆さん！　皆さん！」

人々は立ち止まった。疲れた無関心な眼差しが問いかける――〈こんな時に、いったい何者だ！〉

肩幅の広いずんぐりした一人のロシア人が疲れ果てた荷役人夫たちを背に妙な具合にせかせかと動き回り、両手を振ってみんなを呼び寄せている。何を言っているのか、チョチュナーにはよく聞こえない。断片的な言葉がやっと聞こえただけだ――〈採掘場……発砲した〉

その夜、サプロンは数人のロシア人を家に連れてきた。チョチュナーが港で見たあのロシア人もいた。

サプロンは家の者たちをさっさと追いやって寝かせてしまうと、背後のドアをしめた。そして、台所のろうそくのもとで彼らは遅くまで話し合っていた。

翌朝、通りを行く人々は陰うつで不安げな様子だった。どうやら、今日は誰ひとり仕事につかなかったようだ。

チョチュナーは急ぎ足で港の方へ向かおうとした。だが群衆がこっちに向かって進んでくる。どこへよけたものかと立ち止まったが、群衆にとらえられてのみこまれてしまった。

チョチュナーは端を歩いた。首をのばしてこの雑多な群れの中にサプロンを探し出そうとした。いた。人の流れの真ん中を歩いている。並んで歩いているのは旗を持った肩幅の広いずんぐりしたロシア人だ。大きな赤い旗だ。

群衆は堂々として見えた。行く手にあるすべてのものを一掃する勢いだ。つぎからつぎへと人々が加わってくる、右からも左からも。チョチュナーは端を歩こうと努めた。人々は通りに沿って険しい岸壁の上に出た。人の流れはここで曲がり、河を見下ろすように左の方へ進んでいった。少数の野次馬が崖の方へ押しやられて立っていた。その時、曲がり角でチョチュナーの目に飛び込んできたのは、頬に髭を蓄えたあの男だった。乱暴などなり声が思い出された――〈いいかげんにしろ! あっちへ行け……さもないと首根っこをへし折ってくれるぞ!〉庭番は薄笑いを浮かべながら、じろじろと人々を見ている。チョチュナーは不意に悪意にとらわれ、ほくそ笑んだ。〈さあ、借りを返してやるぞ、下司《げす》め!〉そして、脇を通り過ぎながら軽く、しかし計算づくで、ひじで胸を小突いた。庭番は両手を大きく振り回して傾斜した地面から吹っ飛んだ。〈奴はおれに気づいた……〉。だが、もし大した怪我でもなかったら? そうしたら、どうなる?〉チョチュナーは恐怖にとらわれた。

逃げだそうとしたが、前を行く人々をすり抜けることはできなかった。人々は密集して歩いていた。

曲がり角を過ぎたところで何とか群衆から抜け出すことができた。折りが良かった。道幅が広くなって広場へと向かうその地点に、派手で威嚇的な制服を着こんだ精鋭の警官がずらりと立っていたのである。〈なんて大勢いるんだ!〉チョチュナーは身体を低くかがめて、全速力で走り出した。

次の日は終日、家から出なかった。獣のようにおびえて、どんな物音も聞き漏らすまいと耳をそばだてた。表で人の足音が響くたびに音を立てぬようにベッド脇に飛び退いて聞き耳を立てた。マットの下には弾を込めた父親のベルダン銃〔十九世紀後半にロシア軍で使用された〕を隠していた。

夜更けにチョチュナーはバラックを出て、家並みの裏手の狭い路地をつたって町はずれに抜け出た。夜が明ける頃には、ずいぶん遠くまできていた。息を切らしてあたりを見回しながら、銃声から少しでも離れようとして、自分たちに向けられた銃剣へ向かってなぜだか群れをつくって進んでいく気違いじみた人々から少しでも離れようとして、どんどん遠ざかって行った……。

第七章

……荒野の太陽。刺すようにまばゆい。丘に崖に、荒野一面にふりそそいでいる。石さえも溶けて柔らかくなったかと見えるほどだ。こんな太陽は、おそらく、ザバイカル地方[*1]にしかない。ザバイカルの荒野にしかない。

〈ザバイカルの荒野をゆく〉[*2]……。

チョチュナーはこの歌を一度ならず耳にしたことがある。ロシアの男たちだけでなく、ヤクートたちにも好まれている。港湾労働者たちもよく歌っていた。歌は冷えた硬い心の中に忘れかけていた感情をよびさまし、目は悲哀のこもる暖かい色を帯びてくる。そんな時、男たちは互いを哀れみ、ただもう誰もが良かれかしという思いにとらわれ、自分のもつ最後の一物まで与えかねない。

〈ザバイカルの荒野をゆく、
その山中では金《きん》が掘られ……〉

そら、まさしくその山中だ。ここは平坦な荒野とはまったく異なる。ちょっぴりでも学のある者は皆、同じ事を考えている——荒野とはテーブルのように平らだと。だがそれは、どこか他所《よそ》の荒野だ。ここで荒野といえば、山なのだ。自分の目で見なくてはならない。さもないと、この言葉のつながりが分からなくなる——〈ザバイカルの荒野をゆく、その山中では金が掘られ……〉

金だって？ 金……。おれは金のある土地から出てきて、金のある土地にやってきたわけだ。それにしても、どこの山中で金を掘っているのだろう？……

あちこちさまよった後で、チョチュナーはネルチンスク〔東シベリア、チタ州の都市〕にやって

＊1 シベリアのバイカル湖東岸の地域。
＊2 日本で『バイカル湖のほとり』の題名で知られる歌の原詩。

来た。ネルチンスクは金持ちと貧乏人の町、商人と馭者の町、金採掘業者と先の見えない貧民たちの町だ。

鉄道駅のそばに、サプロンの住むヤクーチヤにあったのと同じような歪んで傾《かし》いだ貧弱な小屋がひしめきあっていた。〈きっと、貧乏人の小屋なんて、どこへ行っても同じなんだな〉チョチュナーは一番手前の家の戸口をたたいた。期待どおり、中に通された。

家の主人は、顔からするとブリヤート人のようだが、頬骨はそれほど高くなく、少しやぶにらみだが目はもっと大きく、ひげは薄かった。板張りの寝床の汚れた刺し子の布団の上で大の字になって寝ころがっていた。入ってきた人間をしばらく、しげしげと眺めている。それから、起きあがろうとしてぐいと身体を動かしたが、考え直して、ひじをつくだけに留めた。

「どこから来た？」主人はあいさつ抜きで尋ねた。

「ヤクートだ、俺はヤクートだ。故郷《くに》からきたんだ」チョチュナーは答えた。

「〈故郷《くに》から〉」主人はくり返した。「ヤクーチヤからってことか？」

「ああ、ヤクーチヤからで」チョチュナーは肯いた。

「お前たちの所か、人が撃たれているのは？」

チョチュナーは、はっとした。発砲の起きた場所からやってきたと言ったら、このブリヤート人に似たロシア人が何を考えるか知れたものではない。

「いや、発砲があったのは、どこか俺たちから遠い所だ。俺は人づての、また人づてに聞いたんだが」どこで誰が撃たれているかなど彼には興味がないと思わせるために、そう言った。心

中で思った――〈噂が伝わるのは速いな、俺を追い越すとは〉

「お前は何者だ?」

「猟師だ、俺は猟師なんだ」チョチュナーはそう答えた。

「ほおーっ!」主人はむき出しの白い両足を寝床からぶらりと垂らした。「猟師というのはいいな」今になってやっと、その視線をチョチュナーの顔から手に、というより、ボロ布にくるまれた銃に移した。「猟師とは大したもんだ。それを、金《きん》だ金だといって……。金のことで誰もかれも気がおかしくなっちまって……。俺たちの所でもそうなんだ。何をぽかんとしておる、旅の人が目に入らんのか!?」やせて鼻のとがった女にどなりつけた。

そして、丸パンの切れ端と赤い魚のようなものがひと切れ残っていた食卓についてから、やっと自分のことを少し語り出した。

姓はグルーリエフ。グラーンだ。*

「グラーンの血の中にはロシア人とコザックとブリヤート人の血が流れているんだ。そうだよな?」グルーリエフは女房の方を向いて言った。

「あんたにどんな血が流れているかなんて、誰が知るもんかね……」

「俺が金《きん》を洗ったことがないと思っているのか? 洗ったとも! 若い頃は洗ったさ」グルーリエフは声を高めた。その口調からは、この男は金を洗ったことを良かったと思っているのか、

＊グラーンとは、ロシア人と、ザバイカル地方のブリヤート人、エヴェンク人、モンゴル人などとの通婚による混血の人々の俗称。

逆に自分を責めているのか、判別しかねた。

「やり手だったな、死んだミハイル・ドミートリエヴィチは。実際、やり手だった。五十の鉱山を手中に収めたんだ！　自分の汽船を何隻も持っていた。シルカ川やアムール河をなんとニコラエフスクまで、そのもっと先まで下ったものよ。アメリカにも行ったことがあるんだぞ！」

グルーリェフはチョチュナーにちらと目をくれた。

「誰のことを言っているのか、お前には分からんかもしれんな？　それなら、そう言ってくれ。でないと、おれがくだくだしゃべってもお前にとっちゃ、羊にクーキシだ[*1]」

チョチュナーは声をあげて笑った。グルーリェフはけげんな顔だ。

「信じないのか？」

「言い方が気に入ったのさ。うまいことを言うな――〈……お前にとっちゃ、羊にクーキシだ〉なんて」

「チェッ！」主人はむっとした。「ミハイル・ドミートリエヴィチ・ブーチン[*2]のことを話してやってるのに、〈言い方〉とはな」

やっと、チョチュナーはグラーンの話の中味をとらえた。

「ほんとうに、採掘場を五十もかい？」

「五十だと言ってるだろう？」

「全部、一人でかい？」

「一人でだ！　俺たちはみんなあの人の下で働いていたんだ。ここにゃ、商人が大勢いたんだが、あの人の右に出る者はいなかった。いやあ、やり手だったよ、ブーチンは！　汽船を持っていたし、工場も持っていた、酒もつくっていた！　新しい町にはあの人の御殿が建っている。皇帝《ツァーリ》だってあれほどの御殿は持っていないぞ！」

「〈新しい町〉っていうのは？」

「ここから数露里のところだ〔一露里は約一キロメートル〕。高台に移されたんだ。水に浸からんようにな。ところで、おれはダラスン川で金を洗っていたんだが、やめちまった」

「どうして、やめたんだ？　あるだけ洗いつくしたのかい？」

「そうじゃない。悪党どもが何もかも駄目にしちまったんだ。すっかり落ちぶれさせやがって」

「誰が？」

「ねたみ屋どもがみんなでだ。連中も商人なんだが、ずっとちっぽけな奴らだ。ねたみ屋はいつだって大勢いた。雨期が終わって金の洗浄が止まった時をえらんで、みんなでいっせいに貸し付けの返済を迫ったんだ。ブーチンがいくら金持ちだからって、一気に清算することはできなかった。それで山を取り上げられたのさ。大勢の者が出て行った。新しい主人が事業を破綻させてしまったんでな。おれも出て行ったよ。ブーチンはあとで山を取り戻して、事業を軌道に乗せはしたんだが、おれは出て行った。馬車屋稼業に移った。やってみたら、馬車の方が金《きん》

＊1　何の意味もない、という例え。クーキシは、相手を侮辱する卑猥な形の握り拳。
＊2　ミハイル・ブーチン（一八三六—一九〇七）は砂金事業で富を得た豪商。福祉や教育の分野で貢献した慈善家。

の仕事よりもうかることが分かったよ。何たって商人たちは人間を運ばなきゃならんからな。それで金《かね》ができたのさ」

チョチュナーは主人をじっくりと眺めた。

どうやら、かなりの年らしい。頭は白いし、背も丸くなり、歯もすりへっているようだ。

「金《きん》というのは、運のあるやつを好むんだ。採掘業者は皆、ツングース〔エヴェンク人の旧称〕には足を向けちゃ寝られない。ツングースがブーチンに父祖伝来の秘密を明かし、ダラスン川上流の金が採れる場所を教えてやったのさ。ブーチン以外の他の人間に教えることもあり得ただろうがな。おれは運がなかった。若い頃は自分の金《きん》ってやつを見つけてやろうと思ったんだが、雇われ人夫になってしまった。そのあと馬車屋稼業もさびれてな、くそいまいましいことに、鉄道なんてものができやがって。八頭の馬を持っていたんだ。馬じゃなくて、野獣だ！　ネルチンスクでも最高の馬だった。今じゃ一頭しか残っていないが、そいつも調子が悪くてな」

グルーリェフは話をしながらしきりとひげを引っ張っていた。どうやら〈自分の金《きん》〉を探していた若い頃の思い出にいまだに心がゆさぶられるようだった。

「さあ、食べてくれ、食べてくれ」主人は気がついてすすめた。とはいえ、食べようにも、もう何も残っていなかったのだが。「魚はどうだった、旨《うま》かったか？」

チョチュナーはひどく腹をすかせていたのだが、それでも、初めて口にする魚の旨さが分かった。脂がのってぷりぷりしていた。

「サケだ。アムール河にはいくらでもいる。とくにニコラエフスクじゃ、艀《はしけ》でどんどん運ばれてくる。商売になる魚だ」グラーンは自慢げに言うと、女房に命じた。「たらふく食わしてやれ。おれたちの土地は豊かだ。ただ、人生は運がないとな、幸運の女神《ツングース》がいないとな。それと、ぬけ目のなさだ、ブーチンみたいな。いやあ、金持ちだったなあ。それに、まれに見るほどいい人だった。頭は冴えているし、気持はやさしいし。凶作の年には皆に食わしてやり、学校や孤児院を建ててやった。自分の幸運を分け与えるのを惜しまなかった。そこへいくと、もしおれにつきがまわってきて、しこたま金《きん》を手に入れたとしてもだ、おれなんかどうするっていうんだ？　どう按配するんだ？　神さまは知っていなさるのさ、誰に幸運を与えるべきかを。だが、お前はえらいぞ、猟師とは大したもんだ。アカシカをやっつけるのか、それともヘラジカかな。それもやっぱり運がなくちゃな。今じゃ、金《きん》があってもヘラジカの肉を食うことはできん。捕りつくしてしまったからな。だが、俺たちは一緒にうまくやれるぜ、おれはヘラジカがまだいる場所を知っているんだ」

チョチュナーには見えていた。グラーンは〈ヘラジカ〉を〈うまくやる〉ことなど金輪際できまい。あれは、自分の気持を引き立てようとしているにすぎないのだ。若い時に幸運を追い求めたがつかめず、雇われ仕事についた。馬を何頭か持ったが、鉄道に稼業をうばわれてしまった。今度は神様が猟師をお遣わしになったので、ヘラジカをやってみたくなった。そして、もちろん、男が銃を持っているからには、ヘラジカの方から駆け寄ってくるというわけだ。やつにとっての幸運の女神《ツングース》は、見つからなかったのだ。

〈だが、お前なら幸運を見つけられるのか？〉突然、チョチュナーは厳しく自分に問いかけた。

息が苦しくなったほどだ。まるで、胸の内が窮屈だというように、心臓がびくりと痙攣した。〈見つけてやる！　見つけてやるとも！〉――チョチュナーの全身がそう叫んだ。

第八章

ブーチンという並はずれた人物に関する老グラーンの話は、作りごとのように思われた。ヤクートのチョチュナーにはどうしても信じられなかった。一人の人間が五十もの採掘場や船や工場を所有するなんて！　もちろん良い人間なら誰にでも親切にしてやるだろう。それなら、ヤクートにも理解できる。だけど、ひょいとたやすく学校を建ててやるほどの大金をもっているとは！　そんな大金がどうやったら手に入るんだ？　金《きん》だ！　地中からだ。この土地はそんなに豊かなのか？　むろん、何百、何千というグルーリエフがブーチンのような人々のために這いつくばって働いているんだ。グルーリエフはどうしてブーチンになれなかったのだ？　いくら待っても、幸運《ツングース》の女神は現れなかったのさ……。へ、ヘェー！

まったく、前代未聞の大金持ちブーチンに関する老グラーンの話は信じがたいものだった。だが、自分の目でそれを見たとき、チョチュナーは心底から驚愕した。グラーンの言ったことは本当だった。

翌日、チョチュナーは新しい町にやってきた。最初に太い松材で組み立てられた屋敷が目にとまった。この桁《けた》外れに大きな屋敷をじっくり見分したところ、丸太づくりであることに気づいた。のこぎりは使わず斧だけでつくられている。こんな屋敷を一軒たてるにはどれほどの労力が費やされたことか、驚嘆するばかりだった。広々とした敷地内には大きな倉庫が軒を連ねている。いずれも長尺の松の丸太でつくられている。ネリマ一番の金持ちヤクートの家でも、ここに建つ倉庫のどれと比べてもはるかにちっぽけだろう。つまり、丸太の屋敷の主というのは、とてつもない金持ちなのだ。なにしろ、そのお宝を収めるのに巨大な倉庫群からなる、ひとつの村がまるごと必要なのだから！

そして、広大な敷地の先にはおとぎ話にあるような白い建物が並んでいる。海泡石でできているかと思われるほど、ふわりと軽く見える。

チョチュナーは建築については皆目、見当がつかなかった。仮に誰かが、彼がいま目にしているのはモーリタニア様式〔西アフリカに見られるイスラム建築様式のひとつ〕の建築だと言ったとしても、何の事やらちんぷんかんぷんだったろう。〈途方もなく見事な建物をつくるためだけに、これほどの労力を費やす必要がどこにあるんだ？　その上、その建物を暖めたり、雨や風から守ったり、寒さにやられないようにしなきゃならないんだし……〉

誰の屋敷であるか察しはついたが、それでもやはり通行人に尋ねてみた。

「ブーチンの屋敷かい？」

そうだという答えを得てもなお、チョチュナーは考えた。〈ひとりの人間のために、どうしてこんなでかい家がいるんだ？〉

納得いかないながらも感嘆し、しばらくの間、屋敷のまわりをうろうろした。みぞおちのあたりがしめつけられるように痛みだしたので、やっとその場を離れた。チョチュナーは敷地を迂回して、白い石造りの商店街の方向へ抜けた。だがすぐに、商人たちを眺めるよりも先に建物――こちらは木造だった――の前に立って、その手の込んだ繊細なレリーフに見とれてしまった。〈それにしても、家そのものより飾り物の方が手間もひまもかかっているぞ〉――そう考えた。

みぞおちがきりきりと容赦なく痛む。だが、懐には一文の金もない。商店街の方ではにぎやかに肉が売られている。空腹と湯気を立てている肉の光景がチョチュナーを決然たる行為にかりたてた。

目にとまったのは、雄牛のように頑健そうに見えるが、つらそうにしきりと息をはずませている男だった。〈おそらく、心臓だな〉チョチュナーは見当をつけた。頃合いを見計らって、近づいた。男は牛の胴体の三分の一はありそうな大きな肉塊を荷馬車からひきずり下ろそうとし、重い荷にてこずって、うめき声をあげている。

「どれ、手を貸してやろう」チョチュナーは申し出て、答えも待たずに、いちばん大きな肉塊をがっしりと抱えた。大きな牛のずっしりと重い尻肉が売り台の上に乗せられた。つづいて他の部分の肉が、半割の丸太の上にでんと置かれた。

チョチュナーは刃が分厚くて平らな斧をつかんだ。そして、どう指図しようかと商人が考えるひまもなく、肉塊をいくつかにきっちり切り分けると、売り台の上に放り上げた。

「あんたは売りな売りな」あっけにとられている主人に、チョチュナーは言った。

実際、買い手が列をなしていた。肉屋はもう一度、品定めをするように、いきなり降ってわいた助っ人の仕事ぶりを見やったが、満足げにフムと言うと、秤《はかり》の方にとりかかった。

商いは繁盛していた。新鮮な肉は引く手あまただ。人の列はどんどん長くなる。一時間半もたつと、尻肉はすっかり売りつくされていた。肉屋は金をポケットにしまい、ポケットがいっぱいになると、大きな掌ですくい上げては足下の袋の中に押しこむ。

こうして胸の肉も売りつくされた。チョチュナーは小さく切り分けた肉を売り台の上に山のように積み上げ、働きずくめの背中を伸ばし、肉の山の横にひと切れの胸肉を放って、こう言った。

「これは俺の働いた分だ。俺はちょっとここを離れて一服やるからな」

「行ってくれ、行ってくれ、お前さん」肉屋は快く肯いて言った。

チョチュナーは、ほんの一時、袋で両手をぬぐいながら、肉屋の背後に立っていた……。

肉屋は肉の山がどんどん小さくなっていくのを見ていた。右の脇腹のポケットが膨らんでくるのを感じた。二度ほど胸肉の小さな切れに目をやって、満足げに考えた――〈もっと多くほしがると思ったが、たったのひと切れとはな〉

ポケットがぎっしりと膨らんできたので、金をわし摑みにして身体を折り曲げ、足下を見ないで空いた方の手でいつものように手探りした。手は床板の上をすべって長靴のつま先に触れ、そのあと再び、むき出しの床に触れた。下をのぞいて見た――袋がない。一回転して、あたりを見回した――金を詰めた袋はなかった。思いもよらぬ事態に、掌を開いてしまった。金が床の上にばらばらと散った。苦しそうにあえぎながら、商人たちの脇を走り抜けた。商店街の上にうろたえた叫び声が響きわたった――〈あァー！　あァー！　泥棒にやられたァー！〉

第九章

これほどの大金をチョチュナーは持ったことがなかった。都会風の服を手に入れた。伊達男のように見えた。タバコの煙でもうもうとしている汚い居酒屋で、すでに何度か夜を過ごした。ウオッカ、シナの葉タバコ、焼き肉、甘塩の地の魚《オームリ》、塩のきいた卑猥語などがふんだんにあった。ヤクーチヤのタイガからやってきた若者は、最初のうちは卑猥語とタバコに顔をそむけた。だが、病みつきにはならなかったものの、じきに喫煙と卑猥語はそれほどいやでもなくなった。ウオッカは、見るからに満足げに飲んだ。そして肉はたらふく食べた。ヤクートは肉なしではいられない！

チョチュナーは居酒屋の主人に近づいて、ぞんざいに顎をしゃくって言う。〈胸肉をくれ！ツケにはしないぜ〉この居酒屋で誰かから聞いた〈ツケにはしないぜ〉という言葉が気に入った。まじないのような威力をもっていた。実際、湯気の立つ、軟骨の多い、みずみずしい胸肉がヤクートの卓の上に現れた。残らず平らげ、ウオッカで流し込んだ。たちまち気が大きくなり、数えもせずに卓上に金を放り出した。

ある晩、居酒屋に二人連れのロシア人が入ってきた。服装からすると、田舎の者らしく、ズボンの上に出したシャツを帯でくくっている。一人は牝牛の革でつくった長靴を、もう一人は履き古して型くずれした短靴を履いていた。長靴を履いた方が少し年上で、ぞんざいにふるまっている。二人は隣の卓についた。

チョチュナーはすぐに気づいた。二人はこちらを窺いながら話をしている。何やら知らない言葉を口にしている。

「ヒゾクだ！　ヒゾクだ！」

チョチュナーは緊張した。どういう奴らだ？　何の話をしているのだ？　あっちは二人だが、強そうじゃないな。何かあったら、やっつけることはできる。

入ってきた男たちはウオッカを注文した。若い方がしきりにチョチュナーをじろじろ見て言う──〈ヒゾク、ヒゾク〉チョチュナーは気持を固めた──〈こっちへ来てみろ。「ヒゾク」ってやつを思い知らせてくれるぞ！〉

若者は卓から立ち上がり、よろめきながらチョチュナーの方に近づいてきて、両手で卓につかまり、身体を前後に揺らしながら言った。

「あんたはヒゾクかい？」

その態度に悪意はなさそうだ。むしろ、好奇心からだろう。

「何だって？」チョチュナーは理解できなかった。

「あんたはヒゾクかい？」

「何のことか、分からんな」

若者は黙ってしまった。それから、また質問してきた。

「あんたはシナ人かい?」

「いいや、シナ人じゃない。ヤクートだ」

年上の方はこれを聞いて関心をもったようで、ふり向いて、チョチュナーの顔にじっと見入った。そして、まるで知り合いに気づいたとでもいうように、さっと立ち上がった。

「ヤクートだって? どこからだい?」急ぎ足で近づいてきて、片手を肩において言う。「俺はヤクーチヤに行ったことがあるよ。出稼ぎにな。レナ河で材木を運んだよ」

見知らぬ男たちは、ネルチンスクから三十露里はなれた何とかいう村の出身だという。年上の男はニール、若い方はグリーシャと名乗った。

それから三人で遅くまで腰をすえ、ウオッカを飲んだ。話がはずんだ。

チョチュナーは仕事に加わることに気軽に同意した。肉屋から盗もうと決めたのはだしぬけだったが、今度は何をしようとしているか分かっていた。

ついこの間、危険なタイガ地域で匪賊《ひ》の一団が、イルクーツクからネルチンスクへ向かっていた金《きん》を積んだ荷馬車の隊列を襲撃したという。匪賊たちは道の両側の灌木の陰から飛び出してきた。狙撃手と馭者を斬り殺し、真ん中の荷馬車を略奪して、高価な積み荷を担いで立ち去った。警備隊が騒ぎ出した頃には、すでに強奪者どもの背後で灌木の茂みが何事もなかったかのように閉じ合わされていた。

「俺たちの方じゃ、これが大昔から習わしになっている気晴らしなのさ。匪賊たちは荷馬車を襲う、俺たちは匪賊狩りをするってな。素寒貧の匪賊をやっつけても何の得がある？　だが、金《きん》を持っているとなると……」ニールは黒ずんだ、ひびわれた両手で揉み手をして見せた。

「俺はもう何度もやってみたんだ。だが、どうもうまくいかない」

ニールとグリーシャは、銃を手に入れるためにネルチンスクへやってきたのだった。もしチョチュナーに会うことがなかったら、この先どうなったものやら知れなかった。というのは、銃を買うのは簡単ではないと分かったからだ。

ニールの見込みによると、匪賊たちは強奪をしたあと、タイガの中で散り散りに分かれて南をめざして抜けていく。今日か明日にも荒野を越えるはずだ。連中はほぼ間違いなく徒歩で、それも大体は夜中に動こうとするものだ。

ニールはグリーシャとチョチュナーを大きな島のように林が点在する低い丘が連なる地点へと導いた。

「ここで待つとしよう」

最初の一昼夜は何の成果も得られなかった。チョチュナーは早くも痺《しび》れを切らし始めた。ところが朝、荒野の鳥たちがまだ夢うつつに、ようやく物憂げな声で鳴き始めたその時、猟師の鋭い目は、燃えるようなオレンジ色の朝焼けを背景に、黒っぽく見える草に腰まで隠れた二つの人影を遠くに見つけた。チョチュナーは連れの男たちを揺さぶった。

脇から迂回して相手の前方に出て、白樺の木立の陰で待ち伏せすることにした。

これが匪賊であることは疑問の余地がなかった。土地の者なら、何の必要があって夜中に荒野へ出ていくのか。浮浪者どもがしょっちゅう追いはぎをやる場所だというのに。それに、土地の者は馬でいくのが普通だ。

三人は白樺林の端の密生する草の中に身をひそめた。ベルダン銃をもつチョチュナーが少し前方に出て、ニールとグリーシャはナイフを手に待ちかまえる。

日はまだ昇っていなかったが、もう遠くまですっかり見渡すことができた。二人連れは疎林を出ると、待ち伏せしている場所へ一直線にやってくる。チョチュナーは思った——〈まるでオオカミのように、姿を隠していやがる。藪から藪へ、丘から丘へ、うまくいけば窪地を通って行くんだろう。そうすれば遠くまで逃げて行けるからな。だが、ニールはどこで待てばいいのか知っていた。大した奴だ〉

「なあ、チョチュナー」興奮ぎみにニールがささやく。「お前は運のいい奴だな。やってきたら、すぐにこれだ。おれなんか、さんざん歩きまわって、これが初めてなんだからな……」

チョチュナーは肩をすくめた。

「ひょっとしたら、匪賊じゃないかもしれん……」

「匪賊じゃなかったら、誰だっていうんだ?」ニールは疑いをもたなかった。

二人とも杖を手にしている。長い道のりを行くには具合が良いのだろう。袋を背負っている。後方の男は、肩に銃をかけている。

もう顔を判別することができた。一人は満州人によく見かける疎らな髭を生やした、やせぎすで筋肉質の男だった。もう一人は全くの若造だ。二人は見るからに疲れ切った様子をしている。のろのろと黙って歩いている。

ニールがチョチュナーを突いた。こちらは全身を固くしている。もう少し近くまで来させよう、歩きながら眠っているじゃないか。近くまで来させろ。ぱっと飛び出して、両手を縛り上げ、背嚢《はいのう》を調べるんだ。いきなり撃ち殺してしまって、背嚢が空っぽだったりしてみろ。なんで無駄に人を殺さなきゃならんのだ?

ニールがもう一度チョチュナーを突いて、低い声で言った。

「撃て!」

チョチュナーは撃たなかった。地面にぴったりと身体を押しつけ、地面と一体になった。匪賊たちはすぐそばをとおり過ぎた。何の疑念ももっていない。〈背中を撃つんだな〉――ニールは考えた。しかし、チョチュナーは撃たない。音をたてずに、そっと立ち上がった。年長の男に追いついて右の脇腹にぶら下がっているナイフをひったくるのに三歩跳ぶだけで足りた。チョチュナーは狙った相手を押し倒し、すばやく銃を奪い上げた。

ニールはグリーシャを追い越して若い方の匪賊に先に追いつき、背嚢を摑んだ。相手は振り向かずに片手を後ろへ振り、上に突き上げた。ニールは突然、奇妙に身をかがめたかと思うと少しの間ふらつき、そして無言で横向きに倒れた。グリーシャはたじろいで立っている。若い方の匪賊はさっと脇へ跳び、木立をめざして走り出した。チョチュナーは叫んだ。

「追いかけろ!」

しかし、グリーシャはその場を動こうとしない。チョチュナーはグリーシャにベルダン銃を放り投げた。グリーシャは銃を受けとめ、走り出した。

……ああ、ニール、ニール！　運のない奴だな、お前は。何でそんなへまをやらかしたんだ？　この金《きん》がそうたやすく手に入らないことぐらい知っていただろうに。運がなかったんだな、お前は。


……運の・ない・奴……運の・ない・奴……運の・ない・奴——乗りこんだ汽車の車輪がそんな音を立てていた。チョチュナーはニールの死のことを考えていた。だが、憐れみの情はわいてこなかった。それどころか嬉しさがこみ上げてきて、外にまであふれ出そうだった。

「何がそんなに嬉しいんだね？　花嫁さんのところにでも行くのかね？」向かいの席に座っていた黒いスカーフの婆さんが尋ねる。

「そう、そうなんだ……花嫁のところさ」ためらいもなく、チョチュナーは嘘をついた。

「それそれ、見れば分かるよ」

……ニールは自業自得だ。欲に目がくらんでしまったんだよ、ニール。自分を責めるんだな。

だがグリーシャは……今頃どうしているだろう？


……あの時、グリーシャはろくに追いかけもせずに発砲した。もちろん、外れた。それに、銃には弾が一発しかなかった。若い匪賊は木々の間をくぐり抜けるように走った。グリーシャはそれ以上、追いかけようとはしなかった。臆病風に吹かれたのか？　あるいは、金《きん》が皆に足りると考えたのか。

チョチュナーは背嚢をすっかりひっくり返してみた。いちばん底の方に、円筒形をしたソーセージのような灰色の丈夫な布地の袋があった。せっかちにナイフで隅を切り裂いた——草の上に細かい金のかけらがこぼれ落ちた。金の粒は重かったが、表面の手触りは液体のように柔らかい。手に汗をかいているのか、それとも実際に金は柔らかい手触りがするのだろうか。

チョチュナーはひもを引きちぎって、切り裂いた袋の隅をくくった。その時、視線を感じて顔を上げた。グリーシャがすぐそばで、期待するように見つめている。

「これはお前のだ」チョチュナーはそう言って、金属の小さな山がきらめいている草の上を指した。

「もっとくれよ」グリーシャは要求した。「おれとニールに」

チョチュナーは袋の中ほどを持ち直して、小さく振った。金が細く流れ出た。

ニールの方を見やった——身体をまるめて、低くうめいている。袋の中味を三分の一ふり落とすと、すばやく縛り直して背嚢に放りこんだ。

「お前が一生やっていくには十分だ。ほら、銃をやる」匪賊の持っていた銃を差し出したが、すぐに考え直した。ウィンチェスターだ。チョチュナーは銃のことならよくよく知り抜いていた。アメリカ製の銃は猟師たちの垂涎《すいぜん》の的だ。くれてやるわけにはいかない！　もう一度、値踏みするようにウィンチェスターを見て、草の上に置き、膝で押さえた。「ベルダン銃をもっていけ。これも良く当たるぞ」

チョチュナーはポケットに手をつっこみ、弾を手探りした。グリーシャは黙って見守っている。その視線の意味するところを察知したチョチュナーは弾を隠すことにした。そそくさと背中に背嚢をかつぎ上げ、ウィンチェスターをひっつかみ、さっと立ち上がって荒野へ向かって大股で歩き出した。

「弾をくれ！」グリーシャはチョチュナーの後を追おうとしてウィンチェスターの銃口に気づいた。

後ずさりして、そして泣きだした。ニールの上にかがみこんで服を脱がせようとしたが、両足がへなへなと折れ、年長の友の肩に倒れこんだ。やり場のない悔しさに号泣した。チョチュナーは初めて憐れみで心がうずくような気がした。ためらいながら少しの間、立っていた。そのとき老匪賊が、自分のことが忘れられているのをよいことに草の上を転がり、大胆にも立ち上がって、さえぎるものもない荒野を駆け出した。老人の走る様子は奇妙でこっけいだった。両手を背中でくくりつけられたまま足を高く持ちあげるので、膝頭が角張った形で大きく前へ突き出されるのだった。チョチュナーは、フフンと笑った。

運の・ない・奴……運の・ない・奴……。

第十章

汽車でスレチェンスクまで行き、そこから船でハバロフスクまで下った。一年ほどそこでぶらぶらしていた。手始めに、町で手に入る最高の品物で身なりを整えた。全部の歯に金をかぶせ、宝石屋でダイヤの指輪と鎖付き金時計を買った。ハバロフスクの巷では、チョチュナーはヤクーチヤのさる公爵の跡取り息子だという噂が立った。誰がそんな噂を流したのか知らないが、その風説に悪い気がしなかった。そして、灰色の袋がいよいよ底をついたのを見て、アムール河を下って、ニコラエフスクへ移った。そこは企業家や手工業者など、ありとあらゆる事業に携わる人間であふれかえっている都会だった。

到着してからわずか二日目に、早くも町では噂が立ち始めた——ヤクーチヤの公爵の御曹司がふいにこの町にお出ましになった。金持ちで全身、金とダイヤずくめだそうだ。

こうして、チョチュナーは会得したのである。オオカミのような奪い合いによってのみ、自分の欲するものを手に入れることができるのだと。親類のサプロンのように背中を折り曲げていては、自分がくたばってしまう。旗を掲げて皇帝に刃向かえば殺されてしまう。グルーリェフのように幸運を渇望しながら失敗にうちのめされていては、何も得られずに終わってしまう。ニールはしっかりした奴だった！　親父もそうだったかもしれない。だが、親父は馬鹿だ。今じゃ時代は変わっているのに、相も変わらず革笞を振り回している……。

ほどなく、チョチュナーはニキーフォル・トローシキンという金持ちの水産加工業者と知り合いになった。トタン葺きの屋根の大きな塩蔵所と十五隻のタール塗り木造漁船、二隻の小型蒸気船を所有する男だった。赤レンガの住宅と加工所は、高い岸辺の上という便利な場所に位置していた。

トローシキンは潟に一・五キロメートルにおよぶ漁獲設備をもっていた。この巨大な柵型の漁獲設備は、サケの回遊路にニヴフたちの手によって建てられたものだ。[*1] 毎年、秋になると、数十万プード〔一プードは十六・三八キログラム〕の評判高い銀色サケ[†]を所有者にもたらす。その特殊な塩蔵技術は極秘とされていた。この魚はニコラエフスク、ハバロフスク、ウラジオストクの商店やレストランを席巻し、北京や東京にまで進出していた。トローシキンには大勢の競争相手がいた。だが、彼のもとで働いているのはニヴフやウリチといった最も安価な働き手たちだった。その上、トローシキンにはアムール潟とサハリンに三流どころの〈手飼いの〉事業主がいた。張り合うだけの力をもたない彼らは、〈親父さま〉に仕えている。トローシキンは、広くアムール・オホーツク沿岸部で、そんな尊称を奉られていた。

チョチュナーは夏から秋の始めにかけてニコラエフスクで過ごした。大きな事業で自分を試してみたいという欲求が、彼をこの町につなぎ止めていた。しかし、事業は真剣勝負で、慎重さが要求される。加えてタイガの住人である彼は、海霧と塩辛い小糠雨になじむことができなかった。

そんな彼を新しい出会いが待っていた。この出会いが何をなすべきかを決めてくれた。〈親父さま〉のところに婿のチモーシャ・プポークが弟のイワンを連れてサハリンからやってきた。百プードを超える高価なサケの脂がのった腹肉《プポーク》を運んできたのである。ヤクートの驚嘆ぶりは大変なものだった。これだけの腹肉《プポーク》を取るために一体どれほど大量のサケを処分したものだろう！

ウオッカの大瓶を囲んだ時、チョチュナーは尋ねた。

「魚の本体はどこへやってしまったんだい？」

チモーシャは自分の与えた印象に満足して、ぞんざいに言い放った。

「どこへだと？　ギリヤーク[*2]と、連中の犬にだ」

「犬にだって⁉　こんな魚を犬にやったのか？」

チモーシャは語った――原住民族はテンを捕え、トナカイの群れを追って遊牧生活をしているのだと。

「ツングースやギリヤークは獣を捕えるのがうまいんだ。トナカイに乗って追いかけるんだが、連中の犬はまるで猫をやっつけるように、テンの首根っこを締め上げるのさ。毛皮を剝ぐのが追いつかないぐらいだ！　この春なんか四百匹も持ってきたぞ。もっと持ってこられるんだが、他の奴らが集落をまわって、よからぬことをするんでな」

〈そういうことなら、俺にもよく分かるぞ。魚を獲って、テンを買い付けるんだ。だが、この男はどっちに力を入れているのか？　魚だろうか、毛皮だろうか？　それに、「他の奴ら」というのは何者だろう？〉――チョチュナーの頭に新しい計画が浮かんできた。

「他の連中に、あんたの邪魔なんかできるのかい」へつらうように尋ねる。「あんたはご主人さ

†銀色サケとは、海から川へ上る前のサケ。川の淡水に入ると銀色の〈海洋色〉を失って褐色になり、味もおちる。
＊1　ニヴフ民族はサハリン北部のほかアムール下流域にも居住する。／＊2　ギリヤークはニヴフの旧称。

まだ。大きな土地のご主人さまじゃないか」

チモーシャは首を横に振った。

「主人か……。俺が、主人だって言うのか？　そりゃ、土地はでかいさ。俺が自分の岸をまわっている間に、別の岸をイワノフとか誰とか他の奴がまわって、ギリヤークたちから巻き上げて丸裸にしてしまうんだ。それに、俺はティミ川は上らない、海からまわるだけだ。いっぺん試してみたんだが、帆船は中流までしか行けなかった。そこから先は浅瀬だった。ところが、ギリヤークは上流に住んでるのさ」

〈なるほど〉――チョチュナーは心中ひそかにチモーシャ・プポークとの話を総括した。

親父さまは黙っている。見たところ、ヤクートの若者とプポークの会話には興味ないという様子だ。黙ってウオッカを飲んでいる。顎を大きく動かして、甘塩のサケの頭をばりばりと噛みくだいていた。食事が終わったとき、こう言っただけだ。

「チモーシャ、あっちでギリヤークたちが魚を自分の手元に残さないよう、ちゃんと見てろよ」

「しっかり教え込んでありますよ、親父さま、教えこんであります」

「いいから、見てるんだ」

チモーシャはサハリンにチョチュナーを連れて行くことにした。〈見張り役〉ということで。彼はもちろん、自分の固有の――と今までみなしてきた――領土に何者を伴うことになったのか、知る由《よし》もなかった。

チョチュナーはニコラエフスクでウオッカ、茶、タバコ、砂糖、狩猟用装備一式。それに、四丁の新品のベルダン銃を買いこんだ。

第十一章

チモーシャはサハリンへ戻る途中、ニヴフのあちこちの集落に寄り道して、各種の物品——粉類やマッチ、サテン生地、ウオッカ、茶、ビーズ製品、針、金物類、タバコ、色とりどりの糸——を配って歩いた。ニヴフたちは引換えにチモーシャが漁期の始めにあらかじめ渡しておいた樽に魚を貯えるのである。いま、親父さまの倉庫にある脂がのった腹肉は夏のサケから取ったものだ。半月後、チモーシャは集落をまわって魚のぎっしり詰まった樽を回収し、空の樽を置いていく。塩のきいたサケをニヴフが欲しがることは稀だ。ニヴフは魚を野天干しにする。薄い層に切り分けて干すのだ。〈ユーコラ〉と呼ばれる。だが、塩気のない干し魚《ユーコラ》を口にするロシア人はあまりいない。したがって、もうけを得るためには、ギリヤークは塩漬けせざるを得ない。ところが、ギリヤークは塩漬けする容れ物をつくることができない。そこで、魚はすべてチモーシャの樽に漬け込むことになる。確かに警戒が必要だ。さもないとギリヤークも狡《ずる》いことをやる。樽一杯に漬けた頃、もし適時に引き取られなかったりすると、よそへまわしてしまう。そのあとでまた漬けにかかるが、樽を一杯にするのが間に合わない場合もある——サケは湾内に留まらずに川へ去ってしまうからだ。

チモーシャはサハリンで、ボロネジ県出身の流刑懲役囚の家庭に生まれた。懲役囚は刑期をつとめ終えたが、故郷に帰るための金がなかった。そのまま、この地に根を下ろした。つらい労苦に耐えて分与地の木株を引き抜き、木製の鋤《すき》をこしらえ、土地を耕した。こんな仕事を見たことも聞いたこともないニヴフたちは驚いた。地味のとぼしい北方の土地でも、いくばくかの馬鈴薯とライ麦が穫れた。チモーシャの父親は悟った、ここじゃ畑では食っていけぬと。ふたシーズンを費やしてサケを獲り、塩漬けにしてニコラエフスクまで運んだ。そのあとで、サケの本体ではなく、イクラと脂肪の多い腹肉――〈プポーク〉とアムール潟では呼ばれている――を仕込んだ方が得策だと分かった。脂のある腹肉《プポーク》の樽は、一本漬けの樽の何倍もの値がつく。チモーシャが事業の〈主人〉になる頃には、父親は彼のために、仕切り壁のあるがっしりしたサウナ付き住宅と牛二頭、馬二頭、雌豚と子豚、それに三人の扶養すべき家族を遺した。

流刑農民の本名など、覚えているのは恐らく年寄り連中だけだろう。サケの群来《くき》の時期になると、チモーシャの父親は恒例のように集落をめぐり歩き、小さな杯でウオッカを飲ませ、お人好しで情の厚いニヴフたちを言いくるめ、〈サケの腹肉《プポーク》をほんのちょっぴり〉進呈させた。そのせいで、父親に〈プポーク〉という名前がついたのである。かつての懲役囚のあだ名は定着し、その家族にも引き継がれた。

チモーシャは父親からロシア流の勤勉さと、じっくりと事を進める実務家肌の気質を受け継いだ。十八歳でニコラエフスクの事業家の娘を嫁にもらった。父親が神に魂を返上した時には、自分たち二人の食い扶持に加えて、父親から遺された三人の家族の食い扶持も稼がねばならなかった。仕切り壁のある大きな木造住宅の主となったチモーシャは、将来に備えて、もう一軒、同じような家を建て始めた。弟たちと一緒に、ふた夏をかけて建てた。建て終えると、次弟のイワンに嫁をもたせた。石油採掘業者の娘をもらってやった。こんな風にして、地方の富裕で有力な人々と姻戚関係をつくっていこうと考えたのだ。だが、個人で石油を採掘していたその男は事業に失敗して、どことも知れず消え失せてしまった。残ったのは、美しい、どっしりと肥えた娘——イワンの妻だけだった。

イワンが父親から受け継いだものはわずかだった。健康で力持ちではあったが、事業に対してはあまり興味を示さず、兄のもとで使い走りの身に甘んじていた。チモーシャは大事な仕事は弟には任せなかった。イワンはふっくらした美人のフェドーシャにべったりつきまとうことしか能がない。亡父が遺し、その後に増えた家族の果てのない世話に、少しなりとも弟が手を貸すようにと、チモーシャは妹をイワンの家に連れて行った。

末弟のプロコーピイはイワンとは異なり、長兄に似ていた。がっしりした男に成長し、ギリヤークたちと一緒に遠くまで仕事に出かけ、アザラシを撃ち、サケを獲った。そして、頼もしい補佐役でもあった……。プロコーピイは持てる能力を十分に発揮しおおせなかった……。時《し》化《け》にあって、ギリヤークたちと共に命を落としたのだ……。それ以来、チモーシャは自分の近親者を大事にするようになった。この呪われた土地では自分たちしかいないのだから。

だが、どこか海の向こうの遠い彼方に、果てしなく広がる人気なきシベリア——これは懲役囚の歌で知るのみで、どこまでも続く巨大なタイガと考えているが——のそのまたはるか彼方に、彼の土地、彼の故郷があるのだ。その〈故郷〉はいつも想像の中でこんな風に現れる——

タイガ、すなわち、人気なき不気味なシベリアがどこかで終わり、その向こうには素晴らしい特別な大地が広がっている。そこにも森はあるが、島のように点在している。大地はずっしりと重く実った麦の穂で被われている。その上に、灼熱の大気のもやの中から、ロシアの女たちや乙女たちが泳ぐように現れる。刺繍で飾られたサラファン〔袖のない長衣〕やコフタ〔短い上着〕を着て、手には鎌をもち、高らかに歌い、ひっきりなしに身をかがめては、たわわに実った麦を刈り取っている。花柄のスカーフをかぶった頭上には白い雲が点々と浮かぶ。そして、空の奥深くから、豊かな陽光の束が音を響かせながら流れ出てくる……。

第十二章

ウィキラークは頭をめぐらして、岸辺の林から射す木漏れ日を目で追い、煙が立ち昇っていないか、犬の吠え声が聞こえてこないか、じっと注意をこらした。もう二つ、曲がり角を過ぎれば、許嫁のいる集落があるのだ。舅の氏族《アフマルク》を訪ねることになるのか、そのためにどれほどの時間と贈呈品を使うか、前もって話し合ったわけではないが、ウィキラークは嬉しくて待ちきれぬ思いで、タイガにあるふたつの集落の間の、最後の曲がり角を待った。

水路と思われた場所で、大きく砕けた波が川を切り裂き、泡立つ流れの下に岩だらりの浅瀬が顔をのぞかせている。

「岸につけろ！」少し後ろからきていた父親が叫んだ。

ナウクーンは巧みに舵を切った。舟を岸辺の柳の木にぴたりと寄せた。

〈どうして？〉――ウィキラークは尋ねようとしたが、思いとどまった。父親が命じるからには、そうする必要があるのだ。

「茶を飲もう」カスカジークが言う。

「あと二カ所、曲がれば、舅の氏族《アフマルク》の所なんだけど」ウィキラークはせがむように言った。

ナウクーンは弟に背を向けると、舟の中から斧を取りだし、せっせと立ち枯れのカラマツを伐り始めた。日が陰って、所々に立つ白樺の灰色の幹が黒いカラマツ林とひとつに溶けあって見える頃、三艘の舟――二艘は連結され、一艘は少し後を行く――は音も立てずに黒い水の上を、舅の氏族《アフマルク》の集落の脇をすべるように通り過ぎた。ケヴォングの族長は、今は彼らの前に姿を見せぬことにした。その時期ではない。冬になって、豪勢な結納品を携えて訪ねることにしよう。だが今は、嫁取りにまさるとも劣らぬ重要な用件が待っている。ヌガクスヴォング一族と恒久の和睦を結ぶのだ。恒久の……。

第十三章

旅はいつも、人を思索に引き込む。物思いは道中の人々に訪れるだけではない。旅の無事を祈って送り出した人々をも捉える。

ニヴフの女たちの一生は短い。長々とつづく吹雪の冬また冬を四十回、労働に明け暮れる夏また夏を四十回、十回にもおよぶ苦難の出産。それでもう女たちは老婆《マムハチ》と見なされるのだ。

髪を被《おお》いもせずに立っている小柄なタルグーク。俊足の若者ウィキラークの母親であり、白髪とはいえ伐られたばかりのカラマツの切り株のように頑健なカスカジークの妻である。

タルグークが、健脚で、いつも獲物に恵まれるカスカジークの妻になるべくケヴォング一族のもとに連れてこられた時、この一族はサケ・マスの産卵する川の岸辺に集落をかまえていた。さらに、一族の男たちはオホーツク海《ピラ・ケルク》、すなわち「大きな海」の潟にも暮らしていた。

いくつもの氏族から嫁にほしいと望まれた。どの氏族も彼女を貰い受ける時期を窺っていた。ところが、遠方の霧深い沿海地域に住むヌガクスヴォ集落の人々が、まだ幼い少女を連れて行こうとしたのである。父親はこれを許さなかった。時期が来るまで娘は父親の冬の家《トラフ》で暮らさせる。その時までに婿の一族《ウィムヒ》は結納品を用意することができよう……。

その夏、タルグークは三十三アニとなった。†その時、大量のウオッカが飲まれ、それを上まわる量の血が流されたのだ……。

ヌガクスヴォ集落の人々は、二艘の丸木舟に乗り込んでティミ川をのぼってきた。その日までに、タルグークの前にはテンとオコジョの毛皮が山と積み上げられた。族長にはキツネの足の皮からつくられた豪華な帽子が贈られた。さらに、衣服や長靴に使われるアザランの毛皮、長靴の底に使われるアシカの白い皮、オットセイの毛皮、取ったばかりの獣脂と煮溶かした獣脂、シナ製の青い更紗が数反、アイヌの鋳鉄の大鍋、斧、先ごめ銃……。そして、ウオッカ。ウオッカは二日間の大酒盛りで浴びるように飲まれた。寒冷の海岸に住むヌガクスヴォの人々は豪健な一族だった。

だが、この人々に先だって、ティミの上流から白髪頭の媒酌人たちが来ていたのだ。その折りに父親は、タルグークをケヴォング一族に与えることに同意していた。婿《ウィムヒ》の一族が力を合わせて結納品を集めていたが、それに手間取り、タルグークの嫁入りが遅れていた。冬までには、タルグークはティミの上流へ行くはずだったのだが。

ケヴォングたちが結納品を集めている間に、ヌガクスヴォの人々が不意打ちをかけたのである。タルグークの父親のスチョーク爺は、初めのうちはこの来訪者たちと話し合うことを拒んでいた。ケヴォング一族との約束に背くことを恐れたのである。だが、へべれけに酔いつぶれた大酒盛りの二日目、唇をぬらしたスチョーク爺は自ら客たちの所へ這い寄っていった。

……タルグークは、媒酌人たちがやってくるふた冬前に、自分の身体が成熟したことを感じた。最初はすっかりおびえ、どうしてよいか分からずに母親のところに駆けつけた。母親は長いこと辛抱強く、娘に教えて聞かせた……。

その冬は、日に日に変わりゆく自分が自分とも思えなかった。人目のない所でこっそりと、胸に手を触れてみた。以前は目立たなかったのに、今はどんどん大きくなっていく。肩や太ももが丸みを帯びてきた。周囲でささやかれるようになった――〈スチョークの娘が大人になった。もうじき、大宴会があるぞ〉

†かつてニヴフは一年を季節によって数えた。ここでいうアニはひと冬、あるいはひと夏を表し、一年は二アニとされる。現在では統一されて、一アニは一年にひとしい。

タルグークは妻になった自分を想像することができなかった。しかし、もうすでに、自分は勤勉で仕事の早い主婦になるのだ、それが良い主婦とされるのだと自らに教え込んでいた。さらに、自分の中に何か新しい力を感じるようになった。この力は夜ごと眠りを妨げた。男たちと出会った際に、彼らの目を見はしなかった。だがひょっとしたら気づかれてしまうかも……。時には、早くそうなればよいのにという思いにとらわれることもあった。

酔った父親が、お前はヌガクスヴォの男の妻だと言った時、従順に受け入れた。一度も年長者に口答えしたことがなかったし、ましてや父親である。父が言うなら、つまり、そうしなければならないのだ。

帰って行く客たちを集落の者たちは総出でわいわいと見送った。男たちは岸辺の粘土の上をすべり、転げ回って、しゃがれ声でわめいた。

「ホホー、わしらの気に入りの婿殿だ！　ホホー！」

その〈わしらの気に入りの婿殿〉というのは、二十歳ぐらいの男だった。一緒にきていたある者が、うっかり口をすべらせた——この婿殿は以前、人の女房を連れ去ろうとしたことがある。ところが亭主に出くわしてしまい、亭主は相手の顔面にずっしりと重いオストル†をお見舞いした。婿殿は意識不明で長く床に就いていたが、奇跡的に一命をとりとめた……。

二艘の丸木舟は昼頃、一休みするため岸につけられた。美しい、砂利の多い岬が選ばれ、焚き火がたかれた。そこで再び飲んだ。それから、酔った婿は花嫁を、柳の枝で急ごしらえされた掘っ立て小屋に連れこんだ。

男が自分に向かって乱暴ににじり寄ってきた時、タルグークは恐怖のあまり、金縛りにあったように動けなくなってしまった。苦痛が走った。恐ろしい引き裂かれるような痛みだった。どれぐらい苛《さいな》まれたかタルグークは覚えていないが、突然、大きな叫び声が聞こえた。

「そら、奴がいるぞ！　奴がいるぞ！」

すぐ近くで、誰かが狂ったように叫んでいる。

「汚らわしい盗人を見つけたぞ！　見つけたぞ！　こいつをやっつけろ！　やっつけろ！」

小屋の中を覗きこむ男がいる。手に槍を持っている。だが、せまい場所で槍は扱いにくい。男は身をかがめると、顔のゆがんだ男の方にさっと跳びかかった。婿は足で反撃した。男は倒れ、そのはずみで小屋の壁が押し破られた。婿はぱっと立ち上がると攻撃に打って出た。倒れた相手に襲いかかったが、両足で激しく反撃された。細枝でつくられた小屋は、ばらばらに吹っ飛んでしまった。両者の細い狩猟ナイフがにぶく光った。二人はひとつにからみ合い、息づかいも荒々しく唸り声をあげながら、ナイフを素早く動かし、激しく切り結んだ。どちらかが、あっと叫び、長いうめき声をあげた。顔のゆがんだ男が地面から立ち上がったが、脇腹からほとばしるように血が流れ出ている。よろめきながら、舟の方へ走り出した。小屋から川へ向かう途中の草地は血でおおわれた。その時、誰かの確かな腕で放たれた槍が男の背中を、両の肩胛骨の間を、刺し貫いた。顔のゆがんだ男は川の中に倒れこんだ。水は真っ赤に染まった。あ

† 犬橇に使われる制動棒。丈夫な白樺や樫の木でつくられた固い棒で、先端に金属が取り付けてある。

るいは、空の半分を赤々と染める夕焼けのために、川が一層、赤く見えたのかもしれない。獰猛《どうもう》な魚たちが血を感じ取り、無人の舟のそばでせわしなく水をはねあげた。

ばらばらに壊れた小屋には、起きあがろうとして苦しげにもがく男がいた。太い弁髪の頭を地面にこすりつけるようにして四つん這いになった。立ちあがろうとするが、両手が力なく折れ、歯ぎしりしながら、何度も草の中に突っ伏してしまう。

顔のゆがんだ男の親族たちは、予期せぬ襲撃にあってパニック状態に陥り、散り散りに逃げてしまった。度胸を据え直して、消えかかった焚き火の方に戻ってきたが、足跡から、顔のゆがんだ男に何が起きたのかを察知した。一艘の舟はそのままの位置にあった。手を触れた形跡はない。二艘目の舟は血に染まり、倒木に打ち寄せられていた。

……タルグークは夫の名前も知らずじまいだった。そして、襲撃者たちが何者なのかも知らなかった。言われるまま、思い切って彼らの舟に乗りこんだ。肩幅の広い二人の青年が竿を手にして立っている。艫《とも》には、やはり竿を手にした年配の男がいる。タルグークは舟の中央に腰を下ろした。その脇で、艫《とも》に座っている男によく似た猟師が、竿をぐいと突いた。〈きっと、親子なのだろう〉――タルグークは考えた。傷を負った男は、もう一艘の舟で運ばれていく。

大きく湾曲した箇所をすぎたところで、年配の男が舳《へ》先にいる男に話しかけた。

「ヌガフッカ、岸につけて、カスカジークの兄の具合を見てみよう†」

それで、タルグークは知った。年配の男は父親で、息子が二人いる。一人はカスカジークという名で、弟だ。タルグークの横に立って、懸命に竿を操りながら、流れに逆らって舟を進めている。もう一人は上の息子で、負傷した男だ。カスカジークに手を貸しているのは、どうやら、婿《ウィムヒ》の氏族の者たちらしい。舟の中にいる二人もきっとこの一族の者だろう。

舅《アフマルク》の氏族は、しばしば婿《ウィムヒ》の氏族に対して主人顔でふるまう。特に、多くの人手を必要とする場合はそうである。婿《ウィムヒ》の氏族は、舅《アフマルク》の氏族の要求を忠実にかなえてやる。常にそうだった。

翌朝、タルグークは自分の集落に戻り着いてはじめて、新しい夫になるのはケヴォング一族の兄弟の一人であることを知った。

スチョーク爺は酔っぱらって寝ていた。他集落の者たちを見て、そして、その一人が血だらけなのを見て、いっぺんに酔いから覚めた。まるで、娘は誰にも連れ出されたことはないと言わんばかりに、娘の方には何の注意も向けなかった。

その日、この地のシャーマンは言った――スチョークの一族も、ケヴォング一族も、ヌガクスヴォ集落の者たちも、三つの氏族はいずれも重い罪を犯した。スチョーク爺はしきたりを破って、婚約ずみの娘を別の者たちに与えた。ヌガクスヴォの者たちは盗みを働いた。スチョーク爺を酔いつぶし、酔った男から娘を奪った。そして、ケヴォングたちは身内と他人の血を流した。至高の精霊クールングは許さないだろうと。

二日後、ケヴォングたちは故郷の集落に帰り着いた。婚礼はなく、葬式がとり行われた……。


†ヌガフッカは呼びかけの言葉。逐語的には「同志、友人、親友」の意味。また、ニヴフたちは通常、年長の方を名前で言わずに、「～の父、～の兄」と言う。

タルグークは新しい氏族の中にひっそりと入り、主婦になった。どれほど魚が大量に獲れても、夏の陽差しは一匹たりとも魚を傷めることはなかった。小さな手が、それは手早く、干し魚《ユーコラ》を切り分けるからである。タルグークは炉にも注意を怠らなかった。そして、子を成した……。娘は早くから、細長いナイフの扱いを覚えた。娘のイニギートが一緒だと、仕事も楽だった……。

……タルグークは今では思うように振る舞うことも多い。普段は大きな仕事や、細かいけれども欠かすことの出来ない用事で忙しい。だが今は、冬の家《トラフ》の傍らにゆったりと立っている。ずいぶんと長く、何をするでもなく、じっと立っている。満州タバコを詰めた煙管をふかし終わるぐらいの長い時間、立っている。どこか、あらぬ方に目を向けているが、その目は何も見ていない。健脚のカスカジークが彼女を自分のところに連れてきたあの遠い過去に、すっかりひたりきっていた……。

はじめての子供は女児だった。出産時につくられる産屋の入口に老婆たちが陣取り、どこにでも入り込んでくる悪霊から妊婦を守っていたが、その老婆たちが赤ん坊を取り上げて、集落に知らせた。知らせを受けたカスカジークは、まるで何事も起きなかったように、何の感情も表さなかった。タルグークは長いこと、うちのめされた思いで暮らした。ケヴォング一族の後継ぎをもたらさなかったことは彼女の罪であるかのような、まるで詐欺をはたらいて、全世界から非難と軽蔑の目で見られているような思いだった。

何ヶ月もの間、夫はきびしい態度を見せて妻をそばに寄せつけなかった。気の休まらぬ夜々、タルグークは死ぬほど自分を苦しめ、妻をもう一人めとるようにと夫に嘆願した。その妻が夫に幸せをもたらすかもしれないと……。

ある夜、炉のカラマツの薪が燃えつきて、大きな炭があかあかと燃えていた時、カスカジークは厳めしい様子で黙ったまま、毛布をかけずにトナカイの毛皮の上に横になっていた。タルグークは雑用をかたづけ、服を脱ぎ、魚のように身をくねらすと、夫のがっしりした筋肉質の身体にぴったりと寄り添った。そして、心をこめてやさしく愛撫しながら、懇願するように言った――〈ねえ、あんたに息子を産んであげる。間違いない、きっとそうなるわ。でも、女の子もいいものよ。弟たちの子守ができるし、育つのが早くて、私の手伝いをしてくれるもの〉

タルグークは今でも、あの時なにが効果を生んだのか分からない。妻の愛撫とやさしさで成果を上げるためなら、どんな役割でも引き受けようという気持だった。だが今でも、限りない愛にあふれたあの夜のことは忘れられない。カスカジークは疲れを知らなかった。タルグークも、くり返し何度も欲望に燃えた。まさにあの夜、本当に女として成熟したのだ。そのあと、なぜか寡黙になった。日々は以前と同様に、きりのない家事に追われて過ぎていく。ただ、今は何をするにもそっと音をたてず、激しい動きもしなくなった。

ある時、吹雪の後で、カスカジークは罠を据え直してタイガからもどった。ぐったりと疲れていたので、熱いお茶を飲んで、なんとか寝床へたどりつくと、さっそくいびきをたて始めた。その夜、すばらしい夢を見た。狩猟用の幅広のスキーに乗って、さっそうとすべっていく。アザラシの毛皮を張ったスキーは、音も立てずに雪の上を走る。ふと気づくと、小さな獣が渓谷を下りていく。茂みの間に見えたかと思うとまた姿を消し、木々の間から姿をちらつかせたかと思うと、また隠れてしまう。カスカジークは立ち止まり、この見たことのない獣の向かう先に目をこらした。すると、獣は渓谷を下り、脇道にそれようとして、深い雪の中にはまりこんでしまった。カスカジークは飛んでいって、獣を捕らえた……。

翌朝、シャーマンの所へいって、夢の話をした。シャーマンが答えた――〈獣を夢に見た者は、幸せをつかむ〉

カスカジークは、あれこれ推測して頭を悩ませようとはしなかった。家に帰ると、妻はまだ寝床に横になったままだ。前代未聞のことだ！　いつも夫より早く起きて、夫が目覚める頃には炉は盛んに燃え、朝食が主人を待っているのに。〈こっちにきて〉――妻の声が聞こえる。族長はとまどいながらも、従った。かがみ込むと、タルグークは両手を夫の首にまわし、耳元にささやきかけた――〈イニギートに弟が生まれるわ〉カスカジークは有頂天になって喚声をあげ、ひと息つくと、いきなり、妻があやうく窒息しそうになるほど強く抱きしめた。

赤ん坊の誕生に先だって、欠けた月が満ちるほどの期間を置き、ミザクラの木を切って長いリボン状の木幣《ナウ†》をつくった。削ったものを房状にまとめ、一端を樹皮の繊維でしばり、飾りの先端にはコケモモの果汁を塗って、冬の家《トラフ》のあちこちの隅に吊した。木幣《ナウ》は、至高の精霊クールングに伝えてくれるはずである。カスカジークの唯一の願い――ケヴォング一族に後継ぎが生まれるようにとの願いを。

夏の中頃、マスが何千という群れをなして産卵場所をめざす頃、息子が生まれた。ああ、健脚のカスカジークが、たちまちにして、尊敬を集める人物になったのだ。テンの毛皮やワシの羽と交換して、ロシアの行商人からウオッカを手に入れた。幸せな父親、幸運な猟師は、隣人たちに気前よく馳走をふるまった。それによって、善良な人物という評判を確実にしたのだった。

赤ん坊は、まだ名前がないまま、いつも白樺の樹皮でつくられたゆりかごに入れられ、天井近くの梁にぶら下げられていた。ある時、遊んでいて、ゆりかごの中で大きく身体をゆすった。天井近くに吊されていた木幣《ナウ》がはずれて、かさりと赤ん坊の上に落ちた。カスカジークはこれを吉兆と見て、言った――〈ナウ・クーチ〉、すなわち、「木幣《ナウ》が落ちた」と。族長のこの言葉から「ナウクーン」という名前がつけられた。赤ん坊は幸せ者になるだろう、一族に幸運をもたらすだろうと集落の人々は考えた。

第十四章

さらに幾つかの年月《アニ》が過ぎた。イニギートは長靴を縫い、繕い物をすることを覚えた。ナウクーンは浅い小川を駆け回ったり、浅瀬のマスを骨製のヤスで仕留めたりした。冬の家《トラフ》まで百歩あまりの距離を、魚をひきずりながら、やっとのことでたどりつくのだった。

夏の間はいろいろな人間がティミ川を行き来する。ニヴフ、ロチア人《ロシアじん》、満州人。さまざまな理

† 神に捧げるミザクラの木幣《へい》。

由が彼らを難儀な旅へ向かわせるのだ。ある者は商売のため、ある者は親戚縁者を訪ねるため、ある者はニヴフたちにはさっぱり分からない問題のために、またある者は親戚縁者を訪ねるために。

誰よりもひんぱんに行き来するのはロチアだ。ニヴフたちにとっていちばん分からない人間たちだ。満州人が何のために旅をするのか、これは良く分かる――商人なのだから。ロチアの中にも商人はいるが、軍人や、紙のたぐいを携えている人々もいる。ケヴォの人々は知っていた――遠い南の方の、山脈を越えたむこうの沿岸部にルイと呼ばれる大きな村がある。そこでは、サーベルや銃で武装したロチアたちが自分たちとよく似た人々を鎖につないでいる。そして何のためか、この不幸な人々に山を破壊させ、いっぺんに十人もの人間が通れるほどの大きな穴を山にあけさせる。さらに、聞くところでは、鎖につながれた人間が監視のもとから逃亡し、タイガや山の中をさまよい歩くことがある。こうした人間は、冬ごもりせずにうろついている熊よりも恐ろしいそうだ。

脱獄囚をニヴフたちは〈クィチク〉と呼んだ。ケヴォングたちは誰一人として彼らを見たこともなく、どんな連中なのか知らなかった。

だが、ある時、その連中がケヴォにやってきたのである。

タルグークは、その時に起きたことを思い出すのもいやだったが、記憶の方は女の意志に従わなかった。頭は激しい痛みに襲われ、くらくらと目まいがしてくる。タルグークは冷たい空気を大きく呑み込んだ。もう一度呑み込んだ。頭が少し楽になったが、またもや過去の出来事が、恐ろしい細部と共にまざまざとよみがえるのだった。

それは雨の降らない炎暑の夏のことだった。タイガは熱せられ、むんむんする暑さだった。

その日、カスカジークと二人の兄弟――ニェノンとライルグン――は二艘の丸木舟で集落の上流へ向かい、網を入れた。マスの漁期が始まっていた。

二人の兄弟は網を立てるのを手伝ったあと、干し魚《ユーコラ》の架け台を修理するために集落へもどった。カスカジークは魚を引き揚げるために残った。タルグークは茶をあたためて兄弟たちに飲ませた。ライルグンはあわただしく食べながら、兄嫁から目をそらすことができない。しかも、彼女の腕に何度か触れたりもした。ニェノンは兄弟の中で一番の年長だったが、無関心を決めこみ、何も気づかないふりをしていた。不幸なニェノンには妻がいたのだ。何がもとなのか、至高の精霊クールングの怒りを招き、妻は息子を産み落としたあと、そのままムルィヴォ（あの世の村落）に去ってしまった。赤子も母親のあとを追って行ってしまった。それ以来、ニェノンはやもめのままだ。妻が亡くなる前に、同じ春のうちに年老いた父親と母親がムルィヴォに去っている。そこで、族長の権限は長男に移ることになった。しかし、妻も赤子も亡くしたニェノンは悲しみにひたるばかりで、集落の生活にはあまり関わろうとしなかった。今では、いろいろな問題は家族持ちのカスカジークのまわりで回転している。

しきたりでは、兄は弟の妻と交際することは禁じられている。一方で、弟には兄の妻に対して権利が与えられている。カスカジークは、自分の留守に弟がタルグークと寝ていることを知っていた。しかし、不満を表に出すようなことはしなかった。しきたりはライルグンの味方だから。

ライルグンは三人兄弟の中でいちばん美男子だった。若いとはいえ、もう男といってよい年齢だった。

最近では十二日ほど前にそれがあった。その日、カスカジークは細い丸太材を切りに出かけた。タルグークは庭で犬の餌を煮ていた。カスカジークがまだ川の中ほどまで行き着いたかどうかという時、愛に飢え、いつもせっかちなライルグンは、焚き火のそばで忙しくしているタルグークをとらえて冬の家《トラフ》に連れて行ったのだった。

それに、今日もライルグンはついていた。網《†》を立てた時、カスカジークはニェノンにこう言った。「アカー、俺はやっぱり残ることにするよ。もし漁がうまくいったら、俺が魚を引き揚げるから、家に帰っていてくれないか」

そのあとで、おし黙ったまま期待をつのらせるライルグンに向かって言った。

「お前は架け台から魚を下ろせ」

これは、こう解釈しなければならない——カスカジークは兄に干し魚《ユーコラ》の仕事を頼んだのだと。しきたりでは年少者が年長者に命令することは許されない。そのために、ニェノンに言うべきことを弟のライルグンに言ったのだ。

ライルグンにはこうした成り行きが口ではいえぬほど嬉しかった。さっと舟に乗って櫂をにぎると、力一杯こぎ出した。あまり強くこいだものだから、舟は右へ傾き、左へ傾きして、危うく転覆しそうになった。

タルグークは、夫の血を分けた兄弟よりも夫のことをよく知っていた。夫はライルグンに網の番をさせて、自分はニェノンと一緒に干し魚《ユーコラ》の仕事をすることもできたのである。しかし、善良で情のある夫は、弟が苦しい思いをしているのが分かっていたので、弟を集落に帰したのだ。

茶を飲み終えようとしていたライルグンは、憎らしそうな目つきで兄を見ていた。兄の方はぼんやり物思いにふけりながら、ぐずぐずと茶を飲んでいる。やっとのことで茶碗を置き、何の関心もなさそうにあくびをして、腹をかきかき自分の住まいに引きあげていった。

全身がたぎる思いでいたライルグンは、さっと立ち上がると、タルグークの服をせっかちにぐいぐいとはぎ取りにかかった。タルグークは下穿きのひもを引きちぎられはしまいかと、それればかり恐れていた。

そのあと、犬たちが吠え始めた。どうしたのだろう？　集落は身内の者ばかりなのに。ニェノンは自分の冬の家《トラフ》で休んでいる。イニギートとナウクーンは砂利の多い砂州で遊んでいる。だが、犬たちはまた吠えだした。最初に牝犬《めす》が吠え、つづいて子犬たちが吠えた。

「誰かしら？」タルグークは耳をそばだてた。

ライルグンは眉ひとつ動かさない。

「誰かいるんだわ」ぐったりしたタルグークがくり返して言う。

今度は集落中の犬が吠えている。タルグークは吠え声で判断した。好奇心から吠えている犬

†ニヴフ語で兄は「アキ」であるが、兄に呼びかける時は「アカー」となる。

と、猛々しく憎悪をこめて吠えている犬がいる。

タルグークはすばやく服を着て、低い方の戸口を開けた。まず犬たちが目に入り、そして、二人の人間らしいのが見えた。長い髭はぐしゃぐしゃに乱れ、頭髪は額にまで垂れている。迫ってくる犬たちを杖で追い払おうとしている。何だろう、これは？ 人間だろうか？ こんな人間がいるのだろうか？ 背丈は普通の人間より高いし、まるで秋の白樺の葉っぱみたいな赤毛だ。もしかしたら、これが年寄りたちの言うあのパル・ニヴグン†かもしれない。精霊を見た者は幸せになれると信じられている。精霊を目の当たりにしたタルグークは、すぐに、彼らが消えてしまうのではないかと心配になった。音もたてずに消えてしまうかもしれない。何と言っても精霊なのだから。消えてしまっても、犬たちは長いこと吠えつづけるだろう。だが、そんなにさっさと行かせてはならない。

「こっちに来て！」タルグークはライルグンを招いて精霊たちを見せようとした。彼も幸せになれるようにと。

精霊たちの方もタルグークに気づいた。タルグークは犬たちに走り寄って、足で追い払った。犬たちは合点がいかぬといった風に女主人を見ながら、脇へしりぞいた。

ライルグンはためらいながらその場に立ったままだ。髭をへそのあたりにまで垂らした方の精霊が、うまく曲がらない足で、脇の方に伸ばした手にずっしりと重そうな杖をもち、犬たちの方をこわごわ見ながら、タルグークのそばを通り過ぎた。タルグークは不思議に思った——精霊が犬を恐れるなんて。精霊というのは普通は目に見えないのだが、善いことをしようとする時は人間の姿に変わり、集落や猟師たちのもとにやってくると伝えられている。

髭の長い精霊はライルグンの脇を通り過ぎ、冬《トラフ》の家の中へ入っていく。もう一人の小柄な男の方は、タルグークから数歩の所で立ち止まった。

タルグークは精霊たちを見ながら、彼らがケヴォのみんなに一体どんなものを持ってきてくれたのだろうと考えていた。〈精霊といっても、人間のように年齢がいろいろなんだわ。こっちの精霊は若いわ、額にしわがないもの。でも、この目は！　まるで海の水のような不思議な目だこと！〉すると、突然、バシッという音が聞こえた。振り返ると、ライルグンが、ケヴォングの三人兄弟の末っ子であるこの美しい若者が、崩れるようにゆっくりと倒れるのが見えた。何が起きたのか考えるひまもなく、タルグークは冬《トラフ》の家の中に押し込められた。精霊たちは何事かを自分たちの言葉でしゃべり出した。そして、大柄の方が小柄の方をぐいと押しのけて、女に襲いかかった。

頭がぐらぐらする。髭をのばした精霊の大きな顔が、目の前に現れたり消えたりしている。半死半生の状態で、いま起きていることをどう考えたらよいのか、幸運が飛び込んだのか、それとも災厄なのか、とまだ考えていた……。

むき出しの肩がずきずき痛む。どうしたのだろう？　一方の肩の上に大きな筋張った、考えられぬほど毛むくじゃらの腕が置かれていた。腕には鉄の輪がはめられている。鉄の輪には切

†半ば人間、半ば精霊で、常人の近づくことのできない山中に住む。

れ端……鎖の切れ端がついている。奇妙な飾りだ……。鉄の輪は血がにじむほど肩にこすりつけられているのに、精霊は彼女が痛がっていることに全く気づかない。手をどけてくれないかしら、手をどけて……。精霊さん、やさしい精霊さん……。そのとき突然、タルグークは恐ろしいことに思い至り、身震いした――これは、脱獄囚《クイチク》だ……。

そのあと二人は、敷居の所に置いてあった生の魚に飛びついた。タルグークは我に返りかけたが、激しい恐怖心にとらわれて、何度も何度も失神状態に陥った。

脱獄囚《クイチク》たちは飢えた犬のように、せっかちに魚を口の中に放りこみ、ぽりぽりと骨をかみ砕いている。生魚のねっとりした汁が髭をつたって流れ落ちる。

娘……。私の幼い娘。どうしてお前は冬の家《トラフ》に入ってきたの？　悪人どもに気づいたナウクーンが、お前の手をつかんで藪の中に引っ張りこんだというのに。ナウクーンのように、最後までそこにじっとしていなきゃならなかったのに。でも、お前はがまんできなかった。心のやさしいお前は、隠れ場所から出てこないではいられなかった。

叔父さんの痛めつけられた遺体にもおびえず、戸口を引いた。戸は音もたてずに吊り具のベルトを軸に斜めに動いた。お前は寝床の上の苛まれたわたしを見た。目は恐怖に満ち。それでも逃げ出さずに、わたしに向かって飛びこんできた。ああ、何てことをしたの？

脱獄囚《クイチク》たちは、たちまち、食べ物のことを忘れてしまった。先にお前をつかまえたのは、若い方の男だった。今でもお前の叫び声が聞こえる。ああ、つらい、つらくて、とてもやりきれない……。おー、おー……。年上の男が若い男の髪の毛をつかんで、ぐいと引っ張ったので、若い男は金切り声でわめいた。斧をつかんで二人の頭を切り落としてやりたかった。それなのに、わたしの役立たずの足ときたら、まったく麻痺したように動かなかった。おー、おー、どうして神様たちは助けにきてくれなかったのだろう？　どうして？

それから若い方が戸口の外へ出て、すぐにまた現れた。そしてお前は、わたしの幼い娘は、叫び声をあげてわたしを呼んだ。あー、あー、わたしの役立たずの足！　若い男の持つ斧がきらりと光り、年上の男は頭を割られて、土間に長くのびてしまった。

おー、おー！　どうして、わたしなど生まれてきたのだろう？　おー、おー！　そのときふいに、わたしの中にどこからか力がわいてきた。神様が願いを聞きつけてくれたのか。わたしは飛び起きた。でも、悪党も立ち上がって……。気がついた時は夜中だった。事件が夢であってくれたらと思った、悪い夢であってくれたらと。でも、無残に傷つけられた二つの死体があった……。私の頭は痛み、出血していた。どこにいるの、わたしの小さな娘よ？

大声でお前を呼んだ。集落を走りまわって、川岸に出た。すると、その時、茂みの中で息子の声が聞こえた。ああ、神様！　情け深い神様！　わたしの子どもたちに身を隠す知恵を授けて下さった。ああ、神様、感謝します！　子どもたちの手を引いて長老の冬の家《トラフ》に向かって走った。おー、おー！　どうして神様はわたしらに怒りを向けなさるのか？　ケヴォングの一族にこれほど無慈悲なのか？　敷居をまたごうとして、何か硬いものにつまずいた。おー、おー！　ケヴォング一族の長男も殺されていたのだ。わたしはただもう泣き叫ぶしかなかった。一晩中、泣き叫んだ。喉が腫れ上がってひどく痛み、声も出なくなってしまった。それでも、いつまでも叫んで、叫んで、叫びつづけた。叫びながら泣いていた。

……カスカジークが戻ってきたのは、朝になってからだった。留守の間に集落で何が起きたかを見てとると、悲嘆のあまり、物も言わずにティミ川の岸辺に、根株のように座りこんでしまった。

夜、大きな焚き火が燃え上がった。カスカジークは兄弟たちをひとつの火で荼毘《だび》に付した。赤毛の悪党の死体は集落からなるだけ遠くへ引きずっていき、渓谷に放り投げてカラスの餌食にした……。

それまでは、歴史ある一族の長老は信じて疑わなかった。タイガにある自分たちの集落は人間の引き起こすあらゆる災厄と偶発的な出来事からしっかり守られているのだと。脱獄囚たちによる思いもよらぬ襲撃をうけて、カスカジークは考えざるを得なくなった。しかし、どこへ身を隠せばよいのか？

ティミ川を下れば——敵がいる。上流域には多数の集落がある。徒歩で一日かけてタイガと丘を越えると、ヴィスクヴォに至る。そこに住むヴィスクヴォング一族は、ケヴォング一族にとっては、昔からの婿の氏族《ウィムヒ》だ。カスカジークは一族を訪問することにした。そして、ヴィスクヴォングたちが自分をどのように迎えてくれるかによって、今すぐ娘のイニギートを彼らに与えるかどうかを決めようと考えたのである。ニヴフたちは遠い昔からそうしてきた——舅《アフ》の氏族《マルク》の女児はまだ幼いうちに、嫁ぎ先と決められている婿の氏族《ウィムヒ》に与えられるのだ。男児と女児は一緒に育ち、子どもの遊びに興じながら大人になっていく。そして、自分たちが親になるのである。

ヴィスクヴォング一族は、カスカジークに娘が生まれたらしいと聞きつけた時、即刻やってきた。嬉しそうに、うやうやしく、沢山の贈呈品を携えてきた。婿《ウィムヒ》の氏族を迎えたカスカジークは、大きな窪み《ピラ・タイフル》でチョウザメを獲った。祝宴は二日間つづいた。カスカジークとタルグークは、娘の将来の夫となる男児、チンディンに格別の注意を向けた。

ヴィスクヴォングたちはイニギートが十アニ〔五歳〕を数えるときに引き取りたいとほのめかした。だが、カスカジークは言った――子どもの声のしない住処《すみか》は人の住処ではないと。長老同士は約束を交わした――イニギートが「自分自身に気づいたら」、つまり、娘になったら、ヴィスクヴォング一族がすぐに引き取ると。今、カスカジークは自分の意図を隠すために、リスの毛皮と少しばかりのキツネの毛皮を持っていくことにした。タバコを一服つけ、茶を飲むために寄ったふりをするのだ。

カスカジークは槍で武装してタイガと丘を通っていった。今では熊しか通らないが、往時はニヴフたちが歩いた径《こみち》である。

最後にヴィスクヴォに行ったのは、娘が生まれる前だった。その当時、集落は四戸の冬の家《トラフ》を持ち、二十人の住人がいた。今は九戸の家がある。

ヴィスクヴォング一族は舅を歓待した。この一族は、ティミ川をさらにのぼった源流域にあるいくつかの集落からも女たちをめとっているし、西海岸の大きな村、ルイからもめとっている。事情に通じた者たちの話によると、今、ルイには大きな刑務所をもつアレクサンドロフスク哨所なるものが出現したそうだ。刑務所が何であるか、カスカジークはよく分からなかった。いろんな悪いことをした人間を閉じこめておく穴のようなものだろうか。ヴィスクヴォング一族の長老である片目のフルフンと一族の錚々《そうそう》たる男たちが、上等のお茶とウオッカ、熊肉、まれにしか口に入らない珍味のロシア・パンでカスカジークをもてなした。

この集落が大きくなったのは、一族の人数が増えたためではないことが分かった。ティミの上流から他の氏族たちがやってきたのだ。刑務所があちこちにできたため、そこから追い出されてしまったのである。

チンディンは長老の冬の家《トラフ》にも、カスカジークが茶を飲みに立ち寄ったほかの家にもいなかった。フルフンはカスカジークの気持を察知した。

「息子はブローニャのところだよ」涙のにじむ片目をしばたたきながら言う。

そして、説明を加えた――「流刑囚かなんかだ。だが、他の者と似てないんだ。ニヴフの言い伝えや伝説を書き留めたり、わしらの子供たちに読み書きを教えたりしてくれる。チンディンにロシアの言葉を教えてくれ、書くのも教えてくれた。ロシアの集落に行ってみんか、お前さんにも分かるだろう†」

ブローニャはロシア人集落に引っ越してしまったが、生徒のチンディンを連れて行った――昔話を翻訳するためである。

川沿いの草地をフルフンに案内されて行った。ティミ川の急カーブをいくつか過ぎたところに、村が現れた。できたての丸太小屋が二列に並んでいる。

最初に目に飛び込んできた人物は若いニヴフで、奇妙な服装をしている。つばの紅い制帽を恰好をつけて横向きにかぶり、脇腹に拳銃をはさんでいる。さらに奇妙なのは、その振る舞いだった。よたよたした足取りで家から家へと歩きまわり、通りがかりの人間にからむ。自分と同じ氏族の者たちを見かけると、上目遣いにじろりと見て、ろれつが回らぬ口調で相手の品位を傷つけるような言葉を吐き散らす。

フルフンの語るところでは、この男は誰からも敬われることのない、怠け者で嘘つきだという。名前はクヴォルグン。ウオッカをひとなめさせただけで、馬鹿な振る舞いをやり出し、酔っぱらいを演じるという。

ここで最初に監視員をやっていたのは軍人だった。入植者たちはその男にウオッカを飲ませ、男はよろよろした足取りで歌を唄いながら、毎晩おそく家にたどりつくことになった。

去年の夏、数人のニヴフが管区役所に呼び出された。その中にクヴォルグンがいた。管区中央からもどってきた彼は、制帽をかぶり、バッジと拳銃を身につけていた。呼び出された者たちには島の長官の指令書が読み上げられた。それによれば、「当地を知悉《しつ》する者がぜひとも必要

†ブローニャとはブロニスワフ・ピウスツキ（一八六六－一九一八）のこと。民族学者。ペテルブルグ大学在学中の一八八八年、アレクサンドル三世暗殺に関連するA・ウリヤーノフの事件との関係で逮捕され、サハリンへ流刑となり、そこで大々的な学術研究を行った。ニヴフの民族学的研究とフォークロアに関する論文を数点発表し、アイヌ民族学に関する豊富なコレクションを収集し、アイヌ語およびニヴフ語、オロッコ語、マングン語（オリチ語）の辞書を編纂する。有名な論文「サハリン・ギリヤークの困窮と要求」の著者。ニヴフ民族とアイヌ民族の最初の啓蒙家であり、私費で啓蒙活動を行った。

であり、また、現地当局と異民族との関係を容易ならしむるため、ギリヤークを監視員として採用する。彼らを督励してその任務に当たらせ、捕えた（あるいは殺害した）脱獄囚について所定の報奨金、すなわち、一名につき三ルーブリを与えるものとする」こうしてニヴフのクヴォルグンは監視員となり、〈大長官〉を自称した。よたよた歩いたり、暴言を吐いたりするのは、前任者に倣ったもので、長官とはそのように振る舞うものだと考えているのだった。

カスカジークが体験したことや、いま目の当たりにしていることは、とうてい彼の埋解のおよばないもので、時にはこれは夢だ、悪い夢だという気がした。

ある村の付近でひとつの出会いがあった。カスカジークの生涯には何の影響も及ぼさなかったが、後に全文明社会が知ることになった出会いである。そのきっかけというのは、主人につきまとって離れない二歳の牡犬《おす》だった。

分別のない犬がどこかへ見えなくなってしまった。カスカジークが道ばたに立ち止まると、風変わりな橇が見えた。大きな車輪がついていて、二頭の馬が引っ張っている。馭者《カユール》の他にまだ二人乗っていた。一人は将軍の軍服を着て、もう一人は私服。私服の方はニヴフを見ると、近眼らしく目を細めた。見るからに長旅でぐったりしたような青白い顔が、生気をとりもどした。

〈それにしても、大変なお偉方《チャンギ》だからな――カスカジークは考えた――お偉方の邪魔をするのはまずいかな……〉

「おーい、待て！」やっぱり大声で呼んでしまった。「わしの犬を見なかったかね？　良い品種の若い犬なんだが……」

運命が自分を誰に引き合わせたのか、ニヴフは知るよしもなかった。私服の人物にとっては、ニヴフの滅びゆく一族の長老は単なる〈ギリヤーク〉にすぎなかったし、カスカジークにとってロシアの文豪チェーホフは〈お偉方《チャンギ》〉の一人に過ぎなかった。*

「上に立つどんな権威も知らなかったし、知ろうともしない。美しい、誇り高い民族です。しかし、どうやら、彼らの時代はもう先が見えているようですね」馬車が動き出したとき、チェーホフは言った。

「国庫の負担で管区の病院に異民族の連中を受け入れるよう指令を出しました。飢饉の年には小麦粉やひきわり麦を与えております。ところが、監視官やら区長やら監視員やらが、隙を見ては連中からこれを巻き上げるんですな。そこで、借金のかたに所有物を取り上げてはならんという布令を出さなきゃなりませんでしたよ」

チェーホフは将軍服の知事の話に注意深く耳を傾けながら、心の中ではよそよそしい冷たさを感じ、その冷たさがどこから、なぜ生じたのかを見極めようとしていた。

「私はギリヤークたちを監視員に採用せよという布令を出しました。今度の施策にはロシア化という目的もありますから」知事はつづけて言った。

その時、作家チェーホフは言った。

＊チェーホフは一八九〇年の四月から十月にかけてサハリンに滞在し、囚人たちの置かれた状況や刑務所の実態、アイヌやニヴフなど少数民族の生活状態に関する調査を行った。後に『サハリン島』を著して、その調査結果を公にした。

「刑務所がギリヤークたちの近くにあることはロシア化に役立つどころか、ただすっかり堕落させるだけですよ。証明の必要すらありません。ギリヤークたちがわれわれの求めるものを理解するなんてことは、到底あり得ません。もしロシア化が不可欠で、それなしにはどうにもならないとすれば、その方法を選ぶ際には、われわれの要求ではなく、彼らの要求を考慮しなければならないと思いますよ」さらに、少し黙った後で、こうつづけた――「もっとも、ロシア化はあなたが赴任されるよりもずっと前から始まっていたのです。最低の給料をもらっているような役人ですらテンやキツネの毛皮外套を着るようになり、ギリヤークたちの住まいにロシアのウオッカの瓶が現れた時から、それは始まっていたのですよ」

フルフンとカスカジークは、長いほこりっぽい通りの、大きな村にやってきた。カスカジークが若い頃、ここはタイガで、小さな集落がよそ者を、食い足りた犬のやかましい吠え声で迎えたものだ。風変わりな建物のそばで、カスカジークは奇怪な物音を耳にした。さらに、信じがたい光景が目に入った。髭をのばした陰うつな人々の一団が、鎖につながれて、広場をのろのろと歩いていく。カスカジークは顔色を失った。自分の集落にやってきた悪党どもはこの連中の仲間なのだ！

チンディンは整頓のゆきとどいた小さな家の中にいた。ブローニャと呼ばれている人物は、すらりとした、額の秀でた注意深そうな眼差しをした若い男で、来訪者を見て喜んだ。

カスカジークはチンディンがすっかり一人前になっているのを見て満足した。だが、どうして、このよそ者にこれほどなついてしまったのか？

ブローニャはきびきびと動き、簡素な食事を用意した——大きな丸パン、焼き魚、茶。ブローニャと同じ年格好の、グロモヴィクという堂々たる背丈の男が彼を手伝っている。

多くの男たちと違って、グロモヴィクは髭を蓄えていなかった。朗らかな目をしている。客に寝床をのべるとき、グロモヴィクは笑いながら自分の境遇を語った。彼はキエフ近郊の出身だった。サハリンくんだりへ来るには、こんないきさつがあったのだという。憲兵が百姓たちを迫害して激怒させたことがあった。ある時、百姓たちは彼を待ち伏せしてつかまえ、こっぴどく懲らしめた。憲兵を殴ったのはグロモヴィクではない。それどころか、指一本触れていない。その不運な時、彼は自分の百姓屋の寝床兼ベンチに腰を下ろして、満足そうにもみ手をしながら、村中に響くような甲高い声を張り上げたのである——〈地主におべっかをつかう野郎をやっつけろ！　やっつけろ！　肋骨をぜんぶ折ってやれ、悪魔の息子の肋骨を！〉

グロモヴイクは百姓たちの懲らしめには加わらなかったが、彼も懲役を科せられて、サハリンに送られてしまった——口が過ぎたために。

グロモヴィクは最近、矯正囚として入植のために移送されてきた。今は大工仕事をしている。大勢の流刑入植者がさかんに家をこしらえており、その手伝いを頼まれるのだった。

茶のあとで、ブローニャは言った。

「今日は昔話の仕事はやめよう。ペテルブルグに手紙を書いているんだよ。チンディンと一緒にざっと書いてみた。聞いてほしい箇所があるんだ。〈サハリンにギリヤークの学校を設置する事業を支援してくれる慈善家をペテルブルグに見つけるため、是非ご協力をお願いします。私の企画は、ひと冬で良い成果をあげました。十人以上が読み書きを覚えたのです。最初の試みをここで中止してしまうのは残念です……。当初は知事が、基金から百五十ルーブリを出してくれましたが、今年も同様に好意を見せてくれるとは確信できません。でも、ペテルブルグなら、喜んでこの善き事業の強化に賛同し、自分の名をこの事業と結びつけようとする人々がいるかもしれません。ギリヤークは好感のもてる有能な人々で、注目と配慮に値することは言うまでもありません。どうか、異民族の啓蒙にご協力をお願いします。ペテルブルグにはロシアに住む異民族の問題に強い興味をもつ人々の大きなグループがあり、そうした人々の中に裕福で有力な人達がいることはよく知られています。異民族から奪うばかりでなく、彼らに何かを与えることが必要です〉」

この数日間にカスカジークが体験した出会いと印象は、これまでの全生涯に体験したものよりも大きかった。そのすべてを理解できたわけではないが。

最後の出会いは彼を驚愕させた。カスカジーク、フルフン、チンディンの三人でヴィスクヴォに戻る途中、森の中で徒刑囚の一群に出くわしたのである。十一人いた。カスカジークはさっとナイフを抜いた。ひげ面の男たちはそれを指さしながら、腹をかかえて哄笑した。囚人たちから少し離れたところに、拳銃をもったクヴォルグンがいるではないか……。クヴォルグンは笑顔を見せて、いわくありげに目配せをした。チンディンはさげすむように唾を吐き、さっぱりわけが分からないでいるカスカジークに説明しようとした。この懲役囚たちは「終身刑」の者たちだ。過去に犯した脱走などの罪により、考えられないほどの長期の刑が科せられ、百年におよぶ者さえいる。彼らはあらかじめ監視員と示し合わせて刑務所から脱走し、森の中で監視員と待ち合わせる。脱走者一人につき三ルーブリが国庫から支払われる。その金を「脱走囚」たちに渡すのだが、クヴォルグンの懐には各人から五十コペイカずつ入ってくるというわけだ。

カスカジークは賢明な決断をした。ひとり娘を漁師と熊狩り猟師からなる大氏族に与えたのだ。イニギートはこの有力な一族の中で成長し、一族に後継ぎをもたらすだろう。

第十五章

カスカジークというのはあだ名である。まだほんの若い時分についたあだ名だ。年長者に言われたことを懸命に果たす少年だった。仕事熱心で、ぼんやりしていることがなく、そこからカスカジークと呼ばれるようになった。† あだ名はずっと使われ続け、そのまま名前になった。今でもカスカジークはぼんやりしていることがない。深く考え、すべてにじっくりと取り組むのだった。

かつては勢力を誇ったケヴォング一族もわずか二人になってしまった――カスカジークと息子のナウクーンである。だが、老人は神聖な木幣《ナウ》が息子の上に落ちたのを吉兆とみて、期待していた。

†「カスカジーク」は、機敏な、熱心な、の意味。

そして、運命はやはり慈悲深かった。

炎暑は突然に襲ってきた。まだ温もっていなかった大地は湯気を立て、森は毎朝、透明なかげろうの中でゆらめき、川は広く氾濫した。沼や小川、藪や谷地坊主のある川辺の草原をすべて水に浸した。

派手に着飾ったオスガモと地味な灰色のメスガモが、朝焼けから夕焼けまで空中を飛びまわり、せわしなく情熱的に互いを追いかけ、グワッグワッというもどかしそうな鳴き声と、ヒュッヒュッというせっかちな羽音であたり一帯を満たした。

毎夜、水嵩《かさ》の浅い入り江から、パシャパシャという水しぶきの音が誘うように響いてきた。ニヴフにとってカワカマスはどうでもよい魚である。しかし、漁期のはじまる前で、みんなのほしがる魚がまだ獲れない時には、カワカマスも食卓の主役になる。

カスカジークは丸木舟の中にふわりと丸めた網を放りこみ、舟底にヤスを置いた。雪解けで増水する時期は、流れがあまり強くなく、舟は櫂の命じるままに進む。つい数日前には岬が長くのびていたが、今は水の下に隠れている。漁師は一直線に岬を横切った。

次の岬も水の下だ。雪解けの時は距離がはるかに短くなる。〈思うままに行けるぞ、思うままだ！〉大きく息を吸い込むと、水中から突き出ているハコヤナギが示す三つ目の岬の方へ舟を進めた。ここの低地は水位が下がると、いつも湿原になる。小川と雨が常に湿原に水を供給して、いくつもの小さな湖を形づくり、夏の炎暑のときには、背の高い草が灼熱の空から守ってくれる。水の浅いこの湿地にはカワカマスも産卵のために出てくるのである。

カスカジークは悠々と舟をあやつり、木々の間を巧みにすり抜けていった。舳先の右から左から、真正面からも、カモや魚がバシャバシャと水をはねかける。〈わしは岬を見に行くのさ。以前はみんながここを行き来して、岬で舟をとめると、婆さまたちが茶をわかしてくれたものだ。親切でやさしい婆さまたちだった。ひょっとしたら、会えるかもしれんな〉——大きな声ではないが、カワカマスに聞こえるようにつぶやいた。† カスカジークはどうすれば良いか知っていた。たとえ、カワカマスがどうにかして彼の意図を見抜いたとしても、それほど激しい怒りを買うことにはなるまい、敬意を込めて婆さまと呼んだのだから。

水に浸かっていない丘を選んで、ごつごつした樺の茂みに舟をくくりつけた。茂みは真っ白い幹を見せてそびえ立つ白樺の足下にクッションのように横たわり、まるで主人のそばに控える褐色の犬といった風情だ。木々は水面に映り、そのために丈が二倍にも長く見える。

冠水域は、そこかしこでマチツバメが騒がしく舞い上がり、活気づいていた。そこでカスカジークはあまり思案をめぐらすことなく、岸近くの藪から水深のある淵まで網を張った。イラクサの繊維で作った網は、まだしっかりしている。長さはあまりないが、この時期は魚がどっさりいるから、どのみち漁獲はあるだろう。石の錘《おもり》が網の底部を水底まで下ろしてくれる。上

†カワカマスをだますためのまじないの言葉。魚を獲りにいくとき、ニヴフは魚の名前その他を直接的に表現せずにわざと別の言い方に換える。魚はニヴフの意図を知ると、捕まらないように、あらかじめ別な場所へ去ったり、仕掛けをよけてしまうとニヴフは考える。

の張り綱は杭にしばりつけてある。これで茶の用意にとりかかることができる。

茶を飲んではいたが、本当は待ちきれない思いで、滑らかな水面の上にのびた張り綱の方をちらちら見ていた。しかし、魚は周囲をぐるぐる回るだけで、漁具の中にはなぜか入ってこない。〈わしは何か、カワカマスからそっぽを向かれるようなことをしたかな?〉――漁師は心の中で自分に問いかけた。しかし、声に出しては全く別なことを言った。

「なあ、婆さまたちや、親切な婆さまたちや、どこへ行ってしまったんじゃ? 茶はとっくに煮えたぎって、わしは腹一杯飲んだというのに、お前さまたちときたら、いつまでも来ないんじゃから……」

だが、時間が経っても魚はかからなかった。網の位置を変えるほかに打つ手はない。網を立てたり、立て直したりするのは一人では厄介だ。網のもつれをほどいて縦横に張り広げ、同時に舟を操らねばならない。〈一人だ、いつも一人だ。話し相手はいないし、手を貸してくれる者もいない〉――小氏族の族長はいつもながらのつらい思いにとらわれた。

暗くなってようやく、水面がふいに荒立ち始めた。〈裂けるぞ! 裂けるぞ、網が!〉漁師は心配になり、力をこめて舟を突き動かした。大ぶりの、力のあるカワカマスだ。カスカジークは用心深く魚に網をまきつけ、網を袋状にした。これでもう逃げられまいと確信して、一気に引き上げ、舟の中に投げ入れた。長い棒で平べったい頭に二度、痛烈な打撃をくらわし、その打撃の間にも言い忘れなかった。

「そら、わしはお前さんを苦しめたりはせん。わしを憐れんで、運を与えてくれ」

カスカジークは暗い中で長いことかかって、網から魚を外した。時間の多くは網のもつれをほどくのに費やされた。

月は出ていない。漁獲の方はカワカマスがたったの一匹だ。大ぶりとはいえ、一匹きりだ。〈夜は短い。明け方にヤスで突くことにしよう〉――そう決めた。白樺の枯れ枝で焚き火をかき回し、太いごつごつした根株を上にのせた。これで長く燃え続けるだろう。

……容赦なく照りつける太陽のもとで、カスカジークはつぎつぎとヤスで魚を突いていた。魚が沢山獲れたために、舟が大きく沈んでいるのが見てとれるほどだ。そのあと、茶を飲んで夜を明かしたあの小高い場所で、古い時代の、幾層もの材でつくられた堅牢な弓を発見した。こうした弓を用いて、昔のニヴフたちはアイヌの攻撃を撃退したのだ。こうした弓を持って、怖いもの知らずの勇敢な猟師たちは熊狩りに向かったのだ。カスカジークは弓の弦を強く引いて、矢を上に放った。ビュッという音をたてて、矢は宙へ飛び立って消えた――カスカジークが見つけた弓はたいそう固く締まった良い弓だった。矢が飛び去った方向を射手は長いこと見つめていた。矢は逆戻りしてきて、地面に突き刺さるはずだ。猟師の鋭い目はごく小さな、ブヨよりも小さな点を見つけた。そら、点はどんどん大きくなってまっすぐに降りてくる。間一髪のところで頭をそらした。矢は目の前でひらめいたと思うと、足を地面に釘づけにした。矢を引き抜こうとしたが、抜けない。懸命に足を引っ張りあげようとする。にぶい痛みが足に走る……。足を引っ張れば引っ張るほど痛みが走る……。

目は覚めていなかったが、カスカジークはすでに感じた。災難がおきたのだ。右足の長靴が燃えている。ふた跳びで、陸から水の中へ飛び込んだ。足が耐え難いほどずきずき痛む。しかし、驚いたことに、痛みはすぐにやわらぎ、両足はただ水の冷たさを感じているだけだった。

陸にあがり、革ひもをほどいて、ぼろぼろになった長靴を脱いだ。足指は赤くなり、親指には水泡ができている。〈足指をやけどしただけだ、大ごとにならずにすんだ〉——漁師はほっとした。履き物を注意深く見たところ、もはや何の役にも立たないことが分かり、何か説明しがたい軽やかな気分で放り捨てた。

太陽はもう連なる丘の上にかかっていた。また炎暑の一日になりそうだ。

足指にふたたび痛みが戻ってきた。しかし、それどころではなかった。網を点検して、カワカマスをヤスで突かねばならない。

網はすっかりこんがらがってしまい、引きちぎられて大きな穴がぱっくりと口を開けている箇所もある。〈でかい奴だ、えらくでかい奴がわしの網にかかっていたんだ〉——喜びと誇りすら覚え、谷地坊主が赤茶けた脳天を水から突き出している浅瀬へ向けて舟を繰り出した。

雨期がまだ始まらず、水が濁っていないせいか、あるいは他の理由によるものか、ヤスを突いても手応えはなかった。〈夜中に寝ないで、たいまつの明かりで突けば良かった。それにしても、一人じゃ手に負えん〉自分の企てが無益なのを悟って、網を丸めて引き揚げ、丸木舟を集落の方へ向かわせた。カワカマスが自分に善くしてくれないことに腹を立て、畏敬の念とはおよそ無縁の言葉を吐き捨てた。

「お前たちは婆さまなんかじゃない、ただのカワカマスだ！　ろくでもない、歯ばかり多いカワカマスだ！」

こう言いながら、ぐいぐいと力を込めて櫂をこいだ。なんだか、腹立たしい気分が晴れてきた……。

あの夢は何だったのだろう？　ヤス……。弓と矢……。ヤスはいいとしよう、漁場にあったのだから。だが、弓と矢は！　あれは、善い精霊がわしの目を覚まさせようとして、足に向けて射たのだろう。さもなきゃ、焼け死ぬところだった……。いや、感謝しますよ、善い精霊さん！　ありがたい、ありがたい。いつもわしに善くしておくれ……。

こうなると、爪が茶色に焦げて親指に水泡のできた足が、特別の意味をもつような気がしてきた。〈善い精霊が自らわしを特別扱いしてくれたんだ〉――はっきりとしない、それだけに不安のまじる期待を抱きながら、そう考えた。

だが、カスカジークの夢判じは間違っていた。思いがけない大きな喜びが待ち受けていたのである。二つめの岬を通り過ぎるとき、カスカジークは林の中の草地に妻の姿を認めた。広葉ニンニクの茂る、一族の豊かな草地だ。〈亭主がどっさり魚を持って帰ると決め込んで、広葉ニンニクを摘みに出てきたわけか〉漁師はフフンと笑うと、そのまま通り過ぎようとしたが、思い直した。〈手を貸してやるか〉

岸に上がったところ……呆然となった。妻は目を閉じて立っている。むき出しの浅黒い腹を太陽に向けてさらしている。

どうしたというのだ？　まさか？　まさか……。

しゃがみ込んで興奮をしずめようとしたが、駄目だった。心臓が胸の内からもがき出そうだ。頭がずきずきしてきて、目が回り出した。木々が跳ねるように揺れて見える。川が逆に流れ出した。妻に見られてはならない。今、この世界にいるのは妻と太陽の二人だけ。いや、三人。妻と太陽と息子だ……。だが、ひょっとして、息子ではなく娘だったら？……。しかし、夢では……。ヤス……。弓と矢……。ヤスと弓、つまり、魚獲りと狩りの道具だ。いい夢だ！

妻に見つからないように、切り立つ岸に舟を寄せた。

妻は遅れて戻ってきた。衣服の裾に広葉ニンニクを摘んできた。その顔は謎めいた輝きを放っている。今やっと、カスカジークは突然、妻のそんな顔を思い出した。まるで、満月みたいな顔を！　せわしない用事や仕事にかまけて、些細なこととして気にも留めていなかったのだが。

「魚を獲りにいって、夢を持って帰ったぞ」朝食のあとでカスカジークは言った。

「夢を見たと言ってるんだ。ヤスと弓矢を見た。立派な昔の弓だ……」

タルグークは返事をしなかった。

「それにしても、男の夢ではないな。こうした夢は女が見るものなんだが、精霊クールングが一族を大事に思ってくれる時にな」

「それは、わたしの夢をあんたが見たんだわ。その夢は見たことがあるの、前の月に。ヤスと弓と槍だったけど……。それは、わたしの夢だわ」タルグークは急いで言った。

「何だって、黙っていたんだ？」非難がましく、夫は言った。

「あんたはいつだって、忙しい忙しい、なんだから。話なんかできるもんじゃない」タルグークは夫が喜びで一杯であるのを感じて、返答を避けた。

「カワカマスを食べろ。一匹しか獲れなかったが」こみあげるやさしい気持を表に出さないカスカジークは、埋め合わせするように言った。

わくわくするような、しかし、へとへとに疲れる日々がやってきた。カスカジークは前もって、アヴォ村の、アヴォング一族の長老エムラインの妻であるプスールクに会いに行った。プスールクは出産を手伝って、赤ん坊を取り上げてくれるはずだ。

タルグークはもう幾月も縫針に手を触れていない。そして、妊娠していた日々に縫ったものはほどいてしまった。見事な、夫のためにきっちり縫い上げたトナカイ皮の長靴もほどいた。長衣のつぎに当てた布きれもはぎ取り、ありとあらゆる結び目をほどいた。分娩が軽くなるためである。

一方、夫には夫のやるべき仕事があった。猟師道《プーチキ》を見て回って、すべての括《くく》り罠をはずし、仕掛けをゆるめた。これは、へその緒が赤子の首をしめつけないためである。そのあとで、長老の冬の家《トラフ》からすこし離れた所に、木を伐って小さな掘っ立て小屋をこしらえ、樅《もみ》の枝で覆った。土の床に小枝とわらを敷いた。

出産がうまくいくためにやるべき事はすべて終えたようだ。いや、まだあった。橇のベルト

†ニヴフは、女がみごもった時に、男が使う道具を夢に見ると息子が生まれ、女が使う道具を夢に見ると娘が生まれると考えていた。

の留め金や、衣服や履き物のひもをゆるめ、弁髪もほどかねば……。

　カスカジークはもう何日もの間、ひたすら結び目をほどいたり、樹皮の籠や樺皮の箱などの蓋《ふた》を開けたりすることで明け暮れていた。いつも骨惜しみを知らぬ働き者の亭主が、何をするでもなく板床から板床へ歩き回り、無為にうんざりしてあくびをしていた。さもなければ、毛皮の上にごろりと寝て、何かの結び目がまだどこかに隠れていないか思い出そうとして頭を悩ませていた。

　妊婦は動かねばならないと年寄りたちが助言するので、タルグークは最後の日まで、薪を切り、水を汲みに氷穴まで歩いた。

　タルグークは嬉しくもあれば恐ろしくもあった。嬉しかったのは、夫の集落に人がひとり増えるからであり、恐ろしかったのは、出産しなければならず、それも、ただ産めばよいのではなく男児を産まなければならないことであった。もっと恐れたのは、悪天候と酷寒だった。もし男の子なら三日間、女の子なら四日間、彼女は赤子と共に掘っ立て小屋で過ごさねばならない。冬に出産するのはよくない。冬の出産は難儀なことだ。のろまな産婆にあたったら、赤子が凍えて死ぬかもしれない……。

　風のある日だった。タルグークは小屋へ行く時がきたことを知った。犬の毛皮の上にもう一枚の長衣をはおり、キツネの毛皮でつくられた耳当て付きの帽子と毛皮の手袋をつけた。そして何も言わずに、暖かい冬の家《トラフ》を出て行った。プスールクが急いでそのあとに続いた。もの静かで仕事熱心な女だった。

小屋の中には刃先をきらきら光らせた斧が置かれている。それを置いたのは、むろん、先をよく見通すカスカジークだ。斧は悪いキンル†を退けてくれる。入口から遠い方の壁際には、樅の枝が積み上げられている。タルグークは気持がほっと暖かくなった。具合良く出産できるように夫が気配りしてくれている。この盛り上がったところに頭や両腕をのせて寄りかかれば、すべて楽にすむだろう。

プスールクは産婦の腹に布を巻きつけて言った。「赤ん坊が下り始めたら、うめき声をあげたり、叫んだりしちゃいけないよ。赤ん坊をびっくりさせると、上に戻ってしまって、なおさらつらくなるからね」

出産が順調にすみ、風が雪嵐に変わることのないようにと、そればかりをタルグークが祈っているとき、雪を踏む足音と夫の声が聞こえてきた。「お前がつくった結び目は全部、俺がほどいてやったぞ。俺が前にこしらえたものは全部、ばらばらに外した。そのあとでこしらえたものも、全部外した。全部、ほぐした。全部、ばらしたぞ」

こうした励ましの言葉を言い終えると、カスカジークは小屋の入り口の近くに焚き火を起こした。タルグークは夫をありがたく思った——やさしくて、いつも具合良くいくようにやってくれる。

カスカジークは火の中に半割にしたカラマツの丸太を放りこんでおいて、冬の家《トラフ》へ去った。妻の邪魔にならないように、そして、悪い精霊を招かないように……。

† 赤子が現れるのを今か今かと待ちかまえていて、赤子の魂を奪い取ろうとする悪い精霊。

長いこと待った。吹雪の中に何度も出て行った。不幸な事態が起きたのではないかと危惧し始めたとき、闇を通して、風のうなり声のすきまから、赤ん坊の泣き声が聞こえてきた。タルグークの夫であり、新生児の父親となったカスカジークは、小屋へ跳んでいった。小屋は雪の吹き溜まりのようになっていた。焚き火は頼りなげに哀れっぽく、雪嵐と闘っていた。くすぶる炭の上では、舞い上がる炎の舌はなく、雪が渦をまいて踊っている。

プスールクは火を絶やさずにしておいてくれた。火のそばを離れたのは、分娩が始まったときだけだった。この口数の少ない善良な女に感謝しながら、カスカジークは焚き火の勢いをよみがえらせ、風上側の火にかぶせるように半割の丸太を置いた。

赤ん坊はまだおぎゃあおぎゃあと泣き叫んでいる。泣き声が少し小さくなった。プスールクが濡れた頼りなげな人間をウサギの毛皮にとりあげたのだ。素早くへその緒を結わえて切り落とし、ぐるぐる巻きにした生きた包みを自分の衣服の下に隠し、裸の身体に押しつけ、自分のぬくもりで温めてやった。

妻が産んでくれたのは息子なのか娘なのか、それを知りたくてじりじりする思いだった。プスールクは男の悩ましい思いを承知しており、長くは待たせなかった。「お客さんが犬橇《ぞり》でご出発だよ、お客さんだよ！」誰に向けて言うでもなく、プスールクはこう言った。女は他家の男と話をしたり、その目を見たりしてはならないというしきたりを守ってのことだ。加えて、ケヴォ集落に息子が産まれたことを口にしてはならない。すなわち、悪い精霊たちに極秘をもらしてはならない。

その幸せには際限がなかった。ケヴォング一族が大きくなったのだ！　ケヴォング一族は成長しているのだ！　しかし、喜びはすぐに憂慮にかわった——雪嵐だ。小屋の中にはすでに雪が吹きこんでいる。赤ん坊がまずいことになる。そこで、カスカジークは向こう見ずな行動に出ることにした。赤ん坊と母親を冬の家《トラフ》に連れてくるのだ。暖かい長老の冬の家《トラフ》、昼も夜も炉に火が絶えることのない冬の家《トラフ》へ。熱い、命の火だ。薪はたっぷりある、秋のうちから貯えておいた。

「やっぱり、冬の家《トラフ》の方がいいぞ」カスカジークは言った。

おお、とんでもない！　タルグークは愛情深い、しっかり者の妻だ。子供たちの中に悪しき力が棲みついたり、病気にとりつかれたりすることのないように振る舞うのだ。悪い精霊は子供たちの魂をねらうから、先祖からのしきたりを固く守らねばならない。今、冬の家《トラフ》の敷居をまたいではならない。またいだら、夫の一族に病と死を招くことになる。定められた三日間が過ぎるのを待つのだ。タルグークは清めの儀式に耐えるだろう。耐え抜いたあとで、みんながいるわが家の炉に戻るだろう。

「やっぱり、冬の家《トラフ》にきたほうがいいぞ」大声で、命令口調でカスカジークはくり返した。

確かに、猛吹雪があまりにひどい時は、冬の家《トラフ》へ逃げ帰る産婦もいる。不浄の女にはいちばんひどい場所——戸口の敷居のそばか、部屋の側面にしつらえた板床の戸口に近い端——があてがわれる。精霊たちはしきたりが破られるのは嫌いだ。だから、そんな出産をすると、子供たちはよく病気になったり、死んだりする。

分娩で疲労困憊している女が、いきなり叫んだ。

「構わないで！」

そこで、カスカジークは構わないことにした。それでも、干し草と柴を引きずっていき、小屋を暖めた。杭《くい》と樅の枝と雪を用いて庇《ひさし》をこしらえ、風が隙間から吹き込まないようにした。寝床にするためのトナカイの毛皮と、さらに、暖かい衣類を引きずっていった。これで、息子と女たちを冷酷な死がおびやかすことはあるまいと判断して、つぎに食べ物の用意にとりかかった。タルグークとプスールクが熱い食べ物を食べ、茶を飲んだのは、ようやく明け方になってからだった。タルグークは何杯も茶のお代わりを頼んだ。

カスカジークは夜っぴて小屋のそばの火を見張り、冬の家《トラフ》の火も絶やさず、産婦に食べ物を運んだ。来る日も来る日も風が吹き、雪に降り込められた。愛想の良い言葉で機嫌を取りながら風に哀願し、説得に努めた。だが、相手は何の反応も見せなかった。ケヴォの主人が、もはや風を射るほかあるまいと考え始めた頃、あれやこれやの世話に奔走しているうちに定められた期限が過ぎて、三日目がやってきた。侮辱されて腹を立てたカスカジークは、風に向かって唾をはいた。

「これでもう、どうやったところで、わしを災難に遭わすことはできんぞ。へっ！」そう言って、もう一度、唾をはいた。

プスールクはあらかじめ用意しておいた石を焚き火の中に押し込んだ。小屋の入り口ちかくには柳の枝の束が置いてある。これに間に合うように、どっさり切り取っておいたのだ。今、その幹に横の切れ目を入れ、するすると樹皮をむき、ナイフで薄く削っていく。真っ白な柔らかい薄皮がくるくると身をよじらせながら、ふわりと幹からはがれ落ちる。薄皮が一山できあがった。クッションをつくるには十分だ！　プスールクはそれを二つの山に分けた。焚き火の中から熱くなった石を転がして取り出し、薄皮の山にのせた。そして、石の上にさらに薄皮をどさりとのせると、その上に座るようにとタルグークに命じた。酸っぱいような煙が風に持ち上げられ、ケヴォ集落の主人に知らせた――産婦のいぶしが始まったことを。

……きわめて重要な瞬間がやってきた。むろん、カスカジークはこれに備えてしっかりと準備をすませていた。敷居ちかくに銅製の大鍋をすえ、その中に火打ち石を入れた。幅の広いシャベルを冬の家《トラフ》に持ってきて、側面の板床のそばに立てた。ここからが、肝心かなめのところだ――悪い精霊たちの注意をそらすのである。悪い精霊たちは、もちろん目に見えないのだが、入口ちかくや冬の家《トラフ》の中に群がっていて、赤ん坊がくるのを待ちかまえ、魂を奪い取るのだ。そこで、カスカジークは精霊たちを欺かなければならない。どうすればよいか、よくよく考えておいた。葉を取った三本の柳の枝を縦に割り、割れ目に棒を横にしてはさみこみ、枝の端がすっかり埋まるように雪の中に刺しこむ。一本は敷居のちかくに、二本目は一本目から一歩の距離をおいて、三本目はさらにその先に刺しこむ。これでもう、赤ん坊を連れに行ってもよい。プスールクは小さな男児を真新しいウサギの毛皮にくるんだ。前もって毛皮は火の近くで暖め

†かつてニヴフは大吹雪が長くつづくとき、〈風を射る〉習慣があった。風に向かって矢を放つと、風を〈殺した〉かのように、地上に好天がもたらされたという。

ておいた。さらにその上に、きれいに仕上げた小犬の毛皮を着せた。赤ん坊をどうやって無事に守りぬいたかを知るのはプスールクだけだ。腹を火に近づけた。ぐるぐる巻きにされた生きた包みが、衣服の下で腹にぴたりと押しつけられている。呼吸で赤ん坊を暖めてやり、自分が眠りこまないように努め、ひっきりなしに大量の熱い茶を飲んで身体を温めた。

「ハーナ！」カスカジークは叫んだ。†

プスールクは素早く包みを割れ目の中に差し入れた。父親は別の側からこれを受け取り、横棒をたたき落とした――枝が閉じあわされた。これで、獣が獲物をねらうように赤ん坊を追ってきたであろう精霊の道は閉ざされた。赤ん坊は二つめの割れ目も三つ目の割れ目も通り抜け、横棒もたたき落とされた。息子を受け取ったカスカジークは敷居をまたぎ、毛皮のむつきをほどき、小さな足が底に触れるように足から先に鍋の中に下ろした。これで、火打ち石とその精霊である火が息子を庇護してくれるだろう。これで、水の上でも災厄に見舞われることはあるまい。足下はいつも堅牢だ――鍋底はがっしりしている。さらに、冬の家《トラフ》に侵入したかもしれない精霊たちを惑わすために、息子をシャベルの上に横たえ、上からゴミとむれた干し草をかぶせた。見てくれ、精霊たち！　しっかりと目を開けて見てくれ！　これは赤ん坊ではないぞ、いろんな汚いものを掻き出すシャベルの上に赤ん坊など置くわけがなかろう？　これは赤ん坊ではない、ゴミだ！　ただのゴミだ。そして、本当に赤ん坊がいないと思わせるために、カスカジークはシャベルを板床の下に突っ込んだ。出て行ってくれ、精霊たちよ、冬の家《トラフ》から出て行ってくれ。お前さんたちはここには何の用もない！

カスカジークは板床の上に上がり込み、寝具を壁の方に折り曲げ、半割の丸太をどけて隙間をつくり、息子を引っ張り上げた。

タルグークは少し遅れて、一人で冬の家《トラフ》に入った――赤ん坊などまったくいないと思わせるために。

そして、精霊たちをとことん欺き通すために、赤ん坊はウィキラーク《駄目な人間》と名づけられた。駄目な人間は誰にも必要はない。だから、禍《わざわ》いを招く不吉な目は赤ん坊を見ないでくれるだろう。

カスカジークはうまいこと精霊たちをだましおおせた。息子は子供の頃はちょくちょく病気をしたが、命に関わるほどの病気はしないですんだ。シャーマンの手を借りるようなことは一度もなかった。

こうして今、青年ウィキラークがあるのだ!

第十六章

ケヴォング父子の舟はタイガの中の集落をいくつか通り、二日目が過ぎようとする頃、チャチフミという所へ出た。ティミ川の険しい階段状の岸辺は、わき出る小さな流れによっていくつにも切り刻まれている。黒っぽい樅《もみ》の森が広がって大きな山塊をなし、丘陵地の奥へとのびている。対岸はこれとは逆に、低地で、苔むす湿原に覆われている。

† ハーナは、「さあ」(さあ、始めよう)に似た意味の言葉。

どうやら、ニヴフはどの氏族も、この区域に常住したことはないようだ。年によっては、ひと冬やってきてテンを獲り、その後ふたたび自分たちの住む入り江へ、海魚と海獣のいる入り江へ戻って行ったのだ。時にはタイガのトナカイ遊牧民のオロッコ〔ウィルタ民族のこと〕が、タイガを果てしなく放浪しているときに、この明るい開けた場所に足を止め、トナカイを放牧し、そしてまたふらりと他の人跡未踏の土地へ去っていくこともあった。

チャチフミからティミの河口までは舟で一日足らずだと、カスカジークは知っていた。ここで誰かに出会って、オホーツク沿海の人々のことを聞き出すことができたら好都合なのだが。それで、曲がり角を過ぎたあたりに、白樺の表皮で覆われた、先のとがった二つのチュマ〔円錐形の移動式住居〕を見つけたとき、カスカジークは喜んだ。〈オロッコだ〉——安堵した。老人はヌガクスヴォング一族との和解に赴く途上ではあるが、人目を離れたところで一族の誰かに出会うことを危惧していた。

ウィキラークとナウクーンは自分たちの集落からこれほど遠くへ出かけたことはなく、オロッコの住居を見るのも初めてだった。ウィキラークは遠くから見たとき、これは人間の住まいではなく、犬小舎《カンダフ》かと思ったほどだ。岸辺の砂利の上を毛色の黄色い牝犬が歩きまわっている。大きさと外見からいえば、ニヴフの橇犬を思わせる。橇犬たちの方が先にこの犬に気づいて、ほえ声を上げた。黄色い犬は大きな甲高い声で応じた。

チュマから出てきたのは、女たちと足の曲がった老人だった。

老人は水辺ちかくまで下りてきて、オロッコ語で来訪者にあいさつした。

「ソロヂェ、ソロヂェ！」

　古くからの知り合いだと気づいて喜んだ。

「まさか、お前さんだとは！」ニヴフ語でそう言って、ウィキラークをすっかり驚かせてしまった。カスカジークを抱擁し、背中をポンポンと軽くたたいた。

「ずいぶん会わなかったな！　それにしても、わしらは長生きしたもんじゃ！　お前さんの息子たちかね？　何とまあ、大きくなったな！　最後に見た時、上の子がよちよち歩きしていたんだが。わしのことを覚えとるか？」ナウクーンの方を向いて言った。

　ナウクーンは肯いた。

「そらな、えらく長い間、会わなかったな！」

「ところでルカーよ、お前さん、どんな所を回ってきたのかね？」カスカジークは尋ねた。

「どこもかしこも行ったよ。一番長くいたのは最北端さ、ミフ・チョングルだ。† いい所でな、苔はあるし、獣も多い。だが、今、あそこじゃ地面をほじくり返しとる。大地は血を流し、苔はだいなしだ。それに、まだ駄目になっていない放牧地は、よそから来たエヴェンクやヤクートが占領してしまった……。自分の土地が足りないとでも言うのかね？……」

〈自分がよそ者なのに、地元の人間のつもりでいるらしい〉カスカジークは、しゃくにさわった。

　オロッコがルカー・アファナーシエフという名であることを父親から聞いて、ウィキラークは驚いた。父親は息子のために少し込み入った説明をしてやった。そう昔のことではないが、

† 「大地の頭」の意味。ニヴフは古来、サハリン最北端のシュミット半島をそう呼んだ。

ロシアの司祭たちがオロッコたちをロシアの信仰に改宗させてしまい、ロシアの名前を与えた。だが、多くの者はロシア名と併せてオロッコ名も持っている。ルカー・アファナーシエフは普通はヌギンダライ、あるいは、ヌギンダ・ソバカ〔犬のヌギンダ〕と呼ばれている。彼の所にはいつも犬がいる。一匹が老いて死んだり、熊にかみ殺されたりしても、新しいのを手に入れる。犬はタイガの民を助けてくれる。トナカイを熊やクズリ〔イタチ科の肉食獣〕から守る。カスカジークはさらに説明を加えた——ヌギンダライ＝ルカーは自分をオロッコだと言っているが、オロッコではない。大陸から来たエヴェンクなのだ。オロッコ族と親戚になったので、自分をオロッコと見なしているのだと。

茶の席で、話し好きのルカーは饒舌だった。

「お前さんは他人とは無縁で暮らしておる。まったくの無縁だ。タイガに引きこもって誰の所も訪ねず、誰も招かない」ヌギンダライは頭を振りながら憐れむように、あるいは非難するように言う。

その言葉は明らかに、老ケヴォングの痛いところをぐさりと突いたようだ。実は、ヌギンダライ＝ルカーはカスカジークがタイガに腰を据えるに至ったいきさつを承知しているのだ。気の毒な人間をからかうのは良くない。

「あの時以来、どこにも這い出てこんのじゃろ?」同情するようにヌギンダライは尋ねる。

カスカジークは、そうだと肯く。

「それが今、どこへ向かおうとしているのかね? 許嫁《いいなずけ》のところかな、贈り物を持っているようだが?」

「いや、許嫁のところじゃない」

カスカジークはため息をついた。ヌギンダライは、自分がまたしても、この無口なニヴフの痛いところを突いたのだと察した。そこで、再会の最初から口に出かかっていた話題に移ることにした。

「ヌガクスヴォは今じゃ大きな集落になったぞ。ニヴフに加えて、ロシア人がいる」

「どういうロシア人だ?　ニコラエフスクからきた商人たちか?」

「あの連中じゃない。自前の商人が現れたんだ。チモーシャ・プポーク、聞いたことあるかね?」

「いや、聞かんな。〈自前の〉とはどういうことだね?」

「地元の人間なんだ。懲役囚の息子でな。商人というのでもないんだが、店を持っているのさ」

「聞いたことがないな、聞いたことがない。それは大分前のことかね……ヌガクスヴォが大きくなったのは?」

「チモーシャが店を構えてからだ。それでも十七アニ〔八年半〕ぐらいは経つがな」

「いや、聞かなかったな……」

カスカジークはこのニュースをどう受けとめて良いのやら分からず、考え込んでしまった。

「ところで、ヌガクスヴォング一族は……どうして許したんだ?　あの一族の集落をよそ者たちが占領したわけだろう?」

「プポークは許可なんてもらおうともしなかったさ。あの場所が気に入ったんだ。入り江は穏やかで、魚が産卵にくる大きな川の河口がある。その上、周囲にはニヴフがいる。ヌガクスヴォング一族はといえば……今はもう残っていないようだな」

「〈残っていない〉とはどういうことだ？」

「そういうことだ、残っていないんだ。一族は残っていないのさ」

「どうして、そんな事になったんだ？」

カスカジークには信じられなかった。狩猟や魚獲りの名人がいることで知られた一族である。消えてしまうなんてことが、あり得るだろうか。

「お前さん、そりゃ本当かね？　もしかして、別の一族の話じゃないのかね？」

「本当だよ、本当だとも」

トナカイ飼いの目は悲しげだった。それに、冗談の許される話ではない。

カスカジークはその知らせに唖然として、一言も口が利けなかった。あごが引きつり、閉じた口から言葉にならないうめき声のようなものがもれ出た。

息子たちとトナカイ飼いは、わけが分からぬといった風にカスカジークを見やった。ナウクーンは合点がいかなかった、何がそんなに父を動揺させたのか。喜んでもよいはずではないか。これで、ケヴォング一族の仇敵がいなくなったのだから。しかし、父親は言った。

「わしらの知恵ときたら、ナイフの柄よりも短かった。頭を悩ませることを知らなかった。思慮を働かせることもなく、争いごとは手っ取り早く槍で片づけてきた。血が流れたが、血など惜しむに足りない海の水のように思っていた。だから、精霊クールングが罰を下したんだ。どっちも見逃さずな、わしらのことも、あの連中のことも」

ルカーは低いかすれ声で言った。

「あの連中は老いて死んだわけじゃない、病気で死んだわけでもない。思わぬことで死んだんだよ。それも、一族を守るための闘いでというわけじゃない……」

「春の猟で、氷の中に出て行ったのかね?」

「いや、猟をしてたんじゃない。商人たちがやってくるようになった時、連中はたっぷりと幅のある舟をこしらえたんだ。それも、もっと多くのアザラシを獲るためじゃない。アザラシ猟はやめてしまったんだ。大きな舟を造ったのは、商品をもっと沢山積み込むためさ。商人たちに商品を運んでやる仕事で暮らしてたんだ」

「アザラシ猟をやめただと?」カスカジークは驚いた。商品を運ぶだけで生きていけるのだろうか?

「それがもう、生きていないんだ」ルカーは平静な口調で言う。「時化《しけ》があってな、大時化だった。皆は湾に出て行くことを断ったんだが、チモーシャは無理強いした。たんまり払ってやると約束をしたもんで、皆は出かけた。二艘の舟で出かけた。あの商人は、自分の弟のことだって大事に思わなかった。そんなわけで、死んじまったのさ」

「一族が全部か?」

「全部だ。たぶん、全部だ」ヌギンダライ＝ルカーは額にしわを寄せて、思い出そうと努めた。

「たぶんな……。待てよ、ニヨルグンというのはあの一族の者かね?」カスカジークの方を見て言った。

ウィキラークは、さっと顔を上げた。この名前を聞くのは二度目だ。最初は、ラニグークの口から、あの「カラスの樅《もみ》」の下で聞いた。

「さあな」カスカジークは肩をすぼめた。「ヌガクスヴォングの大人たちはみな知っているが、子供たちのことは覚えてないな」

「ニヨルグンはヌガクスヴォングの人間だ」ルカーが言う。「今、思い出したぞ。あれはヌガクスヴォングの連中だった」断定するようにくり返した。

「たった一人しか残っていないのかい?」ナウクーンが話に割り込んだ。

「一人だ」

「それなら、仲直りをしに行くことはないじゃないか、仲直りの相手がいないんだからな?」ナウクーンは言った。素早く状況を判断したのだ――〈それなら、俺が使える結納品が残るぞ〉

「だまれ!」カスカジークは怒鳴った。「ろくでなしが! お前にとっちゃ、一人の人間は人間じゃないのか? たとえ一人でも生きている間は、その一族は生きているんだ!」

表の方から鈴の音が聞こえてきた。

「息子たちだ。トナカイを連れてきたんだ」ルカーは立ち上がった。「わしらもヌガクスヴォへ行くところなんだよ。チモーシャが商品を積んでくると約束したのさ。お前さんは川を行く、わしらは一直線に山を越えて行く。だが、お前さんは大して遅れはとらないよ。せいぜい、半日ぐらいかな」

第十七章

海沿いに住むニヴフたちにはすでにお馴染みの二本マストの帆船が、白く泡立つ河口の浅瀬を、カモメのようにすいすいと勢いよく走って湾内に入ってきた。そして、いつも決まって吹くトランギ・ラの風を巧みに利用しながら、潮の流れに抗してゆっくりと進み始めた。[†] 待ちかねていた裸足の小僧っ子たちが、集落を抜け出して遠くまで駆けていき、真っ白な船をせまい水道で出迎える。子供たちは大声をあげ、手を振り回し、跳びはねている。〈喜んでいやがる。野蛮人は、やっぱり野蛮人だな。チモーシャは奴らの毛皮を最後の一枚まで奪い上げてしまうというのに、奴らの方では喜んでいやがる〉――若いヤクートは面白くなかった。この沿岸では、商人は心待ちにされていることが分かった。

指のように細長い形をした砂州がこじんまりした入り江を磯波から守り、さざ波と小波だけがひっそりした水面をにぎわしている。だが、入り江がひっそりしていると見えたのは始めのうちだけだった。チョチュナーが目をこらしてみると、水の上に黒い丸太のようなものが見える。最初は焼け焦げた木片かと思った。だが、丸太のようなものは深みへ消えたり、浮かび出

---

† トランギ・ラは〈トナカイ風〉の意味。南東の海風、通常は強い寒風。

たり、潮の流れに沿って動くだけでなく、流れに逆らって動いたりもする。〈アザラシだ！〉——チョチュナーは察知した。アムール河の潟で見たことがあった。ヤクートは海上で船酔いにやられ、二昼夜の間、何ひとつ見ることも聞くこともできなかった。このいやらしい、臓腑がでんぐり返しになりそうな重苦しい船酔いがロシア人たちを襲わないのが、ただただ不思議でならなかった。

入り江にはアザラシが多数いた。頭が黒くて、白黒のまだら模様のアザラシたちは好奇心旺盛で、通り過ぎる船をじーっと見ている。恐れる様子もなく、近くまで寄ってきて、さっと姿を消したと思うと、少し離れた水面や反対側の舷の近くにまた姿を現す。巨大な真っ白なカモメが悠々と水路の上を旋回し、獲物を見つけようとして覗く——ニシンやキュウリウオなどの小魚を狙って。

足の速い小僧っ子たちは船を追い越して、集落に知らせを運んだ。〈船にはプポークたちのほかに、もう一人の男がいて、見たところ、ニヴフに少し似ているよ〉と。〈ナナイ人かアムール地方のニヴフでも手伝いに雇ったのだろう〉——ヌガクスヴォの人々はそう決め込んだ。

チョチュナーはその間、ヤクーチヤから遠く離れた土地の岸辺を見まわしていた。砂州は低い砂丘をもち、その横腹には低木がまとわりつくように生えていた。長くて平らな砂州は根元の部分がでこぼこと隆起しているが、そのでこぼこは樹木の多い丘へ連なり、入り江のもう一方の沿岸を縁どっている。入り江の奥は幅広い帯状の低地をなし、数箇所で、鏡のように透明な水の流れで分断され、その上に白っぽい蒸気が立ちのぼっている。どうやら、河口のようだ。

集落は砂州の根元に広がっていた。奇妙な住居だ。丸太づくりではないし、細い幹を積み上げてつくったものでもない。形は四角で、煙突がない。それに、屋根もないようだ。窓は小さく、こぶしひとつがやっと入る大きさで、ガラスはない。住居の下方、水際の近くに架け台が見える。無数の架け台だ。薄くそがれた魚がきちんと列をなして干してある。架け台の数があまり多いものだから、まるで集落は架け台で仕切られ、住居は架け台と架け台の隙間に立っているように見える。

どの住居も、その右側か左側に、幕舎《チュマ》に似たこんもり高い建物がある。〈エヴェンクだ！〉――嬉しくて胸がはずんだ。

枝を払って横に渡した木につながれた大型犬たちが、鎖から逃れ出ようとしてもがいていた。〈犬小舎だな〉――チョチュナーは見当をつけた。

見知らぬ土地……。見知らぬ人々。どうやって、この連中とうまくやっていくか？

出迎えた幾つかのグループの中に、毛皮服を着た人々が立っていた。その後ろに、角をはやしたトナカイの頭を見たとき、チョチュナーはまるで別れてきた遠方の親族にでも再会したように嬉しくなった。エヴェンクだろうか、ヤクートだろうか？

ニヴフたちの住居から少し距離をおいて、二軒の、広い庭をもつ丸太づくりの低い家が建っている。〈ロシア人はどこへ行ってもロシア人だな。家はいつだって頑丈だし、暮らし向きはしっかりしたもんだ〉――尊敬するでもなく、羨《うらや》むでもなく、ヤクートはそう思った。

三人の、でっぷり肥えた頬の赤いロシアの女たちが、笑顔を浮かべてこちらへ向かって出てきた。サラファンを高く持ちあげ、肉付きのよい白い足をむきだしにして、川の中に入り込んだ。一瞬のうちに、すべてが――気の好さそうな顔をした奇妙なニヴフたち、屈強な犬たち、有角の友を連れたトナカイ飼い、灌木の生えるでこぼこした砂地の岸辺、雨雲が黒々と低くたれこめた空が――消え失せた。ただ、女たちの耐え難いほど白い足だけが、この世界全体を満たしたように思われた。

「チモーシャ、兄さん！」歌うような、かわいらしい女の声がする。チョチュナーは、何かで脇に突かれたかのように、ぐらりとよろめいた。

「大の男が、船酔いとはな」気の毒そうにチモーシャは言い、すぐに付け加えた。「海は、ヤクーチヤにいる時のようにはいかんぞ」

……驚いたことに、チモーシャは積み荷をすべて船に置いたままにした。空をちらと眺めて風を見定め、錨《いかり》を岸に引き揚げ、嵐で砂山に打ち上げられた巨大なハコヤナギの根株の間に固定した。チョチュナーは、それでも念のために聞いてみた。

「荷下ろしはするんだろう？」

「どうして？　今日は仕事は休みだ。荷下ろしは明日だ」チモーシャは言った。その口調で分かった。この沿岸では、他人の物に手を出す人間はいないのだと。

「行くぞ。女たちが首を長くして待っている」チモーシャが呼ぶ。

チョチュナーは踏ん切りがつかずに突っ立っている。チモーシャはむろん、このあたりのやり方はよく心得ているのだ。見張りをつけずに大事なお宝をそっくり置いてきても、そのまま手つかずなんだろう。それでも、やっぱり、決心がつきかねた。

チモーシャは重そうな大きな叺《かます》をかつぎ上げた。おそらく土産物が入っているのだろう。

「おい、なんで突っ立ってるんだ？」チモーシャが身体を半分ひねって振り向いた。

「あとで寄るよ」あわてて、チョチュナーは約束した。「皆と馴染みになってから行くよ」

「好きにしろ。そうしたいんなら」そう言うと、大きな長靴でバシャバシャと水の中を切り進み、岸辺できゃあきゃあ嬉しそうに騒いでいる女たちの方へ向かった。

第十八章

だが、チョチュナーは一向にチモーシャの所に姿を見せなかった。道中の疲れのせいと、ひょっとするとこの野蛮人どもに何もかも盗まれてしまうのではないかと気をもんで、トナカイ飼いたちが岸辺に起こした焚き火のそばに留まった。焚き火が燃えて人がいるからには、焼き肉の匂いがあたりに漂うことになる。

焚き火をめざして、押し出しの立派なニヴフたちが近づいてきた。海岸に突然あらわれた、見たところ自分たちに似ているこの男がいったい何者なのか確かめようというのだ。ニヴフたちは無遠慮にヤクートをじろじろ見た。チョチュナーは、そのまっすぐで善良そうな眼差しにさらされて、何だかいやな気分になった。〈まるで見たことのない獣でも見るみたいだな。野蛮人どもめ〉ニヴフたちはよそ者の顔をじっくり検討したあげく、男は自分たちにまったく似ていないことに気づいた。目が大きい、ロシア人にくらべるとちょっと細いぐらいだ、鼻はがっしりしていてニヴフの鼻ではない。顔の色はそんなに黒くない。髪の毛だけはニヴフと同じように黒くてまっすぐなんだが……。いや、ニヴフたちはチョチュナーの顔に、見慣れた物柔らかな輪郭を見出さなかった。

好奇心が満たされると、ニヴフたちはそれぞれの奇妙な住居に散って行った。そうでなくても、みんな忙しいのだ――明日はチモーシャが商品の分配をする日だ……。

トナカイ飼いたちはオロッコであることが分かった。チョチュナーはこの小民族のことを耳にしたことがある。言葉はゴリド語〔ゴリドはナナイの旧称〕に近く、ツングースの言葉の響きとは似ていない。オロッコたちの焚き火からほど近く、若い屈強なニヴフの家がある。このニヴフはきつく結わえた弁髪を下げた男で、半分ほど土をかぶせた丸太づくりの住居から二度ほど外に出てきて、ニヴフ語でオロッコたちに話しかけた。自分の家に招いているらしい。オロッコたちが何か答えると、ニヴフは開いた低い戸口の黒い穴の中に消えた。

若いニヴフの家は他の住居とは異なっていた。他の住居はもっと大きくて、太い幹を組み合わせてつくられ、壁はゆるやかに傾斜し、屋根裏は仕切りがなく、土をかぶせた天井には煙出しの穴があけられている。窓はない――壁にいくつかの小さな穴があいているだけだ。ところが、若いニヴフの家はロシア人の家のように丸太づくりである。ただ、小さな家で、窓も小さい。ちょうど、タイガの猟師の越冬小屋のようだった。

チョチュナーはツングースの言葉を知っていたので、年かさのオロッコに尋ねてみた。

「あんたは、どこの一族だい？」

ルカー＝ヌギンダライはひどく驚いて、はっとひげ面を上げた。

「ヤクートだと名乗ったはずじゃが！」

「俺たちはツングースと同じ村に住んでいたんだ。どこの一族だい？」

「〈足高トナカイ〉《ヴィソコノーギイ・オレーニ》の一族だ」

「あんたの一族は、どこに住んでるんだい？」

ヌギンダライは目を細めて、ヤクートの方をちょっと見た。この風来坊と関わりを持つ価値があるかどうか値踏みするように。あぶった肉の串を両手でしばらくの間ぐるぐる回して、オロッコ語で何か言った。若いオロッコたちが細身のナイフを鞘から抜いて、焚き火に近づいてきた。

チョチュナーは船に上がり、口を切ったばかりの酒瓶を取り出した。火酒の入った瓶を見て、オロッコたちは色めき立った……。

乾いた流木はいい薪になる。焚き火はリズミカルに燃える。パチパチはぜることなく、高い熱を与えてくれる。ほろ酔い気分になったルカー＝ヌギンダライは、遠いヤクーチヤから来た男に自分のことを打ち明けた。

ルカーはオロッコではなかった。シルカ川流域のエヴェンクだった〔シルカ川はシベリアのザバイカル地方の川。アムール河水系〕。まだ若い頃に、ギルィ†の何とかいう土地の話をよく聞いたこと

† オロッコとナナイは、ニヴフのことをギルィと呼ぶ。

があった。はるか東の彼方、海の真ん中にあるという。その地は人も足を踏み入れたことのないタイガに覆われ、その森のテンときたら、杖で簡単に仕留めることができるほど沢山いる。近隣の地域から向こう見ずで命知らずの男たちがその地へ行ったことがあった。長いこと帰ってこなかった。狩りに時間を費やしたのではない、道のりに費やしたのだ。遠い危険な道中だった。集落ではひと冬待ち、ふた冬待った。そして、彼らはもどってきた。テンをぎっしりと詰め込んだ袋を持って。

父親は早く死んだ。子供たちに二十頭のトナカイとロシアのキリスト教の信仰を遺した。その信仰から残されたものは名前と、肌身につけている鉄製の十字架だけだったが。

父親の死から長い歳月が過ぎた。上の息子たちの頭にはもう白いものが見えはじめ、動作はもたつき、歩くのものろくさくなった。そして、その子供たちがもうトナカイ放牧を手伝っている。おそらく兄弟は、生まれ故郷の地から動くことはなかっただろう。これまでのように暮らしつづけ、トナカイの群れを追い、近ごろは数を減らしているとはいえ、毛皮獣を獲っていただろう。ところが、新しい信仰につづいて、シルカ川地域に道が現れたのである――鉄の道が。鉄道はタイガと丘陵を分断し、獣たちを追い払ってしまった。そして、ある冬の日、トナカイたちが鉄道を横切っていた時、群れの半分以上を汽車がひき殺してしまった。そんなことがあって、兄たちはギルィの土地を目指すことになった。女房たちと子供たち、妹や弟たちは、春になって猟が終わったらすぐに戻ってくるようにと言い渡した。こうして、夏の終わりに上の兄弟ふたりは六頭のトナカイと共に、かつて向こう見ずで命知らずの男たちが通った道をたどって、遙かな地へと旅立った。

……秋になって、まだ降雪前の夏道を通って、多くの土地をめぐりめぐって百匹をこえるテンを捕えた。徒歩で狩りをするニヴフの猟師よりもはるかに多く捕えた。タイガが雪で白く覆われると、エヴェンクたちはニヴフの猟師たちに合流した。ニヴフたちは魚が産卵する川の上流にバラック小屋を持っていたからだ。暗いが、暖かかった。エヴェンクたちが実に驚いたことには、よそ者がニヴフの狩り場で猟をしても、彼らはまったく不満げな様子を見せないのだった。それどころか、招いたわけでもない客たちが首尾よく獲物がとれるようにと、皆でし向けてくれるのだ。テンのお気に入りの場所を教えてくれ、アザラシの毛皮を張った幅広のスキーも貸してくれる。成果をあげるたびに喜んでくれる。おかしな連中だ、このニヴフというのは。

二月、ニヴフたちは罠を木の上に上げ、冬の猟期を終えた。渓谷づたいにケヴァ集落へと下って行った。エヴェンクの兄弟はスキーに乗ってそのあとをついて行く。スキーは雪嵐の日々に、ひまをみてこしらえたのである。兄弟はトナカイを後ろに従えていた。ふたりは満足していた——二百十七枚もの毛皮を手に入れたのだから。不自由のない暮らしと、もうすぐ故郷で再会する一族の者たちの敬意が待ち受けているのだ。

もてなし上手のケヴォング一族のもとで歓待を受けた。自分用にトナカイ橇を仕立て、テンの一部をロシア商人に売るために、ヌガクスヴォ集落へ移った。

商いのすんだ日の夜、集落のある者がふいに、トナカイに乗って疾走するところを見たいと言い出した。ほろ酔い気分のルカーと兄は、この願いに自尊心をくすぐられた。ほかの者ならいざ知らず、エヴェンクはトナカイ人だ、乗り回すのはお手の物だった。兄弟は鞍なしのトナカイに飛び乗った――鞍など必要とする乗り手ではない！　鞍なんて年寄りや子供がありがたがる物だ。声を張りあげてトナカイを駆り立てた。集落はどよめき、騒然となった。至るところで感嘆の叫びと、木の幹や杭につながれた橇犬たちの猛烈な吠え声がわき上がった。おそらくルカーは久しく、これほど見事に乗ったことはなかっただろう。両足を前に突きだし、トナカイの胸を力一杯けり上げ、上体をかがめ、毛皮の長衣を鷲の羽のように背後へなびかせた。

エヴェンクたちはどちらも川を同じ方向に疾駆し、つぎにトナカイの向きを変えて、集落へと走らせた。犬たちがふたたび吠え立てる。その時、誰かの犬が綱を引きちぎって、トナカイめがけて飛び出した……。ルカーは雪の吹きだまりの中からやっとのことで這いだした。あたりを見まわした。トナカイはどこだ？　トナカイはすでに集落のずっと向こうを飛ぶように疾駆していた。そのすぐあとを大型犬が追い、さらに数匹が合流して猛スピードで追いかけている。ルカーは杖をつかんで、あらん限りの力で走り出したが、とても追いつけるものではない。どんどん引き離されていく。その脇を兄が猛スピードでトナカイを駆り立てていった。しかし、人を乗せたトナカイが犬に追いつくのは無理だ。兄は、はるか前方で犬たちがトナカイに追いついたのを見た。

ルカーはサハリン島に長居する羽目になった。兄はひとりで獣皮を詰めた袋をニコラエフスクへ運んでいった。あっちの方が毛皮の値が高いのだ。相談の結果、兄が二頭のトナカイを買って、ルカーを迎えに来ることにした。しかし、何日過ぎても兄は現れなかった。川の氷もせわしなく動き始めたというのに、兄は一向に姿を見せなかった。〈きっと、シルカに行ってしまったんだな。秋になったら、戻ってくるだろう〉ルカーはそう考えた。夏が過ぎ、秋が過ぎ、冬になった。他のエヴェンクたちが大陸から島に渡ってくるのに、兄の帰って来る気配はまったくなかった。大陸から来る者には誰であれ、エヴェンクであれ、ニヴフであれ、ロシア人であれ、つかまえては兄のことを聞き出そうとした。兄の特徴を説明したりもしたが、慰めになるような答えは何一つ返ってこなかった。こうして、ルカーはそのままニヴフの土地に留まることになったのである。ニヴフたちはしきたりを大切に守り、種族の異なる客人を養った。客は、できるかぎりニヴフ集落の生活に加わろうとした。薪を切り、猟に出かけ、魚を獲った。

ある日のこと、去年のスキー板を修理していた。陽差しの明るいおだやかな日で、寒さもそれほど厳しくなく、心地よい壮快な気分にしてくれる。その時だった。もう忘れかけていた、子供の頃から耳になじんだ懐かしい響きが聞こえたような気がした。その音がふたたび聞こえた。今度ははっきりと聞こえる。ルカーは、はっと身を固くした。また聞こえてきた――〈ボル、ボル、ボル……〉〈トナカイの鈴の音か?〉エヴェンクは頭をもたげた。集落から少し離れたところを――犬を騒がせないためだろう――トナカイの群れが通り過ぎていく。前方を行く乗り手は毛皮の長衣を着て、毛皮のとんがり帽をかぶっている。エヴェンクに間違いない。さまざまな推測がわいてきた。ひょっとして兄がシルカの者たちを説得し、皆が同意したので、疲弊した土地を捨てて島へ渡ってきたのではないか? ルカーはスキーを放り出すと、興奮のあまり息を詰まらせて、まだ固まっていない新雪の中を膝まで埋もれながら駆け出した。ひた走りに走った……。トナカイの群れは速度を上げることもなく、ゆっくり遠ざかっていく。〈おーい！〉ルカーは大声で呼びかけ、帽子を振り回した。隊列のしんがりをつとめる牧夫がトナカイを止めた。牧夫はわけが分からないといった様子だ。あの男は何の用があるのだ？　ひょっとして、あいつは気が変なのじゃないか？　だが、ルカーは走りつづけた。彼は心配だった——牧夫がトナカイに答を入れ、群れを追って行ってしまうのではないかと。そして、そうなったら……。ルカーは、〈そうなったら〉どうすればいいのか分からなかった。分かっているのはただ一つ、何としてでも牧夫に追いつき、尋ねなければならないということ、それだけだった。

ルカーは追いついた。いきなり、くつわをぐいと摑んだ。

「お前さんたちは、どこの人たちだ？」あえぎながら、ルカーは尋ねた。牧夫はまだほんの若い男で、意味が分からないというふうに頭を振った。そこで、ルカーはロシア語で言ってみた。「オマエ、アムール、ココ、キタカ？」身振りでもやってみた。はじめに手で遠くを示し、それから自分の足下を指した。

牧夫の顔はほっと和らぎ、強ばった様子が消えた。

「オマエ、エヴェンク？　オロッコ？」トナカイ乗りが尋ねた。

「エヴェンク」ルカーが答える。「オレ、エヴェンク。オレ、エヴェンク」

「ナゼ、ココイル？」牧夫は驚いて尋ねる。

「オレ……オレ……」ルカーは言葉をひねり出そうとしたが、ロシア語で話し合うのは自分たちには無理だと悟った。牧夫の方でも、それが分かったようだ。彼は言った。「オマエ、エヴェンク。トテモヨロシ」

それから、集落の方を手で示した。

「ムコウ、イク。オレ、スグ、ムコウイク」

両足でトナカイの腹を蹴り、遠ざかる群れのあとを追って走り出した。ルカーの方は、どうして牧夫が自分を振り切って行ってしまったのか分からず、がっくりして立ちつくした。しようと思っていたことがあったのに……。もっとも、何をしようとしたのか？　何を？　ルカーは回れ右をして、ぐずぐずと、無意識に自分の足跡をたどりながら戻った。

ふたたびスキー板に取りかかったものの、ひっきりなしに顔を上げて、青みがかった条《すじ》のように見えるトナカイの群れの足跡の方を見ていた。するとその時、トナカイに乗った二人の男が、さっそうと勢いよく、曲がり角から飛び出してくるのに気がついた。後ろの乗り手の手綱に引かれて、トナカイがもう一頭走っていた……。

「この子たちだったのさ」ルカーはチョチュナーに言い、若いオロッコたちが座っている方を顎でさし示した。

エヴェンクは煙管《きせる》に刻みタバコをつめ、親指で押さえつけ、煙を吐き出した。

「この子たちだったのさ、わしの救い主で、わしの子供たちだ」

チョチュナーは合点がいかぬ風で、視線を走らせた。

「そうなんだ、わしの子供たちだよ」確認するようにルカーは言う。「この子たちは、まず、わしを自分の一族の所に連れて行って、食べ物や着る物をくれたんだ、親類みたいにな。そしてこの子たちの父親が重い患いで死んだあと、エヴェンクのわしがこの若い者たちの父親になって、連中の言葉と信仰を受け入れたのさ……。今じゃ皆は、わしのことを自分たちの仲間で、オロッコだと考えてくれている」

〈何て抜け目のない男だ！　無一物で、住む家もなかった男が、今じゃこの一人前になったオロッコたちの父親で、トナカイの群れの主人《あるじ》とはな。「父さんが見つかった！」ってわりだ〉

ルカーは平然と、声も高めずに話し続ける。

「オロッコの子供たちには、シルカに兄弟がいるというわけだ、エヴェンクのな。あの子らの伯父は、つまり、わしの兄貴のことだが、首尾よく故郷に帰ることができたんだよ。わしの子供たちにもどっさりテンを持って帰ってくれた。おかげで、子供たちは飢えや病気を知らずに暮らせたのさ。だが、どういうことか、子供たちの伯父が長いこと、こっちに戻ってこないんだ。もし、今年も姿を見せなかったら、わしの方からシルカへ行くことにする。こっちの息子たちを連れてだ。この子たちの兄弟姉妹に会うためにな」

チョチュナーは驚くばかりだった。〈ロシアのことわざでいう「空の財布に小判が飛びこんだ」みたいだな〉

焚き火は音もなく消えかかっていた。流木はみるみる細くなり、ただ灰が――風はまったくなかった――灰青色のふんわりした更紗地のように、焚き火の跡を覆い隠そうとしていた。

……チョチュナーはぐいと頭をもたげた。周囲で人々がざわめいている。積み荷が運ばれてきて、焚き火の傍らで横になっていたヤクートの近くに山のように積み上げられている。

チモーシャは袖をまくり上げ、ニヴフらしい男と一緒に、大きな包みを船倉から取り出して甲板に立っている者たちに渡していた。受け取った者は、その荷物を集落の住民たちの肩につぎつぎと投げかけてやる。

チョチュナーは気づいて驚いた。チョチュナーのわずかな積み荷がすべて船から運び出されて、きちんと一山にまとめて置かれていた。最初は、荷物がそっくり無事にあるかどうか確かめたい気持に駆られたが、ぐっとこらえて、自分も手伝い始めた。

荷下ろしがすむと、チモーシャは店を開けた。小さな板張りの小屋だ。チョチュナーはきのうからこれに目をとめていた。少しでも分別のある人間なら、こんな頼りない場所に商品を保管しようとは思うまい。えらく安全なんだな！

最初にさばけていったのは、ウオッカだった。そして、皆の足下がふらついて口が軽くなった時に、チモーシャの商売は始まった。ニヴフたちは、価値のあるものはサケ以外に何も持っていない。そのサケでこれまでのつけを清算するのだ。チモーシャは売り掛け台帳にニヴフたちの名前を記すのが間に合わないほどだった。ルカーと息子たちだけは、少しばかりのテンの毛皮を持っていた。物持ちのいいタイガの住人は、春の商いの折りにテンを手元に残し、あとでそれをタバコや茶や小麦粉と交換しようとするのだ。だが、この時、ヤクートはチモーシャに度肝を抜かれてしまった。チモーシャは酩酊したトナカイ飼いに三倍から四倍の値段をふっかけたのである！　酔っぱらったタイガの住人が、今後の猟で手に入れる毛皮で払うからと、ウオッカや食料品やテント地を求めたが、チモーシャはにべもなく断った。〈ギリヤークたちは土地から離れないでいるが、この放浪人どもときたら、タイガの中じゃ、追いかけることもできやしない〉そうチョチュナーに説明した。

第十九章

暖かい川水と冷たい海水がぶつかり合う河口の上に、淡い霧がかかっている。舟が霧をぬけ出るとすぐに、カスカジークは白い船に気がついた。船は黒っぽい集落を背景にくっきりと浮かび上がって見えた。こんな大きな船をカスカジークは見たことがない。舷は高く、船の長さといったら、六本櫂の丸木舟のたっぷり二倍はある。

ヌガクスヴォ集落はすっかり様変わりしていた。以前は八戸の夏の家《ケラフ》しかなかったのに、今では、二十戸以上はありそうだ。堅固に建てられ、樹皮や盛土で暖かくつくられている。見たところ、冬も住んでいるようだ。つまり、ここの者たちは皆が皆、冬を過ごすために、先祖たちが鬱蒼たる森の中に建てた暖かい冬の家《トラフ》のある、入江の対岸――大陸側――へ移動するわけではないらしい。

ケヴォングたちは岸へ近づいた。こんな大集落の中でどうやってヌガクスヴォング一族の夏の家《ケラフ》を探し出したものか。今やカスカジークは、それだけが気がかりだった。

ヌガクスヴォの住人たちはティミ川方向から近づいてくる舟に早くから気づいていた。人々は海岸に出てきて、起伏のある岸辺に思い思いに場所を占め、自分たちの所に向かってくるのが誰なのか推測しながらしゃべり合っている。舟がすぐそばまで近づいたとき、ヌガクスヴォの人々は水際近くへ下りはじめた。ところが、客を迎えるわけにはいかなくなった。チモーシャ・プポークがニヨルグンの家に飛び込んでいくのを目にしたのである。最初に罵声と叫び声が聞こえてきた。そのあとで、低い方の戸口――アゴヒゲアザラシの皮で側柱にとりつけられている――がバタッと引き開けられ、チモーシャとニヨルグンの二人がもつれ合って、転がるように家から出てきた。ニヨルグンは興奮のあまり、つかえながら言いつのっている――〈空っぽの樽を寄こしやがって。空樽など持って帰れ。小麦粉の分にテンを渡してあるのに〉

激高したチモーシャは手近にあった棒をつかむと、力任せにニヴフに打ち下ろした。ニヨルグンはがっしりした男で背丈もあるのだが、黙って殴打をこらえていた。しかし、ついに堪忍袋の緒が切れた。チモーシャの顔にペッと唾を吐きかけた。チモーシャは棒を持った手を垂らしたまま、少しの間、じっと動かなかった。まるで、何が起きたのか、意味をとらえようとするかのように。それから、ニヴフに飛びかかろうとしたが、相手はすでにかなりの距離まで遠のき、寄せ波で固くなった入り江の岸辺をどんどん遠ざかっていった。

怒り狂ったチモーシャは家に駆け込み、束にしたテンを持って飛び出してきた。それでも、商人の気持は収まらなかった。マッチを取り出すと、震える手で家に火を放った。樹皮で覆われた小屋は、あっという間に火につつまれ、明々《あかあか》と一気に燃え上がった。めらめらと燃え上がる炎は、むき出しの梁の上ではしゃぎ、跳んだり跳ねたりして、まるで不運なニヴフの住まいを捨て去ろうとしているようだった。だが、梁とカラマツ材の壁はしっかりと火をつなぎ留めながら、炭と化し、やせ細り、そして、驚愕のあまり声もなく立ちつくす群衆の足下に崩れ落ちた。チモーシャの妹のオリガがひとり、燃え落ちたあばら屋の周囲を走りまわって、泣き歌を唄うように叫んでいた。

「皆さん！　皆さん！　何をぼんやり見ているの⁉」

そして、燃えさしをつかむと、髪をふり乱して、兄の家に駆けつけた。でっぷりと肥えたチモーシャの妻ドゥーニャは、オリガの手から燃えさしをひったくった。そのとき、指をやけどしてしまい、痛さで顔をしかめながら叫んだ。

「なんて馬鹿なの、自分の家に火をつけようなんて」

第二十章

約束したにも拘わらず、チョチュナーはチモーシャの所に行かなかった。〈ギリヤークと同じ細目《ほそめ》だから、あいつらに同情してるんだろう〉チモーシャは自分にそう言い聞かせて店を閉じ、家の中に姿を消した。

チモーシャが去ったあと、静まりかえっていたニヴフとオロッコたちは少し活気を取りもどした。しかし、灰に覆われた炭――ニヨルグンの家の跡はこれだけになってしまった――をしきりに見やり、再び、恐怖の色を目に浮かべるのだった。

ニヨルグンは一日中、積み重なった黒い燃えさしの上に座りこみ、膝に肘をつき、頭を垂れていた。集落の住人たちは同情したが、世話をやくことには慎重だった。助けてやれるとしたら、新しい小屋をもう一度建てるまでの間、自分の所に呼んで住まわせてやるのがせいぜいだ。

夜、チョチュナーはニヨルグンのところへ行った。不運に打ちのめされている人間をうまく話に引き込んだ。まだ春の頃、チモーシャは食べ物の乏しくなったニヴフたちに腐りかけた小麦粉を配り、この先の収穫物で払わせることにしていた。ニヨルグンはその時、ひと叺《かます》の小麦粉の分として、二匹の立派なテンを渡したのだった。残りの毛皮は手もとに置いた。嫁を取ろうとしていたのだ。夏のはじめに、チモーシャは各集落をまわって樽を配り、魚はもっぱら俺のためにだけ用意しろと命じた。別の商人のイワノフという男が、夏になるとチモーシャ・プポークの〈領地〉の北寄りで商いをしていた。チモーシャがニコラエフスクに出かけたことを知ると、素早く南に奇襲攻撃をかけたのである。そして、贈り物のために金を必要としていたニヨルグンは魚の腹肉と、さらに、長竿二本分の燻製のサケをイワノフに売った。

「これで、何もかもおしまいだ」ニヨルグンは悲嘆にくれた。チョチュナーは自分でもギリヤークを可哀想に思っていることに気づいた。しかし、すぐに、憐れみを胸の内から追い払うと、努めて柔和な調子で尋ねた。

「何が〈おしまい〉なんだい？」

ニヨルグンはニヴフ特有の信じやすさからか、あるいは、せめてこのよそ者にでも庇護してもらえたらとの期待もあってか、自分の受けた災難を詳しく語った。

ニヴフは妻を他の氏族からめとる。ニヨルグンの母は、大河ティミの沿岸に位置するアヴォ集落の出身である。その集落のヒルクーンという腕の良い稼ぎ手のところに、ラニグークという娘がいる。

ニヨルグンはこの数年、毎年、冬になるとアヴォに出かけては手土産を届けてきた。女たちには色鮮やかな布地を、男たちには漁網用の丈夫な糸、タバコ、茶、ウオッカを。アヴォング一族の人々は土産物を受け取ってくれた。一族の長老エムラインは黙って茶を飲み、黙ってタバコをふかし、黙って考えていた。

去年の冬、上首尾に終わった秋猟のあとで、たっぷり贈呈品を持参して行った時、エムラインは言った――〈娘が父母の集落を離れるまでには、冬の半分と春、夏、秋、それにもう半分の冬がある〉ニヨルグンはこの言葉を約束と見なした。信頼できる確かな約束だと。いまや、もっぱら結納品の支度に追われて暮らしていた。そして、大事な冬を迎える準備が整い、すでに毛皮も用意できていたというのに……。今はどうすればよいのか、この先どうなるのか？ラニグークを他の男が、自分の鼻先をかすめて連れ去ってしまうのだ……。

「気を落とすなよ」チョチュナーは相手の目をしっかり見て言った。「あんた、いくつだい？」

「知らないよ」そのあと、ちょっと考えてから言った。「ほら、あそこにいる亡くなった叔父の息子と同じ歳だったんだ」ニヨルグンは、ぼろを着た小さな男児を指し示した。大人たちがいるので気後れしていたその子供は、まるで熊のように巨《おお》きな橇犬と遊んでいるふりをしていたが、実際は時折、上目遣いに物知りたげな、あるいは、ひもじそうな目をこちらに向けていた。
「あれは秋だったよ、時化《しけ》でクジラが打ち上げられたんだ。ニヴフたちは喜んだ。海の主のトル・ウィズングが慈悲深くもニヴフと犬たちに食べ物をくれたのだと。それから一夏過ぎて、俺は知った——エムライン爺さんの一族にラニグークという女の子が生まれたことを。三度目の夏に、その子は大病を患った。皮膚がどこもかしこも赤い発疹におおわれた。冬が四回過ぎたあとの春、俺の親父と親父の兄弟たちが、チモーシャの弟と一緒に海で死んでしまった。チモーシャの積み荷を運んでいたんだ。

　さらに、ふた夏が過ぎた。時化の多い秋がきた。ニヴフたちの多くは網を裂かれてしまった。それで、飢饉の冬になった。〈大時化〉の秋、俺は魚の産卵する川の上流へ行ったんだ。そこで、チャンスをつかんだ。産卵するサケから干し魚《ユーコラ》をこしらえたのさ。そりゃ、干し魚《ユーコラ》は棍棒のようにカチカチだったが、飢えている時にはこれも食べ物だからな。俺は力があったし、魚獲りの仕掛けを据えることもできた。

　その冬のチモーシャはまったくの悪党だった。飢えた連中は小麦粉ひと袋に十四、あるいは十二匹ものテンをチモーシャに渡したんだ。俺は待つことにした。そして、誰の手もとにもテンがなくなった時、チモーシャに俺のテンを見せた。チモーシャの奴、驚いて目をむくやら、跳び上がるやらだったよ。その時は俺が値をつけた。いい商売になったよ。その時なんだ、ラニグークを見るためにアヴォングたちのところに行ったのさ。もう十代の娘になっていた。すごくべっぴんでな。連中の所に小麦粉、米、砂糖、茶、タバコを置いてきた。二ヶ月分はたっぷりあっただろう。

それ以来、冬が来るたびにアヴォ集落に通った。去年の冬に行ったのが四度目だ」

ニヨルグンは声を高めるでもなく、顔色を変えるでもなく、しゃべっていた。ただ、あれこれ思い出そうとして、時々、話を中断するだけだった。そんな時、その滑らかな額にはかすかに目につく縦皺が二、三本現れた。話し終えると、聞き手の方を向いて言った。

「それで、俺はいったい何歳になるんだ？」

一言も口をはさまずに聞いていたチョチュナーは、はっと我に返った。このギリヤーク連中の計算の仕方ときたら！　面白いかぞえ方をするものだ。いまや、チョチュナーはニヨルグンのほとんどすべてを知ることになった。抜け目のない若造だ。前途有望だ。だが、チモーシャは冷血漢で、オオカミよりひどい。

「俺は何歳かって聞いてるんだ」ニヨルグンがくり返して言う。

「あんまり長いことしゃべるもんだから、かぞえ損なったよ」

「そら見ろ！」威張った風に、ニヨルグンは言う。「長くしゃべったから、かぞえ損なったなんて。長くしゃべったってことは、俺がかなりの歳だってことだ」

「おおよそ、三十歳かな？」

「わからんよ」ニヴフは答える。そのあとで、むっとして言う――「なんで〈おおよそ〉なんだい、ちゃんとかぞえられただろうに！　あんた、数をかぞえられるんだろう？　じゃあな、指を折ってくれ、俺がしゃべるから。いいかい、クジラが打ち上げられた時、俺はあそこにいる男の子と同じぐらいだった——あいつはもう、犬にかまっていないで、焼け跡をほじくり返しているが。二度目の夏にラニグークが生まれて、三度目の春にラニグークは大病をわずらって、冬が四回過ぎたあとの春に俺の一族が死んでしまった。その夏に男の子は生まれたんだ。それから、二度の夏が過ぎ、そして冬にひどい飢えがやってきた。そして、その冬に俺はラニグークを見に行ったんだ。それ以来、冬が来るたびにアヴォに行ってる。去年の冬は四度目だった。勘定したかい？　何歳になる？」

「十六歳か、十五歳かな……男の子ぬきで」自信なげに、ヤクートは言った。

「男の子はいくつになる？」

「あの子は七歳だ」

「それで、いったい、俺はいくつなんだ？」じれったそうにニヨルグンは要求する。

「あんたは……あんたは……二十三歳だな」

「あんたはいくつだい？」

「二十歳だ」

「そらな！」勝ち誇ったようにニヴフは言った。「俺の方が上なんだ！」ニヨルグンは挑むような目で見た。

チョチュナーは気に入らなかった。〈飢えた貧乏人が、こんな目つきで人を見るとは！〉いやな気分だったが、今度も自分を抑えて、ただ、こう言った。

「気を落とすことはない、あんたは大物になれるよ。家は焼けたけど、新しく建てられるさ。

結納品も用意できる。たっぷり用意できる……。みんながあんたを敬い、恐れるようになるよ」

ニヨルグンはヤクートの話が気に入った。おもねるように、ヤクートをじっと見つめ、いま耳にしたことが確信できずに、尋ねた。

「お前さん、本当のことを言ってるのかい?」

〈よしよし！　いつもこうなるんだ！〉ヤクートの目に黄色い炎がちらりと走った。ニヴフはぎくりとした。だが、チョチュナーは穏やかな口調で言った。

「俺が力になってやる。あんたを金持ちにしてやろう。これからは、誰一人、あんたに指一本ふれさせない。みんながあんたを恐れるようになるだろう」

チョチュナーはケースの中からカラスの羽のような光沢をもつ銃を取り出し、ニヨルグンに差し出した。

「取っておけ。この銃があれば、恐いものなしだ」

ニヨルグンはさっとひざまずいて、ヤクートの足に接吻しようとした。〈そら、いつもこうなるんだ！〉ヤクートは確信して小声で言った。

ニヨルグンは立ち上がった。銃を手につかみ、どこにしまったものか分からずに、あたふたし始めた。自分を強い人間にしてくれ、人々の上に押し上げてくれる貴重な贈り物なのだ。銃床を脇の下に押しこんで肘でしっかり押さえつけると、あたりを見まわした。付近に立っていたニヴフやオロッコたちは、目の前で起きたことを黙って見守っていた。滅びゆくヌガクスヴォング一族の子孫を見舞った大きな不運が、人々の目前で、突然、幸運へと転じたのである。

その間にチョチュナーは、まるで臆病な子犬のようにそばへ寄ってきたり、大人たちの陰に隠れたりしていた男の子たちを呼び集めた。

「こっちへ来い、こっちへ来い」チョチュナーは声をかけた。だが、子供たちにはよそ者の言葉は分からない。ぼろをまとった小さな子供は、本人が知らぬ間にニヨルグンの年齢を決めるのに役立ったのだが、その子は他の子供たちより近くに立っていた。ニヨルグンはその子に自分たちの言葉で言った。

「ムィルグン、そばに行け。偉い長官さまのそばに行け。この人は立派な方で、ニヴフたちを守って下さる」

男の子はもじもじと足踏みしながら、怖さと気後れを隠そうとして鼻をすすっていた。だが、チョチュナーが袋の中からこぶし大ほどもある砂糖の塊を取り出すと、ぴょんぴょん跳ねるようにそばに駆け寄った。破れたズボンが汚れた裸足にバタバタと当たった。雪のように白い、めったに口に入らないごちそうを急いでひったくった。まるで、誰かほかの者に取り上げられるのを恐れるかのように。チョチュナーは近くにいる少年たちを呼び寄せ、砂糖を一かけらずつ与えた。気がつくと、二日酔いに苦しむオロッコたちが、子供みたいに変な期待の目でこちらを見つめている。不快に思い、口をへの字に結んで、そっぽを向いた。

チョチュナーは少しの間、考えをめぐらした——次はどう振る舞うか。行動に打って出るべき時だと知った。

チョチュナーは肩ごしにふりかえった——不満げな顔のトナカイ飼いたちが、待ち焦がれてじりじりしている。

ルカーの襟《えり》もとの汚れた灰色のシャツが開いたところに、細紐がのぞいている。昨日から気づいていたが、別にどうとも考えなかった。細紐は首にかけられ、胸の方に下りていた。脂と汗がしみこんで、黒ずんでいる。

チョチュナーはそっと手をのばして、二本の指でゆっくり細紐を引っ張りはじめた。シャツの下から、まるで小動物が巣穴から出てくるように、小さな金属製の十字架がひょっこりと現れた。

「十字架だ、十字架だよ。わしはルカー・アファナーシエフという。ルカーだ」もったいぶって、ルカー＝ヌギンダライは言った。エヴェンクは、符帳めいた言葉でヤクートと話をした。それは、こういう意味だった――〈わしは本物のエヴェンクなんだが、わしの名前はエヴェンクの名前ではない。わしらエヴェンクは洗礼を受けているんだ。わしらも、偉大なロシア皇帝の子だ〉

チョチュナーはタイガの放浪者である小さな一族の主を、そのひ弱そうな見栄えのしない風采を、じろりと見て言った。

「みんな兄弟だ！」

「兄弟だ！　兄弟だ！」オロッコたちは喜び、そのとおりだと応じた。

「こっちへ来てくれ、兄弟たち！」

ヤクートは袋の中から、きれいな瓶を引っ張り出した。陽光をうけて、きらきら輝いた。

「こっちへ来てくれ！　みんな、来てくれ！」両手を大きく広げて、まるで集落全体を抱擁せんばかりである。

最初に近づいてきたのは、押し出しの立派なニヴフの古老たちと、錚々《そうそう》たる稼ぎ手の男たちだった。若者たちはうやうやしく、少し距離を置いていた。

ニヴフたちの貫禄も、ウオッカを一口きこし召したところで消え失せた。老人たちは若い者に命じて、低い卓、彫刻をほどこした木皿に盛った魚、刻んだ干し魚《ユーコラ》、煮溶かしたアザラシの脂、塩漬けした魚の腹肉を運ばせた。女たちも出てきて、珍味を運ぶ——生のアザラシの肝《きも》、サケの頭、アザラシ肉の煮込みなど。並べた小卓の中央に、陶器の小碗に入れた塩水が置かれた。ニヴフはサケの頭の軟骨や血のしたたる肝の小片をこれに浸して食べるのだ。

細かく刻んだ肝は、広葉ニンニクを添えても添えなくても、最高のつまみになる。ウオッカのあとに食べると実に旨い。チョチュナーは、すぐにこの旨さが分かった。

つまみのあとには、かたまりの煮込み肉が太い骨つきのまま出された。刻んだサケの干し魚《ユーコラ》をニヴフたちは指でつまみあげ、煮溶かした黄金色のアザラシの脂に浸し、頭を反らせるようにして口に放りこむ。

「人間はみんな、兄弟だ！」チョチュナーはおごそかにくり返した。「お前さんたちはギリヤークだ、オロッコだ。俺はヤクートだ。だが、俺たちは兄弟だ。みんな人間なんだから！　一緒に暮らして、お互いに助け合おう」

ニヴフたちは饒舌なヤクートの話を一様ではない気持で聞いていた。〈人間はみんな、兄弟だ〉、これは確かだ。ニヴフはいつでも、誰であれ、他の人間を受け入れる。ニヴフ、オロッコ、エヴェンク、ロシアの別なく、誰でもだ。たっぷり食べさせ、自分の家の炉で暖めてやり、その人間が旅をつづけられる状態になるまで暮らさせてやる。善行は、ことさら話題にする必要はない。話題にするのは、当たり前ではないことについてだ。善行はニヴフにとって当たり前のことで、周囲をとりかこむ自然のようなもの、風や雨や雪と同じだ。ところが、ヤクートは尻の赤い幼児でも知っているような事をくり返しくり返し、しゃべっている。まるで、何か並はずれたことを発見したかのように。奇妙な男だ、このヤクートは。だがきっと、いい奴なんだろう、こんなに気前がいいんだから。

もう、暗くなってきた。そこで、チョチュナー・アヤーノフは、酒盛りに加わった者たち全員に土産物を配った。半分に割った板状の茶とひとつかみのタバコをそれぞれに与えた。

人々はそそくさと帰り始めたが、ほろ酔い気分のニヨルグンの歌に引き留められた。彼は砂の上にあぐらをかいて、目を閉じたまま、身体を大きくゆらしていた。

ウィ・ウィ・ウィ！　ウィ・ウィ・ウィ！
ウィ・ウィ・ウィ！　ウィ・ウィ・ウィ！
われらニヴフは、覚えている限り、この地の住人。
ウィ・ウィ・ウィ！　ウィ・ウィ・ウィ！
ウィ・ウィ・ウィ！　ウィ・ウィ・ウィ！

恵み深い神、精霊クールングは、われらの土地を忘れなかった。
われらの川を魚で満たしてくれた。
われらの森をいつも獣で満たしてくれた。
ウィ・ウィ・ウィ！　ウィ・ウィ・ウィ！
ウィ・ウィ・ウィ！　ウィ・ウィ・ウィ！
われらが獣を獲って暮らせるように、
われらが魚を獲って暮らせるようにと。
だが、われらの間に悪人が住みついた。
夜も昼も、考えるのは自分のことだけ、
どうすれば大もうけできるか、
考えるのはそればかり。
ウィ・ウィ・ウィ！　ウィ・ウィ・ウィ！
ウィ・ウィ・ウィ！　ウィ・ウィ・ウィ！
あんまり欲が深くて、分別を失った、
あんまり欲が深くて、人間らしい姿を失った。
ウィ・ウィ・ウィ！　ウィ・ウィ・ウィ！
ウィ・ウィ・ウィ！　ウィ・ウィ・ウィ！
悪人には自分の精霊がいる、自分の神がいる。

だが、われらの神クールングに、われらの願いが届いた。
われらが幸運に恵まれるように、
遠い土地からヤクートを遣わしてくれた。
金持ちで親切なヤクートを遣わしてくれた。
ウィ・ウィ・ウィ！　ウィ・ウィ・ウィ！
ウィ・ウィ・ウィ！　ウィ・ウィ・ウィ！

第二十一章

……背の高い痩せ気味の男が、大股の規則正しい足取りで歩いていく。長いこと髭をそっておらず、首は細く痩せている。もじゃもじゃの汚れた頭を、使い古した白っぽい帽子が飾っていた。もう長年にわたり、測量技師はこの帽子を手放そうとしなかった。

「九十七……九十八……九十九……」

百歩すすむごとに、帳面に記録していく。つぎからつぎへと新しい百歩が記され、罫線をひいた測量図に曲がりくねった海岸線が延びていく。

ティミ川下流域のあちこちで、石油が地表に露出する場所が発見されていた。だが、探査に着手するためには、土地の見取図が不可欠だ。沿岸の油田地帯をいくつものルートで踏破する任務を、著名な測量技師が引き受けた。彼は助手兼ガイド役にグロモヴィクを雇った。

百歩を数十回……百歩を数百回……百歩を数千回……。その一歩は七十六センチである。一センチ多くもなく、一センチ少なくもない。測量技師の一歩は長年かけてよく訓練されており、その正しさは実証ずみだ。

「四十五……四十六……四十七……」

「セミョーン・セミョーノヴィチ！」嬉しそうに叫ぶ声が聞こえる。

「……五十四……五十五……五十六……」

「チモーシャが来ましたよ！　ほら、船が岸にへばりつくところです」

「……六十一……六十二……六十三……」

測量技師はまるで耳が聞こえなくなったみたいだ。雷に打たれても、そのまま同じ歩調でいつまでも歩き続けて行くのではないかと思われた。

最後の一歩を測り終えて帳面に記録してから、測量技師のセミョーン・セミョーノヴィチはやっと一息ついて、額の汗を帽子でぬぐった。それほどの暑さでもないのだが。

「あさっての昼頃にはヌガクスヴォに着けるだろう。ちょうど、湾をぐるりと回りきることになる。向こうへ行ったら――さらに先へ」何かの疑念を振り払うように言い、疲れたような視線を助手の方に投げかけた。「向こうへ行ったら、さらに先へ進んで行こう、コーリャ」くり返して言った。「南へ行かなくては」

「ここは踏破しているんですよ、クルゼンシテルンやボシニャークが……」

「だが、彼らの仕事を点検するのも悪くはないだろうよ。クルゼンシテルンには概算が多いのだ。ボシニャークの方は、それでも徒歩と小舟でまわった。しかし、それ以上に、ギリヤークたちの言うことを信用したのだ*」

　ところが、測量技師たちは南へ向かうことにはならなかった。彼らは火事から二日目にヌガクスヴォにやってきた。事件を知って衝撃を受けたセミョーン・セミョーノヴィチは、ニヴフたちを集め、彼らに代わって知事に訴状をしたためたのである。

「書いているのか？」チモーシャは挑戦的に、ニヤリと笑って言った。そして、自分で応答した。「書け！　読み書きできるんだから、書けよ。だが、お前さんの書き付けなんか、知事に届けるとしたら、カラスぐらいのもんかな？　ハ、ハ、ハァー……」

　チモーシャはめったに笑い声をあげることがなかった。心配事に追われて、いつも不機嫌だった。それが今、この測量技師が不機嫌を吹きとばしてくれたのだ。いつ、どんな時に、誰を相手に、ギリヤークが訴え出たことがあったろう？　殴られても黙っている。略奪されても黙っている。口の利けない家畜のように黙っている。二本足で歩くところが違うだけだ。

「ハ、ハ、ハァー、笑わせてくれるよ、お前さんは、学者さんよ」

「笑っているがいい、吸血鬼め！」腹立たしげに、セミョーン・セミョーノヴィチは相手をさえぎった。「好き勝手なことはできなくなるぞ」うわずった声で言う。

「これからだって、笑ってやるとも」急にまじめな顔になって、チモーシャは言った。「ただ、俺の店の余り物をあさったりはしないだろうな？　それとも、ギリヤークみたいに、生のカレイを喜んで食うか？」

セミョーン・セミョーノヴィチには分かっていた。ギリヤークたちは二人の罵り合いをじっと見守っているが、双方に対して警戒心をもち、どちらも信頼していないのだ。ヨーロッパ人がここに来るのは、もっぱら略奪するためだとしたら、それ以外の態度が生まれるはずはない。そして今、この時こそ、ヨーロッパ人のすべてが同じ穴のムジナではないことをギリヤークに知らせる言葉が必要だった。

セミョーン・セミョーノヴィチは顔をそむけた。左胸にときどき痛みが走る。ポケットに手を伸ばすふりをして、ジャンパーの下に手を入れ、マッサージをした。

「吸血鬼め、好き勝手な真似はさせないぞ！」そして、集落の住民の方に向き直った。「誰か、ロシア語の分かる人はいるかね？」

「オレ、スコシ、スコシ、ヤル」ニヨルグンが大声でせっかちに答えた。自分が無視されるのを恐れるかのように。

「コレ、オナジ、シャベル」誰かがチョチュナーを指で差した。こっちは、興味津々で、目の前で起きていることを見ているところだった。

「ロシア語を話せるんですか？」セミョーン・セミョーノヴィチは、たった今、この男に気がついた。なかなかしゃれた服装だ。クロム革の長靴、ロシア風の刺繍のある幅広の帯をしめた

＊クルゼンシテルン（一七七〇—一八四六）はロシアの海軍提督。探検家。十九世紀初頭にサハリンを含む極東の沿岸を調査した。ボシニャーク（一八三〇—一八九九）はロシアの海軍中佐。ネヴェリスコイ提督の命により、一八五二年にサハリンの東西の沿岸地域を調査した。

シャツ、庇つきの帽子をいなせに頭に乗せている。

「俺は他所《よそ》から来た者で、ヤクートなんだ。こっちの言葉は分からない」

「それじゃ、あなたが私の言うことを訳して下さい」セミョーン・セミョーノヴィチはニヨルグンの方に向き直って言った。「あなたの民族の人たちに説明して下さい。このチモーシャ・プポークの店は不遜にも皇帝の指令に背いていること、そのために、この男は痛い目に会うだろうと。指令によれば、何人《なんぴと》も、あなたたちギリヤークがサケやマスを獲るのを妨げてはならない、とあります。このような者たちが」とチモーシャの方を顎で示した。「あなたたちの投網漁場を横取りすることがないようにです。プポークはあなたたちから一番貴重なものを奪い取ったのです。そら、ここに、この文書にすべて私が書きました」セミョーン・セミョーノヴィチは黒ずんだ、ざらざらした指で示した。

奇跡が目の前で起きた。ニヴフたちの、何を考えているのか読み取れない無関心な表情が、にわかに活気づいてきた。どんよりしていた眼が輝き出した。ニヴフたちは文書の威力を確かめようとするように、紙に手をのばしてきた。悪人どもを厳しく罰して、自分たちに漁場と満ち足りた生活を取り戻してくれる文書なのだ。

この夜は、カスカジークにとって重苦しい夜となった……。

クィチクは懲役囚で悪党だ……。プポークは商人で、これも悪党だ。それから、このセミョーン・セミョーノヴィチは……。外見は似ており、血は同じだが、全く違う人間だ。哀れなニヨルグンを誰も守ろうとしなかったのに、このロシア人は守ってくれた。それも、一ヨルグンだけでなく、ニヴフみんなの味方をしてくれた。この夜、ケヴォング一族の長老は、入り組んださまざまな思いで、その疲れた頭を悩ませたのだった。

……ヌガクスヴォ集落からチョチュナーの大きな荷物を積み込んだキャラバンがサハリン島内のタイガへ向けて出発した。

……キャラバンは去っていく。そして、このごたごた騒ぎの中で誰ひとり気づかなかったのだが、チモーシャの妹のオリガが陽ざしに暖められた家の壁によりかかって、気が抜けたような様子で立っていた。目は悲しげにキャラバンのあとを追い、ふっくらした唇は開き、声にならない問いを発していた。

オリガはニヴフの集落で生まれた。同年代の目のつり上がった子供たちと遊び、一緒に海辺を裸足で駈けまわり、森で木イチゴを摘んだ。

父親はいつも何かで忙しくしていた。今なら、オリガにも分かる。自分や兄たちが窮乏を知らずに過ごすために、どれほどの力を父親が費やさねばならなかったか。

オリガは夕焼けが明々と映える日暮れ時が好きだった。そんな時、集落のはずれから集落全体に橇犬たちのもの悲しげな遠吠えが響き渡るのだ。その遠吠えは、何か説明しがたい憂愁を帯びていた。底知れない、深い憂愁だった。庭で遠吠えを聞くと、父親は腹立たしげにあたりを見渡し、力を込めて腕を振り上げる。まるで、力任せに誰かに殴りかかろうとでもするように。そして、顔をしかめて言う――「懲役人どもめ」。それから、何だか哀れっぽく身をかがめて、そそくさと家の中に去り、隅っこに座り込んで、誰とも口をきかず、誰も寄せつけなかった。〈好きだった〉というわけではないが、ただ、オリガはこの集落以外の生活を想像したことがなかった。父の死後は兄のイワンのもとで暮らしていた。

来る日も来る日も家事で忙しく動きまわり、その献身的な働きぶりで兄嫁フェドーシャを喜ばせた。忙しく働きながらも、年月を経るごとに、胸の鬱屈が高まっていった。眠れなくなり、食欲が失せ、つまらないことでいらいらした。そんな時、チモーシャはちゃかすように、〈この子には花婿さんが要るのさ、花婿さんがな〉と言い、このつぎニコラエフスクへ行ったら、〈お似合いの〉を見つけてやると約束した。だが、〈このつぎ〉はもう何度もあったのに、〈花婿さん〉はさっぱり現れなかった。

集落の住民たちが船を迎えに行ったあの時、オリガは何よりもまず、甲板にいる人の数をかぞえた。三人いる……。オリガは小さくあっと叫ぶと、肩にショールを引っかけ、海岸に飛んでいって、ドゥーニャとフェドーシャと一緒に水の中に入っていった。長い間待ち望んでいた人を迎えるために。

しかし、チモーシャとイワンはいつものように妹を抱擁しただけで、三人目の人物を紹介しようとはしなかった。その男はオリガの脇を通り過ぎて、オロッコたちの方へ行ってしまった。〈忙しいんだわ、きっと〉むなしい期待にさいなまれ、翌日、庭でイワンをつかまえて尋ねた。

「誰なの?」

「誰って?」兄は何の事やら分からなかった。

「ほら、兄さん達と一緒にきた人は誰なの？」

「知らないな。ギリヤークの所にでも遊びに来たんだろ」

……キャラバンは去っていく。タイガへ去っていく。

ウィ・ウィ・ウィ！　ウィ・ウィ・ウィ！　ウィ・ウィ・ウィ！

チョチュナーはトナカイを止めて、あたりを見まわした。一体、誰が歌っているのだろうか？　ルカーの長男のケーシカ、ルカーの婿であり雇い人であるゴーシャ・チンコフとその息子たちは、ぴったり後に続いてくる。そして、どうやら、それぞれ自分の考え事にふけっているようだ。キャラバンのしんがりを務めるのはニヨルグンだ。なんと、彼が鞍の上で身体をゆらし、頭をあちらへこちらへと振りながら歌っているのだった。〈何という連中なんだ、このギリヤークたちは？〉ヤクートには驚くことばかりだ。〈たった今、家が焼かれてしまったというのに、その災厄をもう忘れて、歌ってやがる！〉

タイガは、熊やテン、その他あらゆる獣の宝庫だ。ニヨルグンにはそれが嬉しい。キャラバンの上をカラスやカケス、ほかにもいろんな鳥が飛んでいく――ニヨルグンはその鳥たちと会話しているのだ。

キャラバンの方に向かって谷川が山と山の斜面を左右に押し広げ、石の上を跳ね上がりながら、せわしなく流れていた。

カスカジークが見ていると、自分たちを出迎えに来ていたヌガクスヴォの住民たちが、まるで波にさらわれたかのように、岸辺からいっせいに消えてしまった。そのとき、誰かの小屋がぱっと燃え上がった。カスカジークは集落の少し上流に慎重に接岸し、離れた所から事の次第を観察していた。ナウクーンとウィキラークは火事を見に駆け出していったが、当惑し、唖然とした様子でもどってきた。二人を驚かせたのは、集落の住民が一人として商人のふるまいを妨げようとしなかったことである。〈一体、いつの間に、わしら皆がそいつに怯えてしまったんだろう？〉カスカジークは考えた。〈それにしても誰ひとり、その悪党を抑えようと手を振り上げなかったとは？〉

カスカジークは若い頃も沿海地域の住民たちと付き合うことはまれだったので、ここには知り合いは少ない。そして今、自分の老いた頭の中に根をおろし、声に出して言うのもはばかられる、ある思いに気づいた。ケヴォング一族の老いた首領は、自分と同じ年代のヌガクスヴォングの者が生き残っていないことを、往時の流血の闘いが誰の口の端にものぼらないことを願っていたのである。カスカジークは、自分の一族は孤絶しては生きていけないことがよく分かっていた。古い一族の子供たちは、広い豊かな土地の人々と交わることなしに生きてはいけない。ケヴォング一族の樹はふたたび緑に包まれなければならない！

案内された先が自分よりはるかに年上の老人の所だったので、ケヴォングの長老カスカジークは少し失望した。大柄で骨太な、北極フクロウのような大きな白髪頭をした、涙目を細めた年寄りだった。老人は砂の上にどっしりと座り込み、何か超然とした忘我の境にあるようで、周囲で起きていることは見えもせず、聞こえもしないといった風であった。そばには炭と火事の燃え跡が黒々と見えていた。

「ご老人《アトクィチフ》！　ご老人《アトクィチフ》！」人々がよびかけた。†

老人は何の反応も示さない。

誰かが腕に触れた。だが、老人は何も聞こえないままだった。袖を引っ張られると不意にさっと顔をふりあげた。

「あーあ！」

「おじいさん、おじいさん、お客さんですよ！」

「何じゃと？」掌を耳に押し当て、全身を集中させた。背中までしゃんと伸ばした。

「お客さんですよ」

「どんな客じゃ？」

「ケヴォングの長老と息子さんたちです」

「何じゃと、何じゃと？」

「ケヴォングと息子さんたちです」

「ケヴォングじゃと？　わしらはそんな一族は知らん」


†アトクィチフは老人に呼びかけるときの敬称。

「ヌガクスヴォングの長老に会いに来た、と言ってます」

誰を相手にしているのか、カスカジークはやっと分かった。オルガンだ。沿海地域の最年長者、ヌガクスヴォングの長老だ。とおの昔からこの世にいないものと考えていたのだが……。

「ケヴォング……ケヴォング……」老人は何かを思い出そうとして考え込み、そして、急に不安そうに言った。

「じゃが、そんな一族がまだおるのか？」さっと振り向くと、大声で呼んだ——『ムィルグン、ムィルグン！　どこにおる、わしの息子は？』

どこからか、ぼろをまとった小さな男の子が飛び出してきて、老人に駆け寄った。オルガンは、両腕で抱きとめ、ぐいと横に座らせ、自分に引き寄せた。

「わしの息子！　わしの息子！」

老いたニヴフは声をつまらせた。そして、人々は慟哭を聞いた。低いしわがれ声の、男の慟哭を。

周囲の者たちは当惑して顔を見合わせた。若い女たちが、白髪頭をふるわせて泣いている老人の方にかがみ込んで言った。

「伯父《アトゥク》さん、家へ帰りましょう†」

今やカスカジークには、すべてがはっきりと分かった。ヌガクスヴォング一族もまた、滅亡の淵にあるのだ。やはり、残っているのは三人だけだ、オルガン老人とニヨルグン、それにムィルグン少年。だが、母親の系統に大勢の親類がいる。ムィルグンを手元に置き、寒さから守ってやれる者には事欠かない。もし男の子に兄弟が数人いたとしても、全員に嫁は足りるだろう。このとおり、老人に「伯父《アトゥク》さん」と呼びかけた女が大勢いるのだから。

「買い物をして、家へ帰ろう」ナウクーンが言う。長男がそう考えた理由がカスカジークには分かっていた。息子は高齢のオルガンと幼いムィルグンをものの数に入れていないのだ。ニヨルグンは一族の長老と甥を捨てて、姉妹や伯母たちに委ねてしまった。そこでナウクーンは判断した――ここでは誰もケヴォング一族のことは知らない。誰も昔のことを覚えてはいない。願ってもないことではないか？ 毛皮の一部は結納のために取っておき、それ以外は商品と交換すればよい！ このときナウクーンは弟のことよりも自分のことを考えたのだった。これはしめた。結納品がたっぷりあれば、嫁を取るのもたやすくなる。

「恥知らずめが！」カスカジークは振り向きもせず、押し殺した声でそう言うと、息子に命じた。「行って、ムィルグンの住んでいる家《トラフ》を確かめてこい」

翌日、新しい事件がヌガクスヴォ集落を揺るがした。ケヴォングとか名乗る者たちが、ヌガクスヴォング一族の末裔の、まだ物心もつかない幼い子供に、前代未聞の大層な贈り物をしたのだ。テンの毛皮、干し魚《ユーコラ》、トナカイの毛皮、新品の舟、たくましい橇犬、男物の衣服。その際、ケヴォングの長老カスカジークはこう語りかけた――へ大きくなったら、立派な腕の良い稼ぎ手となるんだぞ。ニヴフの他の氏族や他の部族の者たちとも、いつも仲良く暮らすように。

†アトゥクは女の家系の伯父、母親の兄弟。

いつも皆が幸運に恵まれるように。お前の一族に、身内を裏切る者ではなく、頼もしい養い手が大勢生まれるように〉

そのあとで、ヌガクスヴォの人々は、二艘の舟が自分たちの岸辺を去って行くのを見た。ケヴォングたちは空になった古い舟に、もう一艘の新しい舟にはロシアの測量技師たちが乗って行く。一艘目の舟で、見事な技で入念に削り上げたカラマツ材の長い櫂を操るのは、腕力の強いナウクーンとウィキラークだ。カスカジークは煙管《きせる》をくわえて艫《とも》に陣取り、こぎ手に巧みに合わせて機敏に舵をきる。測量技師たちがティミ渓谷のケヴォング氏族やその他のニヴフ氏族の土地で訳の分からない仕事を続行するのだということを、人々は既に承知していた。さらに、二艘目の舟に乗る者たちが、ニヴフの代わりにロシア人セミョーン・セミョーノヴィチが書いた文書を運んでいることも。そこには集落の住人全員と客たちが、それぞれのやり方で署名している。凝ったサインもあれば、単純なしるしもある。誰かに助言されて、文書の少し下に手あかのついた指を押し当て、指印にした者もいた。

川に入り、流れが激しくて櫂を竿に換えねばならなくなると、カスカジークは二艘目の舟に乗り移った。ロシア人たちが竿をうまく操れないのに気づいたのだ。

第二十三章

ルカーはトナカイをせき立てなかった。乗用のトナカイは径《こみち》を知っている。軽い歩調でどんどん進み、ゆるやかな下り坂になると、だく足になる。ルカーの物思いを妨げるものは何一つなかった。不幸なギルィの歌も、魚の産卵する小川を渡るたびに、〈うわぁ、すごい数の魚がいる！〉とか、ナナカマドの茂みのそばを通りかかるたびに、〈おーっ、すごい数の実がなってるぞ！〉と感嘆するチョチュナーの叫び声も邪魔にならなかった。彼は、ひと冬いっしょに狩りをさせてくれと頼んできたに過ぎない。春には故郷に帰るからと。こう言ってのけたものである――〈テンを三百匹しとめて、故郷に帰るんだ〉人助けになるじゃないか？　人が頼んでいるんだから、助けてやらなくては。俺だって、みんなに助けてもらって、死なずにすんだではないか。今や、小さいとはいえ、トナカイの群れの所有者だ。親切な人々には感謝しなくてはならない。それに、この男はただ飯食いにはならないだろう。随分、物持ちだ。八頭ものトナカイに荷を負わせている。おまけに気前がいい。沢山のタバコや砂糖や茶をあっさりとただで配り、みんなにウオッカをふるまってくれた。ニヨルグンとわしには銃を進呈してくれた。好きなだけ猟をするがいい、親切なお人よ。

ニヨルグンは歌っていた。いい気分だった。不運が幸運へと転じた成り行きに感謝していた。目にしたこともない銃の所有者になれたのだ。これで、沿海地域のニヴフは誰一人として自分と張り合える者はいない。厳寒のときは集落を訪ね、野生トナカイの肉をもっていってやろう。年寄りや子供たちに食べさせてやるのだ。自分が父親と叔父たち――沿海地域で並ぶ者のいない漕ぎ手たちだった――を忘れていないことをみんなは知るだろう。彼らが死んだあとも長いこと、その栄光は輝いていた。多数の櫂をそなえた、とてつもなく大きな舟、数年間に大量の商品を輸送したその舟は、引き上げられて水死者たちの墓のそばに据え置かれた——舟はあの世で役に立つだろうと。もっとも、艫《とも》は壊れてしまっているけれど。葬式が終わって、会衆がそれぞれの家に去った時、オルガン老人は突然、狂ったように力任せに、斧を舟に振り下ろした。ニヨルグンはこれを目撃したのだが、いったい何が長老をこれほどの怒りに駆り立てたのか理解できなかった。

この大災厄のあと、集落の者たちはめったにニヨルグンをアザラシ狩りや魚獲りに連れて行かなくなった。ヌガクスヴォング一族には仕事に使う丸木舟もなければ、狩猟道具もない。仕事の道具がなくては、どうして一人前の稼ぎ手になれよう?

チモーシャはニヨルグンをたびたび家に呼び寄せ、家の仕事を手伝わせていた。夏場の仕事のなかったニヨルグンはすすんで誘いに応じた。ましてや、ニヴフたちには珍味であるロシアの食べ物——焼きたてのパンや粥、砂糖がひとかけ入った緑茶——をふるまってくれるのだから。それに、煙管で二、三回分のタバコを持たせてくれることもあった。

ニヨルグンは土産物はみな、オルガン老人に渡した。孫がちゃんとした稼ぎ手ではないというみじめな思いを、せめて一時でも振り払うことができるようにと。強いタバコをスーッと一服のみ込むと、怒りっぽい人間が寛大な好人物に変わるのだった……。

その後は、しょっちゅう煙管を詰めてやりたくて、薪割りや干し草刈りなどのさまざまな奉仕を自分から店主に申し出るようになった。チモーシャは「牛」とかいう奇妙な大型の動物を飼っていた。

さらにニヨルグンは、集落の者たちが自分のことを、ロシア人の有力者の親しい友人なのだとささやき交わしているのを知っていた。これには大いに気をよくした。会話の折など、彼はしばしばこう言ったものだ――〈俺の友達、ロシア商人のチモーシャは……〉

つらい夏をのりきると、ニヨルグンはタイガへ出かけた。テンを獲った。これなら、舟も要らないし、厄介な道具類も要らない。罠があれば足りる。あとは忍耐力と足だ。ニヨルグンの足は疲れ知らずだった。

……チモーシャという奴は獣だ。獣より悪い。それにしても、どうやって俺のテンのことをかぎつけたんだ？　長いことかかって、少しずつこっそりため込んできたのに。それを、あいつは奪い取った。俺の方に借りはなかったのに、全部、取り上げてしまった。その上、家にまで火をつけるとは。ニヴフたちの間では初めての本物の家だったのに。そりゃ、隙間だらけで寒かったが、でもロシアの家に似ていた。チモーシャのためにどれほど尽くしてやったことか、薪やら、干し草やら……。奴の角を生やした牛がタイガでいなくなった時なんか、俺が見つけてやったんだぞ！　自分で探してみろっていうんだ。迷ってしまって、自分が探してもらう羽目になっただろうよ……。獣だよ、お前は、チモーシャ。獣よりひどい。今はもう、ロシア人の友情など要らない。今は、ニヨルグン自身が力を持つ人間なのだ。チモーシャが持っているのと同じ銃を持っている。それより、もっといいぐらいだ。ヤクートはいい人だ。いい人だ。気前よく、ただでくれるんだからな！　こんな銃を手に入れるためには、俺なんか、ふた冬か三冬は猟をしなくちゃならない。それが、ただで貰えたんだ。いい人だ……。

……ルカーの期待どおりだった。みんなが集まって来たとき、谷間の向かい側の斜面を杖で指し示した。チョチュナーは喜びのあまり、鞍から転げ落ちるところだった。茂みの中で大きな熊が餌を食べているではないか。たっぷり幅のある腹の黒い毛が波打ち、てらてら光るのがここからでも見えるぐらいだ。立派な肥え太った熊だ。最初は、トナカイを走らせて熊に近づき、頭を撃とうと考えた。チョチュナーはトナカイの横腹を蹴ろうとして早くもかかとを後ろに引いたのだが、ルカーはその袖をぐいと摑んでこれを制した。一言も発しなかったが、その目は言っていた――〈あわてるな、それじゃ、駄目だ〉チョチュナーはエヴェンクの目つきが面白くなかった。自信と優越感に満ちている。

ニヨルグンはケースから銃を取りだし、弾を込めた。ルカーは身振りで、チョチュナーにトナカイから下りるよう命じた。チョチュナーは言われるままに従ったが、そのあとで分からせてやった――彼が誰の助言も必要としないことを。手綱をルカーの手に投げ渡すと、風向きを見定め、川を渡るために下りていった。ニヨルグンがあとに続く。猟師たちは小さな流れを飛び越え、草の生い茂る谷の湿っぽい斜面をよじ登り始めた。ニヨルグンは自分が最初に撃ちたかった。生まれて初めての一発で、獲物を手に入れたかった。そして熊がマリーナの実をもぎ取りながら、見えるところに現れたとき、銃をもち上げた。銃身が長くて、めっぽう重い。銃床をもっと強く肩に押し当てなければならないことを、ニヨルグンは知らなかった。チョチュナーも立ち止まった。ニヨルグンは競争相手に先んじて引き金を引いた。それでなくとも足下の不安定な険しい斜面に立っていたので、しっかり押しつけていなかった銃床の反動を、がんとくらってしまった。

チョチュナーは本能的にしゃがみこんだ。弾はビューッと唸《うな》りを上げて空気を引き裂いた。熊は、思いのほか軽々と跳び上がった。弾が低かったのだ。熊が気を取り直すひまを与えずに、チョチュナーはさらに銃を放った。熊は仰向けにひっくり返り、滑りやすい斜面を転がり落ちていった。

「大した猟師だ！」チョチュナーを見て、ルカーは嘆声を上げた。

第二十四章

まるでウィキラークの忍耐力を試すように、父親は沈黙を決め込んでいる。渓谷へ向けて出発しそうな前触れめいたものは何もない。秋の雨期は過ぎてしまった。時季はずれのサケが大《ピ》きな窪《ラ・タイフル》みから泳ぎ出て、水位が上がって浅瀬と化した砂利の多い砂州をさっと通り過ぎ、身震いの音で深閑とした秋の川岸を騒がせた。父親は相変わらず口を閉ざしたままだ。来る日も来る日も、まるめたトナカイの毛皮やら、いろんなぼろの類を押し込んだ寝床の上で過ごしている。焦げた煙管から淡い煙が細くゆらゆらとのぼり、寝床と、天井にぎっしり並べられた煤だらけの丸木との間を漂っていた。タバコは残り少なく、カスカジークは細かく刻んだカバアナタケ†を混ぜていた。煙の匂いはきつくなかった。ケヴォングたちは混ぜ物のないタバコを吸う

†白樺に付着する植物。

ことなどめったにない。普通はカバアナタケか、つんとした匂いのある草の類を加える。タバコの残りが少なくなると、煙管の中味は味も匂いもそっけない、いやな混ぜ物の割合が多くなる。すっかり萎《な》えた草が黒ずんだ地面に死んだように横たわり、毎朝、血のように赤い、摘み残されたコケモモに霜がきらめく頃、老人はようやく半睡状態から覚めたようだった。一日のうちに、いくつもの背負いカゴを修理し終えた。柳の細枝で編んだ、丈夫で裂けにくいカスカジークの背負いカゴは軽くできており、沢山の物を持ち運ぶことができた。

母親はそれぞれの背負いカゴにきつく結わえたサケの干し魚《ユーコラ》の束を入れ、板状の茶一個――先だってのヌガクスヴォ行きの残りのすべて――を入れ、巾着にタバコを詰め込んだ。さらに、各人が犬の毛皮を一枚ずつ、すり切れて毛の抜け落ちたトナカイの毛皮外套を一枚ずつ持った。

男たちが旅支度をしている間に、タルグークは茶を用意し、きのうこしらえたモス[†1]を長老の納屋から持ってきて、干し魚《ユーコラ》を刻んだ。

手早く茶を飲み終えた。あわただしくゲップを出すと[†2]、カスカジークは立ち上がり、ウィキラークの背負いカゴに満州製の真鍮のヤカンをくくりつけ、短い槍を持った。こうして三人の男、ケヴォング一族の全員は、半分の高さまで土盛りをした冬の家《トラフ》をあとにした。

「お待ち」タルグークが呼んだ。男たちはその声のやさしさから、母親が次男に呼びかけたのだと分かった。

ウィキラークは立ち止まって振り向いたが、今はそんな場合ではないといった様子を見せた。母親は近づいて手を差しのべた。掌には、きっちりと輪の形に編んだ弾力性のある罠があった。

ウィキラークは歩きながら、括り罠をじっくりと見た。毛でつくられている。何本の毛で編んだのか、十本か十二本はありそうだ。それに、この長くて黒いのは何の毛だろう？　白いものも混じっている……。これは何だろう？　白髪だろうか？……

ウィキラークは父や兄からわずかに遅れて歩いた。背負いカゴがずっしりと肩にくいこむ。だが、足取りも気分も軽やかだった。柔弱な気分に負けないように小声でつぶやいた——〈いつの間に編んだのだろう？　そんなひまなどなさそうなのに〉

集落から少し行くと、オオライチョウの雛が巣ごとに群れをなして次から次へと飛び立っていった。大型の鳥は幅広い翼を重々しくはばたかせ、谷川が砂利の上を流れるような音を響かせ、首を長く伸ばしてわが家へと去っていく。

山火事や人間に遭遇することなく幾世紀も経たカラマツ林は、先まで見通すことができる。普通は木の根元に藪が密生していて見通せないのだが、この林にはそれがなかった。まれに白樺やトネリコがまぎれこんでいたが、まるで人の目をとめさせるためのようだった。背の高い明るい森は、すでに針葉を落とし、沈黙で迎えた。ウィキラークの耳に聞こえるのは自分の息づかいと、革製の履き物に踏まれる乾いたコケのカサカサというせわしない音だけだ。

カラマツ林を歩くのは気持がいい。歩きやすい。邪魔な藪もなければ、沼もない。藪や沼は、こうした林では見かけることがない。コケの生えた地面を掘ると、粗い砂が出てくることが常である。

†1　神々に供える食べ物。／†2　腹が満ちたから出発しようという合図。

日陰の多い、冷たい流れの音が鳴り止むことのない渓谷には、がっしりと太い樅《もみ》の木が尊大に腰に手を当て、白樺に混じって立っている。樅の木が偉そうに構えるには理由があった。ネズミ、シジュウカラ、テン、オコジョ、カワウソ、ライチョウは、みんな樅の林が好きだった。カワウソは湧き水の川で小魚を捕らえ、ネズミは木イチゴや木の実を集め、カワウソの昼餉《ひるげ》のおこぼれを頂戴する。ライチョウには木イチゴと針葉樹の枝が欠かせない、テンはネズミとライチョウを捕らえ、木イチゴに舌鼓を打つ。小川や樅の林のある渓谷はいいものだ。じつにいい。だが、カラマツ林にも木イチゴは多い――コケモモだ。キツツキはそんな林を好む。テンもカラマツ林によくやってくる。

猟師たちは林の中を進んでいった。それぞれが心配事を抱えている。ウィキラークが考えていることは、ただひとつ――一族の森と渓谷には今テンが沢山いるだろうか。精霊クールングは慈悲を垂れて、高価な獣を罠に送ってくれるだろうか。

「着いたぞ」突然、カスカジークが言った。

ウィキラークは本当に径の行きどまりまで来たのか確かめようとして、あたりを見まわした。三人は急流の分岐点に立っていた。谷の両斜面は、ぎっしりと密生する樅の林だ。ウィキラークはいつ、どこで、カラマツ林を通り抜けたのか、気づきもしなかった。もと来た径を探せと言われても、探し出せないだろう。

見たことのない渓谷だった。大きな樅の林だ。林は分岐点に沿って、山の斜面を登るように広がっている。一方、下の方では流れは勢いを失い、水底は所々に暗色の淵があり、両岸は灌木で縁取られている。

「わしがここへ来たのは、ウィキラークがやっとはいはいできるようになった頃だ。それ以来、ここに来たことはない」

つまり父親は息子たちを獲物の豊かな狩り場へ連れてきたのだ。

〈太陽がまだ一日の道のりを残しているのに、俺たちはもうここに着いた。大して遠くはないな〉――ナウクーンは喜んだ。

「この狩り場はな、〈ケヴォング一族の樅林〉と呼ばれているんだ」

そう言ってカスカジークは、谷川の上に低く突き出た、水没することのない平らで小さな岬を指した。

「見ろ、あそこの丸太を。うちの小屋の残骸はあれだけになってしまった」

ウィキラークはかつては小屋の骨組みを成していたらしい丸太が、腐って風雪に痛めつけられているのを見た。

兄弟は両岸をまたぐようにして倒れている木の屍――乾燥しているが、まだ頑丈な樅の木――を渡って流れを横切った。カスカジークは中央に立ち止まって、流れに向かって立ち、上流の方をながめ、次に下流の方を見た。あちらこちらで、大小の風倒木が水路をまたぐように倒れている。〈テンが行き来するには、おあつらえの橋だ〉

両岸には産卵を終えたサケの骨が散らばっている。淵には流れに抗して、黒っぽい大ぶりの、横腹に褐色の縞をもつオスがじっと留まっている。これからメスを探すオスたちだ……。

微かな突風が寒さにかじかんだ木の葉を掘り起こすと、木の葉は夏のようには舞い上がらず、何か螺旋状《らせん》に枝の下にもぐり込み、かさこそという乾いた音で、立ち並ぶ古木の陰に憩《いこ》う緑のコケや枯れ草を騒がせた。

もうすぐ雪が降りそうな気配だ。だが、今はまだウィキラークは自信がもてなかった。まるで森の中で手探りしながら道をさがす盲人といったところだ。雪が積もれば、最良の助っ人になる。どんな獣がいつ、どこへ向かって、何のためにここを通ったか、ひと目で判断できるのだ。

ウィキラークの猟の腕前については、なんとも評価し難い。まだ幼かった頃、漁網の切れ端を使って、納屋のネズミ捕りの罠をこしらえたことがあった。忍耐力が必要だった。大きくて悪賢いネズミたちは、切れ端の中によからぬ物を察知して、難なく迂回し、隠れていた少年からわずか二歩の距離で干し魚《ユーコラ》をかじった。そこで、少年は別のやり方、仕掛けのついた木製の罠を考えついた。いくつも作って、ネズミがかじった穴のところに据えた。その時、カスカジークは面倒がらずに見てやった。息子の発明品に見とれてしまった。「自分で思いついたのか?」がらんとした集落には、幼い子供に教えてくれる者などいないと知りながら尋ねたものだ。「これなら、ネズミだけじゃなく、オコジョやリスも捕まえることができるぞ。出来合いの罠といってもいいぐらいだ」翌々日、ウィキラークは今度は弓で矢を飛ばしていた。以前から冬の家《トラフ》には乾いたナナカマドの木が転がっていた。何かに使おうとして、おそらく削って大秤棒にでもしようとして、切り取られたものだろう。だが、そのためには木が細すぎた。それが、いま役に立ったというわけだ。

カスカジークはひと束の矢を削り上げた。軽くて先の鋭い矢は遠い距離を射るために、重くて先の鈍い矢は標的を傷つけずに突き倒すために用いられる。少年は先の鋭い矢でライチョウを、先の鈍い矢では数歩の距離まで近づくことのできるシマリスを射た。羽をつけた矢は軽い突風ぐらいでは標的からそれることなく良く飛んだ。

ナウクーンは弟のことを笑っていた。シマリスなら長い棒で打てばすむものを、何で弓などいるものか。翌春、ナウクーンは細長いミザクラの木を見つけて切り、きれいに皮を剝ぎ、高い白樺に立てかけ、一か月以上の時間をかけて風に当てて乾燥させた。その頃には、ウィキラークは矢をほとんどすべて使い果たしていた。そこでナウクーンは横柄な態度で、弟を勢子《せこ》として使ってやった。獣が藪の中に隠れたら、弟が獣を兄の方に追い立てるのだ。兄は軽い扱いやすい棒を、ほとんど打ち損じることなく、すばしこい小動物の縞模様の背中に振り下ろすことができる。

ウィキラークはじきに手下の役割にあきてしまった。だが、父に頼むのはためらわれた。そうでなくとも、父はいつだって手がふさがっているのだから。それに、ウィキラークはもう子供とはいえない。自分の力を試してみなくては。父がやるように、カラマツの木を割ってまっすぐな矢を削り上げることは、うまくできそうにない。その代わり、川の近くに生えたヤマネコヤナギがある。まっすぐのびた細枝を選んで矢をつくることができるだろう。ウィキラークはさっそくやってみた。節くれの全くない長い枝を、たっぷり一抱えほど切り取った。父親は矢をつくる作業の前段を教えてやった。まず熱湯に浸す、つぎに竿にぶら下げ、その下端に重しをくりつける。そうすれば、細枝は張りつめた弓の弦のようにまっすぐになるのだ。

ウィキラークはすでに矢をなかば作り終えて、先端を尖らせたが、さて、どんな羽をつけたものか分からなかった。父親がふたたび助け船を出した。カラスの風切り羽は、鷲のそれにほとんど劣らないと。

ナウクーンがからかう。「カラスはシマリスとは違うぞ。羽があるんだからな。いくら追い立てても、俺の棒の下にもぐりこんではくれないぞ」そこでウィキラークはネズミ捕りに使ったのと同じ罠をこしらえた。だが、頭の聡《さと》い鳥はすぐに、何かおかしいとかぎつけて、どんな餌にも寄ってこなかった。〈矢で仕留めてやろう〉——少年はあきらめなかった。しかし、羽のついていない矢は急に脇へそれたりして、カラスの横腹をかすめるぐらいだった。「びっくりさせるだけだ」意地悪く、ナウクーンが言う。「去年の矢は全部使ってしまったのか？」父親が尋ねる。「折れたのはあるけど。二、三本かな」「持ってこい」父親みずから、カラスを待ち伏せた。最初の矢で命中させた。矢はカラスを刺し貫いた。

夏の終わりにはウィキラークは弓の扱いをすっかりものにしてしまい、さほど苦労することなく、シマリスばかりか、普通のリスまで仕留めることができるほどになった。そしてある時、大型の黒いオオライチョウを持って帰った。母親の喜びようといったら大変なものだった。タルグークは何度もくり返して言った——稼ぎ手が育ってくれたよ、稼ぎ手が育ってくれたよ。

若者は普段は集落の周辺の森で猟をした。遠くまで行く必要はなかった。そして、初雪のときは必ず獲物を持って帰った。こんな時はいつも足跡が助けてくれて、獲物へ、あるいはその餌場へと導いてくれる……。

秋の日は短い。一番年少の者として、ウィキラークは焚き火の世話をしなければならない。最初は、この仕事にいらいらした。しかし、どうしようもない。薪を貯え、松の枝と干し草で小屋を寒さから守らなければならない。

二日後、父親もナウクーンも獲物を持って戻ってきた。父親は大きなオスのテンを、長男の方は二羽の黒いカマバネライチョウを。その時、ウィキラークは自分に言い聞かせた──〈どっちみち、俺は薪をつくらなきゃならないんだ。なるべく沢山、用意するとしよう。そうすれば、無駄に毎日を過ごしたことにはなるまい〉

値の張る獣を早く捕まえたくて夜も眠れないほどだったが、父はウィキラークが小屋や薪の世話に追われていることに無関心な風であった。もしかしたら父は、二人が出かけたあとでウィキラークが罠を仕掛け、茶を沸かすために二人より先に戻っているとでも考えているのだろうか。

「ところで、お前はミフ・アルド†をしたか?」

やはりそうだった。父は息子がタイガの掟を破ったために、精霊クールングが息子の罠に獣を送ってくれないと思っているのだ。

「罠はまだ仕掛けていないんだ」

「ほぉ!」父親は驚いた。「いつ仕掛けるつもりなんだ?」

†その土地の主である精霊に食べ物を供えること。

「どこに仕掛けていいのか、分からないんだ。雪はまだだし」

「ほぉ！　お前は雪が降った後でしかやらんのか？」

「うん」ウィキラークはうなだれた。

「わしはまた、てっきり……。お前はいったい、どこで生まれたんだ？　タイガじゃないのか？」

族長にはどうしても呑み込めなかった。息子が、実の息子が、降雪前の径で獲物をとることができないなどと。

夜中に、ウィキラークは夢を見た。美しく装った若い女が小川の向こう岸に立ち、自分に話しかけている。その声はタルグークの声にそっくりだ。〈心配しないで、自分を試してごらん。あんたは立派な罠を持っているから、うまくいくよ〉

朝、茶のあとで父親が言った――「行くぞ！」ナウクーンは自分に言われたものと思い、喜んだ。

「お前じゃない、ウィキラークだ！」

ナウクーンはむっとして、上目遣いに父親を見た。

「お前も来い」

父親はつい最近まで、子供たちは何でもできると思いこんでいた。誰であれ、タイガで生まれたからには、母乳と一緒に先祖の技も吸収するのだと。今、頭をしぼって、ウィキラークの年頃の自分を思い出そうと努めた。そして、自分に言った――わしは何でも知っていた。年長の誰かが、自分の知っている事をわしに伝授してくれただろうか？　カスカジークはただ、大人たちのやり方を見ていて、同じ事をやろうと努めただけだ。そのあとは、タイガそのものが教えてくれた。テンは工夫をこらした罠をよけて通り、どうやって捕まえたらよいかを自ら猟師に教えてくれた。だから、カスカジークの子供たちも何でもできるはずなのだ。ところが、そうではなかった。なぜ子供たちが、降雪前の黒い径を見て取ることができないのか？　そこで思い出した。この数年間、出来上がった干し魚《ユーコラ》の始末もそこそこに、遠い旅へ出かけていた。二頭の橇犬を連れて山の向こうの遠い集落へ、息子たちの嫁を探しに行ったのだ。長い時間を費やして、あちこちめぐり歩いた。持って出た食料も食べつくし、衣服も履き物もぼろぼろになった。テンを衣服や食料に替えて、ひたすら旅をつづけた。峠から峠へ、入り江から入り江へ、集落から集落へ、氏族から別の氏族へと。親切な人々は旅人を受け入れてくれた。茶やタバコをふるまってくれた。氏族に伝わる伝説を互いに交換し、寝床をのべてくれ、カスカジークの労苦に同情してくれた。しかし、娘をくれようとはしなかった。遠い旅先にあって思い知らされた――噂は不幸であればあるほど、飛ぶように早く広まるのだと。ケヴォングが滅びゆく氏族であるという噂は、ニヴフの土地の津々浦々まで知れわたっていたのだ。

　髪も髭ものび放題で疲労困憊し、どんよりした眼のカスカジークが戻ってくるのは、すでに雪も深くなった頃だった。タイガを抜け、人も通わぬ山々を越えてきた。彼がどのようにして自分のちっぽけな集落を探し当てたかを知るのは、この不幸な男の庇護者である憐れみ深い善き神々のみである。

そして息子たちはそれぞれ、自分なりにタイガの掟を会得してくれているものとばかり思っていたのだが……。

カスカジークは斑色《まだら》の幹を川の向こうにまで伸ばしている曲がりくねったミザクラの木のそばに息子たちを連れて行った。

「見ろ！」

兄弟は驚いて木をじっくりと眺めた。特に目につくものはなく、長男は視線を脇へ向けた。どうしようもない大馬鹿者が！　カスカジークは自分の苦々しい失敗が、実りのない遠い旅が、意地悪い人々の嘲笑が、苦痛なくらいに腹立たしかった。いたずらに費やされた時間が腹立たしかった。自分の息子たちが、こんなに大きくなったというのに、タイガの中では子供も同然だということが腹立たしかった。

「木偶《でく》の坊、木偶の坊だ、お前は」

父親は泣き出さんばかりだった。手に負えない重苦しさを胸の内から放り出そうとするように、手を振り上げて、長男を殴りつけた。

気を静めるまでにしばらく時間がかかった。こんな振る舞いはこれまでになかった。落胆したり、かっとなったりすることはよくあったが、すぐに冷静になり、落ち着きを取り戻したものだ。

それが今、情けなさそうに長男を見ていた。息子たちは父親がつらい思いをしているのが分かった。ウィキラークは露出したミザクラの根をつま先で突き、その鈍い音を聞いていた。

ようやくカスカジークは平静に戻った。息づかいはまだ荒く激しかったが。

「こっちへ来い！」老人はしわがれ声で言った。

息子たちは近寄って、緊張して待った。

「テンというのはな、タイガじゅうを広く行き来するんだ。だが、お気に入りの狩り場と、お気に入りの寝ぐらを持っている。そして、川を渡る時にはいつも同じ橋を使う。そら、この木だ。よく見ろ。少し上の方と、ここだ。木の皮がむけているだろう？　これは、テンだ。同じ一匹のテンだ」

こうして、ウィキラークの前にタイガの秘密がひとつ解き明かされた。この獣は自分の狩りのための径《こみち》を、足跡をたどって歩き回る。冬ばかりか、夏もそうするのだ。ただ夏のタイガでは足跡が誰にでも見つかるとは限らない。針葉樹の葉や、枯れ果てた木の残滓、落ちた枯れ枝などがクッションになり、小動物の足跡は目立たなくなる。冬と同じように夏のタイガを知るためには、鋭い観察眼をもち、タイガを熟知していなければならない。

ところがウィキラークは、獣が自分の足跡をたどって歩くのは冬だけで、その理由はもっぱら、新雪に径をつけるのはすでにある径を行くよりも大変だからだと考えていたのだ。さらに、そこがしっかり固められているのは、通るのが一匹ではないからだと考えていた。もちろん、どんな獣だって、ほかの獣が歩いた跡を使うことは可能だ。だが、それぞれの場所には主がいるのだ。足跡を刻んだ獣が、自分の足跡を通うのである。ほかの獣がいたら、さっさと縄張りから追い出してしまう。

父親はテンの夏の足跡を見せた。

つまり、テンが自分の足跡をたどって歩くのは、深い雪だけが理由ではなかったのだ。ウィキラークは目を開かれる思いだった。今や、足跡の見えない、雪に覆われていない黒い地面もまた役に立つことが分かった。

「括り罠を仕掛けろ。ただ、供え物《ミフ・アルド》だけは忘れるな」。父親は立ち去ろうとして、思い直した。

「一緒に、大地に食べ物を供えよう。持ってこい」肯いてみせた。

最後の言葉が誰に向けられたものか、ウィキラークには分かった。何をしろと言われたのかも分かっていた。野営の場所までひと走りして、白樺の樹皮にくるまれた供物《モス》――木イチゴの入った煮こごり、干したユリ根、少しばかりの干し魚《ユーコラ》、ひとつまみのタバコ、ひとかけらの板状の茶――を取ってきた。

カスカジークはこれをそっくり片手に摑んで、谷の向かい側の山々へ手を向けて、この土地《ウィズ》の主《ング》に呼びかけた。

「お前さまの所に来た者じゃ。豊かな土地の恵み深いご主人さんの所にな。お前さまにもっとたっぷりあげたいんじゃが、わしらは貧しくてな。もっといい食べ物をあげたいんじゃが、持っておらんのだ。わしらは貧しくて、何も持っておらん。そら、受け取って下され。最後の食べ物をお前さまと分け合おう。怒らんで下され。わしらに善くして下され。わしらは貧しくて、何も持たないんじゃ。チュフ！」〔「チュフ」は祈りのしめくくりの言葉〕

カスカジークは茂みの下に供物を放り投げると、向き直って無言のまま、胸を反らせて仮小屋へ戻っていった。

第二十五章

ナウクーンはテンを、あの曲がったミザクラの木の主を、捕まえてみると言った。

ウィキラークはどっさり薪を切り取って水を運んでから、同じくテンが川を渡る小さな橋を見つけようとして出かけた。

彼はミザクラの木から少し離れた川の方へ向かった。最初に奇妙な音が耳に飛び込んできた。誰かが枝を打っている。つぎに茂みから突き出た細い白樺の棒が空中をひょいひょいと動くのが見えた。やっぱりそうだ、ナウクーンだ！　猟師にとってあまり頼りにはならない自分の狩猟道具を、こっそり隠し持っていたのだ。父親や弟に笑われまいとして、棒を林の中に隠して置いたのだ。

ウィキラークは野イバラの茂みを迂回した。ナウクーンは端から見ると、こっけいだった。背中をまるめて、サギのように、ひょっこりひょっこりと出てきた。両手を曲げて棒を支えているのだが、棒は主と一緒にふらふら揺れている。ナウクーンはカマバネライチョウを追いかけていた。おとなしい、怖がることを知らない、黒いライチョウだ。普通のライチョウよりも大型で、広葉樹の森に住み、単独か番《つがい》で暮らす。腕を誇る猟師なら、この神の創り給いし生き物には手を出さない。カマバネライチョウは古い伝説《ティルグル》に登場する哀れな孤児のように非常に信じやすく、人間を見るとそちらへ首をのばし、どんな良い物をもってきてくれたのか早く知りたいといった様子を見せるのだった。

だがナウクーンは必死で息を殺し、さっと腕を振って棒を打ち下ろした。あまりにも緊張していたのか、獲物に近すぎてあわてたのか、棒はライチョウの尾羽をかすめただけだった。鳥は遠くへ飛び去ろうとするどころか、隣の木に飛び移り、少し高い枝にとまって打たれた尾羽をふるわせながら、ふたたび人間の方に向き直った。ナウクーンは突進しようとしてつまずき、ばたりと倒れた。バキッという音が響いた。〈まさか、頭の骨が割れたんじゃあるまいな？〉ウィキラークは背筋が冷たくなった。だが、兄はすぐに飛び起きて棒を摑んだ。棒は真二つに折れている。ナウクーンはその場でぐるりと回った。何か漠然とした怒りから、折れて垂れ下がった棒の半分を引きちぎると、脇へ放り捨てた。木に近づいたが、ライチョウは高い所にとまっているので届かない。ナウクーンはそれでも解決策を見つけ出した。ライチョウがとまっている松の木に棒の残がいを立てかけ、両手と両足を使ってざらざらした幹を抱えて一番下の枝まで登り、両手で枝を摑んで身体を持ちあげた。枝は裏切るようにぽきりと音をたて、ナウクーンは落下した。地面を転げ、いまいましさと苦痛と落胆のあまり、大声でわめいた。

ウィキラークは駆けよって手を貸そうと思ったが、やめた。何とかなるだろう。そっと後ずさりし、木の陰に隠れるようにして自分の道を進んでいった。

つぎの渓谷へ抜け出た。谷底を小さな川が流れている。両岸は、湿気はあるがぬかるんではいない。砂利の隙間にちらほらと草が見える。白樺、ハンノキ、ナナカマド、そのわずか上の方に樅《もみ》とトドマツが生えている。良い森だ。豊かな狩り場だ。森を見回していると、はじけるような硬い音がたてつづけに聞こえた。クロハシライチョウの雛たちをあやうく踏みつけるところだったのだ。この鳥は小川の岸と小島のような形の砂利の砂州を餌場としている。小島は小川を二筋の軽快な流れに分離しているが、ラニグークのくねくね曲がった下げ髪に似ていた。このちっぽけな小島の下流で、流れはふたたび一つに合流している。

大型の鳥たちは驚いて、何とか近くの木へ飛び移り、それぞれ枝に居場所を定め、高みから人間の方を見守っている。まるで、この二本足の生き物は警戒する必要があるのか無視してよいのか、見極めようとするかのようだ。ウィキラークは鳥たちをそっとしておいて、橋を見つけようと先へ進んだ。小川を横切る木の枝の橋は多数あった。だが、探していた橋、テンが川を渡るのに使っていることが樹皮から見て取れる橋は、わずか数カ所にしか見つからなかった。ひとつ目は垂れ下がったハンノキで、砂利の小島のすぐそばだった。ふたつ目は白樺だ。

ウィキラークは一つの木に三個ずつ罠を仕掛けた。そのあとで、考えた。クロハシライチョウだってきっと自分の評判を高めてくれるだろう。ましてや、手持ちの食料は五、六日分しかないのだから。砂利の小島に括り罠を仕掛けた。砂利に打ち込んだ杭に括り罠を固定したのだが、砂利はすでに氷の衣をまとっていたので、作業はてこずった。クロハシライチョウは小島の至る所をうろついて、細かい石をついばむので、罠にひっかかるはずだ。

若者が野営の場所に戻ったのは、もう日が暮れようとする頃だった。焚き火は煙を上げず、燃えつきようとしていた。少し離れた風上の方で、うすくそがれたサケが焼き串で炙《あぶ》られている。そのそばには同じく焼き串に刺された肉があった。つまり、父親とナウクーンは食事をしたのだ。

「それで、何を見てきたんだ？」兄が問いただす。偉そうな様子をして、山のように積み上げられた樅の枝の脇で、節くれ立った木株の上にふんぞり返っている。ウィキラークは答えるより先に考えた――〈何のために、こんな沢山の枝を取ってきたんだろう？〉

「別に、何も」ウィキラークはやっとのことで笑いをこらえた。カマバネライチョウの狩りの様子が目の前に浮かんだ。

父親は仮小屋に閉じこもって何かをこしらえている。ウィキラークはその周りをぐるりとまわってみた。カスカジークは物置をこしらえていた。〈熊か？　トナカイか？　だが、どうやって仕留めたんだ？　ナイフと括り罠しかないのに？〉

ウィキラークは枝の山に近づいて枝を持ちあげてみた。確かに肉がある。黒っぽいバラ色のトナカイ肉だ。そら、毛皮もある。地面に敷かれた毛皮の上に肉が積み重ねられている。

ナウクーンは自分が獲物を仕留めたような顔をしていた。

「何をぼんやりしておる？」不満げな父親の声が聞こえる。

すると、ナウクーンはカラマツの樹皮を剝ぎ始めた。この樹皮で物置を被うのだ。

ウィキラークはトナカイの焼き肉をひと串ぺろりと食べ、さらにサケの頭で口直しをしてから、何か手伝うことはないかと父親の所へ行った。

「丸木を引きずってこい」

空に大きな星があらわれる頃には、物置はできあがっていた。そして、小さな星がまたたく頃には、肉は小さく切り分けられた。

横になったのはもう遅かった。ウィキラークは真ん中に寝ることになり、窮屈だった。仮小屋で寝返りを打つのはまずい、他の者の邪魔になるということはよく承知していた。だが、ウィキラークが寝付けないのは窮屈なためではなかった。昨日も一昨日もこうだったのだから。聞きたくてうずうずしているのだった。父はどうやってトナカイを仕留めたんだろう？　まさか、両手で首をしめたり、棒で殴りつけたんじゃあるまい。トナカイというのはとても敏感で、谷の向かい側の斜面でネズミがたてる微かな音まで聞きつけるのだ。目ざとさは鷲にも劣らない。走る速さは、到底、追いつけるものではない。

「父さん」ウィキラークは小声で呼んだ。

「なぐるぞ、邪魔なのが分からないのか」ナウクーンが脅すように言う。

「父さん」ふたたび、ウィキラークが呼ぶ。

「こら！」ナウクーンは腹立たしげにどなりつけ、こぶしで横腹をガツンと小突いた。もう一発お見舞いしようと、その手を引いた時、父親の声がした。

「何だ？」小声で父が尋ねる。

「どうやって、トナカイをやったんだい？　落とし穴を掘ったのかい？」

「いつ、何を使って、というのか？」声の調子からして、質問は老人の気持を和ませたようだ。

「熊がどうやってトナカイを捕まえるか知ってるか？」今度は父親が尋ねた。

「だって、熊だもの」ウィキラークは言った。

「いいや、答えてみろ。熊がどうやってトナカイを捕まえるか知ってるか？」

「トナカイがコケをほじくっている時に、こっそり忍び寄るんだ。見張りをしている別のトナカイにも見つからないように近づくんだ」

「わしも、トナカイが自分のことにかまけている時に、こっそり忍び寄ったのさ。やっぱり、見張り役に見つからないようにしてな」

「だけど、父さんは熊じゃないよ」

「だが、熊と同じ事をやったんだ。トナカイが鼻面をあげるまでは待っていたがな。感づいて振り向いたときには、もうトナカイの横腹にナイフが突っ立っていたわけだ」

第二十六章

朝飯どきにウィキラークは、野営地にカマバネライイチョウがいないことに注目した。〈結局、捕まえられなかったんだな。可哀想に〉兄に同情した。

若者は物置を見まわした。精霊《クールング》への供え物が間に合って良かった。俺たちの懸命さを分かってくれて、獲物を遣わしてくれたのだ。こうしてみると、もう一頭トナカイが欲しかった。そうなれば、心配なく春を迎えることが出来るのだが。

ナウクーンが狩りをしていた場所の近くを通りかかると、橋のひとつにカマバネライイチョウが逆さにぶら下がっているのが目に入った。どうやら、餌を使って猟をしようと考えたらしい。
川をまたいでいる二つ目の木の橋にもカマバネライチョウがぶら下げられている。三つ目の橋も同様だった。〈きっと、ひと腹の雛を全部、殺してしまったんだな。ご苦労なことだ。カマバネライチョウはそれでなくとも数が少ないのに。これでも猟師とはな〉ウイキラークは腹立たしかった。〈オオライチョウを捕ればいいものを。あれなら、集落のカラスみたいに、森にはいくらでもいる。本物の野鳥を捕ることができないものだから、カマバネライチョウなんかを追っかけているんだ〉
ナウクーンは先を歩いていく。まるで肩にかついだ袋の中にすでにテンが入っているかのように、誇らしげに弟を見ている。〈まず獲物を捕れ、威張るのはそのあとにしろ。何だ、あんなカマバネライチョウなんか！　ぺっ！〉ウィキラークは唾を吐いた。そして、思った。〈もし、精霊《クールング》がお前に恵みを与えてくれるなら、罠にテンを追いこんでくれるだろう。餌なんか、何で要るものか？〉
父親の計画は単純だった。トナカイの群れのまわりを取り囲む。慎重の上にも慎重に、風を利用して、できるだけ群れに近づく。槍で間違いなく倒せる距離まで最初に近づいた者がチャンスを摑むのだ。そして、ほかの者を待たずに、獣を打ち倒す。群れはパニックになって逃げまどう。そこで、また獲物をものにすることができる。
三人とも槍を持っていた。もっとも、まともな槍は父親しか持っていない。息子たちのは狩猟ナイフを利用したものだ。ミザクラの木でつくった長い柄にナイフをしっかりとくくりつけである。

父親は広く開けた谷間に出た。前日、トナカイを手に入れた谷間だ。パニックになった群れは狩り場を去ってしまったが、カスカジークは足跡から、どこを探すべきか見定めた。そして実際に、曲がり角をいくつか過ぎた所に広々とした円形の湿地があり、群れはそこにいた。ウィキラークは素早く目を走らせた。千頭はいるだろうか！　さらに、湿地に沿ってのびた森の中でも角が動いている。

群れ全体を包囲するのはうまくいくまい。三人では無理だ。そこでカスカジークは決めた。風の当たらない側から森の中に入り込み、手分けして湿地に近づきながら、トナカイの群れのひとつを取り囲むのだ。

真ん中を行く者はトナカイを動揺させねばならない——トナカイは走り出して、細長い森に隠れながら山の中へ逃げ込もうとする。そして、端の方に潜んでいた猟師たちに出くわすのだ。ここでぼんやりしていてはならない。

カスカジークは長男を右へ、次男を左へ向かわせ、自身はその場にとどまった。〈用心深くやるんだぞ〉——最後にそう言い聞かせた。

老人は時機をうかがい、ゆるぎない、しかし軽い足取りで湿地へ向かった。

じきに最初の一頭が見えた。若い牝《めす》だ。小さな草地に立って、前足のひづめで軽く雪を掻き起こしている。

さらに、少し離れた所に牝たちと三頭の肥えた大型の牡《おす》がいる。だが、このトナカイたちには近づけない。全部で大変な数の耳と目だ！

カスカジークは用心深く小さな森を見まわした。一頭きりのトナカイが、のんびりと寝そべっている。頭を湿地につけて、目は閉じているようだ。しかも一番端にいるのではなく、その向こうの少し離れた所に二頭の牝がいた。つまり、トナカイたちは何の不安も感じていない。

手前の牝を迂回する必要があった。灌木に周囲をかこまれた小さな草地だ。カスカジークはどう行動すべきか、じっくり考えた。微風が匂いを背後へ運んでくれる。トナカイから数歩のところで灌木の間を這い進んだ。向こうは耳をぴくりとも動かさない。

前方に邪魔な堆積物がある。時間をかけて辛抱強く、忍び寄らなくてはならない……。

ナウクーンは木によりかかったまま、じっと身を固くして、瞬きもせずに凝視していた。巨大なトナカイだ。群れで一番大きな奴だろう、重そうな大きな角をしている。森の方をじっと見ていて、やはり瞬きもしない、かさこそという微かな音が数回聞こえたのを怪しく思っているようだ。これは、いったい何なのだろうと。

ナウクーンは、気づかれないように後ずさりしようとした。だが、猟師として、これほどのトナカイにはまだ出会ったことがなかった。

木のようにじっと立っていよう。そうすれば、注意力も鈍ってくるだろう。ナウクーンはそうすることにした。こそりとも動かず、長いこと立っていた。トナカイは後ろ足のひづめで、長いたてがみの首を軽く掻いた。身を隠すのにちょうどよい大きなカラマツの木がある。わずか二歩の距離だ。だがその時、トナカイはさっと振り向き、人間の姿を視野にとらえた。いいや、枝のきしむ音や、かさこそという音を聞きつけたのではない。そんな音はなかった。ただ、長年のあいだ大群を統治し警護してきたことが、見えないものを見、聞こえないものを聞くことを教えたのである。そして首領は敏感な鼻面を良い匂いのするコケの中に沈める前に首をひねり、きわめて具合の悪いポーズのさなかにある人間をとらえた——片足をあげて歩き出そうとしているところを。

トナカイはいきなり走り出そうとはしなかった。群れを見まわし、全員が立ち上がっていることを確認してから、ゆうゆうと歩き出した。長年のあいだ、こんな風にして、何百回となく群れを立ち上がらせ、何百回となく危険から遠ざけてきたのだ……。

……カスカジークは無事に二本の倒木をやり過ごすことができた。一本目はくぐり抜け、二本目は這って抜け出た。トナカイはそのまま横になっている。もう、槍を投げてもよい。ただし、長い槍だ。いや、もっとそばまで接近したほうがいい。邪魔する者も、せきたてる者もいないのだから。

そんな気がしただけか、それとも実際に聞こえたのか、遠くの方で低いしわがれ声の怒号がしたようだ。本当に聞こえたのだろうか？

次の瞬間、槍先が十分届く距離にいたトナカイがいなくなった。あっという間に消えて、ひづめの音だけが地面をふるわせていた。その時、老いた猟師の眼前でタイガは揺らぎ、波立ち始めた。草と褐色のコケが生い茂る湿地と共に、むき出した歯のように見える広葉樹林の山々と共に。そして淡色や褐色、灰色や斑色の、俊足で有角のトナカイの群れと共に……。おしまいだ。もう、おしまいだ……。

トナカイの群れは、止むことなくいつまでも揺れ動いている。そら、あの牡《おす》だ——首領だ。群れを追い立てて湿地を横切り、開かれた場所へと誘導していく。危難を見極め判断するのに都合が良いのだ。首領は先頭を走っているのではない。先頭には別の、斑色で同じように大きくてたくましいトナカイがいた。首領は少し離れた所を歩き、遅れた仲間を待って立ち止まったりする。

遅れたトナカイがすぐそばを駆けていたから、まだ槍を放つことはできた。しかし、カスカジークはまるで魅せられたように、食い入るように首領を見つめていた。老人が感嘆したのは群れの主の威力でもなければ、そのたくましい脚でもなく、広く枝を張った頑丈な角でもなかった。老いた歴戦の猟師は、わけの分からない呆然自失の状態でつぶやいていた。〈この前はわしが勝利をものにした。今日は、お前はわしに何もくれなかった。今日はお前の勝ちだ！　わしと息子たちに勝ったんだ！　お前は賢いぞ、首領よ！　賢くて偉大だ！　今日は、お前の勝ちだ〉

幼いトナカイと牝は中央に集まり、牡が端に出た。沼が終わりタイガが始まる場所で、首領は群れの先頭に立った。カスカジークには分かっていた。これから首領は長い時間をかけて群れを引き連れていくのだ。いくつもの峠を越えた遠い彼方へ。人間が足を踏み入れたことのない彼方へ……。

ウィキラークは、今日も自分たちは獲物を持って帰れるものと確信していた。彼はトナカイたちが不安そうになったのを見た。平安を乱された時の様子だ。しかし、驚いたことに、パニックはまったく起きなかった。トナカイたちはまるで誰かの強力な手に導かれるように湿地の中央に駆け寄り、群れにまとまり、あまり速度を上げずに、山中へ消えていった……。父さんが仕留めているはずだ……。

〈俺がトナカイを追い散らしてしまったようだ〉ナウクーンはつらい気持になった。〈先導役のトナカイの方に行けばよかった。どうして自分の判断に従わなかったのか。あの呪わしい牡は放っておいて、別のトナカイを見つけようと思ったのに。あの牡はどっちみち手に入らなかったさ。ひどく警戒していたからな。別の奴にしておけばよかったんだ〉

兄弟はほぼ同じ頃に父親のもとに戻った。ウィキラークは、意気消沈して倒木に座っている父親を見た。

〈怒ってるんだ。俺ひとりが悪いんじゃない。三人で一緒に狩りをしたんだから〉ナウクーンは自分を正当化した。〈黙り込んでいる。そばに行ったら、さっそくがみがみやられるぞ。親父はいつだって、人の落ち度を見つけるんだから〉

足音を聞きつけて、カスカジークは白髪頭をもたげた。薄くなった下げ髪が背中をずり落ちた。カスカジークはほっとため息をついて、こう言っただけだった。

「この湿地を覚えておくんだ。いろんな木イチゴやコケがふんだんにある。まわりの森や湿気のない丘は、真ん中あたりにキノコがびっしり生えている。近くにある木はどれも、サルオガセという髭のようなコケに覆われている。トナカイはこの湿地が好きなんだ。夏も冬もここで餌を食べている。湿地を踏み荒らしてしまうと、いなくなる。そして、コケが少しのびてくると、戻ってくる。〈トナカイの湿地〉と呼ばれているんだ。覚えておけ」

猟師たちは、それぞれの狩り場の径をたどって野営地へもどった。カスカジークは二匹の、すっかり毛がわりの済んだ黒いテンを持って。ナウクーンはさらに大きな成果で、三匹持ち帰った。〈いつの間にかかったんだろう？　朝は罠が空っぽで、カマバネライチョウが罠の上でぶらぶらしていたのに？〉ウィキラークは気落ちして、テンが罠を素通りしないためにはどうすれば良いのか思案をめぐらした。

彼はクロハシライチョウを持って帰った。罠に片足を絡めていたのだ。クロハシライチョウは肉がたっぷりあるから、みんなに十分いきわたる。だが、テンはどうやって捕らえるか？

一日おいて、父親もナウクーンもテンを一匹ずつ持って帰った。ウィキラークの罠は壊されていた。

「父さん、どうやって捕るんだい？　餌を使うのかい？」ウィキラークが尋ねる。

「いいや、テンが川を渡る場所だ。それと、足跡のある場所だ」カスカジークは答える。

〈雪もないのに、見分けたんだな〉ウィキラークはしょげた。父親に言った。

「ナウクーンは餌を吊しているよ」

すると、案の定、老猟師はこう答えた。

「もし、精霊《クールング》が助けてくれないなら、獲物はかからん」

ウィキラークは谷に戻ると、最初に行き当たった朽ちた根株のもとに供物を放った。百合根《ゆり》と干し魚《ユーコラ》だ。

「この間、父さんと一緒に来たとき、あまり供物をあげなかった。怒らないで下さい。今日は俺がちゃんと供えるから。そら、受け取っておくれ。俺のことを許して下さい」

第二十七章

降雪前にウィキラークが捕ったテンは一匹だけだった。初雪が降ったとき、若者は思いがけないものを目にした。供物が残されたままの根株のそばを、テンがうろついていたようだ。〈善い精霊がテンを送りこんでくれたんだ。供物のおかげだ。もっと持ってこよう〉しかし、干し魚《ユーコラ》はもうなかった。川で手に入ったのは、産卵を終えて死んだサケだけだ。ウィキフークはそれを同じ根株のそばに供えた。

降雪のあと、ウィキラークはテンが川を渡る橋のうえで二匹のテンを捕らえた。足跡からこの小さな獣がどこから来てどこへ行くのか判断し、もしかしたらという思いにせかされるように、朽ちた根株のもとに駆けつけた。やはりそうだった。周囲の雪が踏み荒らされていた。

砂利の島もウィキラークに獲物をもたらしてくれた。だが、罠に絡みついたクロハシライチョウには頭がなかった。テンが噛みちぎったのだ。ウィキラークはライチョウには手を触れないことにした。テンが一度ライチョウの味を楽しんだからには、最後まで食べさせてやろう。テンを喜ばせることが出来て嬉しかった。いや、鳥には手を触れずにおこう。その近くに罠を仕掛けるだけにしよう。

カスカジークは満足だった。狩猟シーズンは上首尾に始まった。雪はまだくるぶしに届かないのに、三人で早くも十八匹のテンを得た。二人の息子は立派な成果をあげてくれる。罠の据え方はすっかり会得した。そして、寒さが厳しくなり、大雪が降った夜、老人は決めた――タイガを去る時だ。ここには三人のうちの誰かが戻ってくる。スキーを履いて。最短距離で山をまっすぐ越えれば、大した道のりではない。苦労せずとも、一日で往復できる。だが、ここで狩りをしようとする者は、この一帯を知っていなくてはならない。

ウィキラークが狩り場にしている谷間から始めた。カスカジークは次男が自分とは異なるやり方で罠を仕掛けることに注目した。カスカジークは供え物を置いた場所にくるテンには手を触れない。テンは供え物を精霊たちに運んでくれるのだ。そこは神聖な場所だ。カスカジークはそこへは足を踏み入れずに、罠はテンが川を渡る場所に据える。そうすれば獣は、神聖な場所に向かう途中で罠にかかるのである。だが、ウィキラークは直接、神聖な場所で捕らえている。これは罪なのだ。もし何事もなくてすみ、これからも罠に獲物がかかるようなら、精霊《クールング》が息子に憤っていないということだ。おそらくウィキラークが若いからだろう。若い者たちが皆、タイガの掟に精通しているとは限らない。老いた猟師なら、むろん許されないだろう。ウィキラークの径には全部で二十の仕掛けがあった。今日は一匹の収穫だった。

ナウクーンの径はもっと距離があり、二つの谷にまたがっている。ナウクーンは父親の教えどおりにテンが川を渡る場所で捕獲しているが、やはり神聖な場所に入り込んでいる。カスカジークは顔をしかめた。息子たちが狩猟の場にいるのでなければ――そこでは罵り合いは罪とされ、精霊が聞きつけたら背を向けるかもしれない――しきたりを破ればどうなるかをきっちりと教えてやるのだが。むろん、穏やかに言い聞かせてもいいわけだ。その時、雪に覆われた灌木の中でがさっという音がして、カスカジークの注意を惹きつけた。ナウクーンが真っ先に飛び出していった。まっしぐらに灌木の中に突進して、そして……耳をつんざくような叫び声をあげた。大きな黒いテンが息子の両腕の中であばれている。恐ろしい目、鋭い牙、白い歯の間には血が見える。若者は耐え難い苦痛のために分別を失い、片手をさっと引っ込めたが、そのために罠が破れてしまった。テンは自由になったのを感じ、くるりと身をくねらせると、遠くへ跳び去ってしまった。ナウクーンは痛みを忘れてテンの跡を追いかけたが、追いつけるものではない。あっという間に見えなくなった。

父親が不満げに言う。

「あんまり欲が深いと、分別をなくすんだ。素手で捕まえられると思ったのか？　棒で押さえつければ良かったんだ」

ナウクーンは傷ついた手を用心深く支えてその場をうろうろした。痛むやら悔しいやらでわめいていた。

「うるさい！」父親は叱りつけた。「自分が悪いんだ」

ナウクーンはなおもわめき続けた。

「いいかげんにしろ！　血を吸ったほうがいい。さもないと片手をなくしてしまうぞ。欲を出すと分別をなくすんだ」カスカジークは言ったが、すぐに考えた。〈ナウクーンは自分ひとりのために頑張ったわけじゃない。一族みんなのために頑張っているのだ〉老ケヴォングは不運な息子が哀れになった。だが、次の瞬間、また心の中でこう言った。〈何が不運なものか、テンの方から罠に入ってくれたというのに！〉

「血を吸うんだ」穏やかにカスカジークはくり返した。

「痛いよ」ナウクーンがうめく。

「言われたとおりにしろ！」うむを言わさず、父親は命じた。

ナウクーンは歩きながら唾を吐いた。雪の上に赤い斑点が残った。

次の谷間ではテンがかかっていた。真っ黒ではなく、大きさも中ぐらいだったが。カスカジークは少しの間、息子たちが罠を据えてはならない場所に据えたことを忘れることができた。

「もう血は止まったよ」喜ぶわけでもなく訴えるわけでもなく、長男が言った。

「それじゃ、雪をのせておけ。集落へ戻ったら、オオバコの葉をかぶせろ。母さんの干したのがどっさりある」老人は助言した。

家に帰る途中、誰が〈樅林《もみ》〉で猟をするか、兄弟の間で激しい言い争いになった。二人とも、この林がすっかり気に入っていた。

「お前はスキーを持っていない」ナウクーンが言う。

「でたらめを言うな。スキーは持ってるよ。ただ、片方の板が折れているだけだ。俺は自分で修理できるよ」きっぱりとウィキラークが言う。

「その間に、罠がみんな雪に埋もれてしまうぞ。罠は毎日、ちゃんと直しておかなきゃならんのだ。それに、修理したところで、その板はどのみちもたないさ。ほら、山はあんなに険しいんだからな」

　確かにそのとおりだった。そして、カスカジークが結論を下すように言った。

「何をけんかしてる？　誰が罠を見るかは大事なことじゃない。テンは全部、結納に使うんだ。ナウクーンが走り回ればいい」

　ナウクーンは、なぜかうまくいかなかった。落胆して、父親に助言を求めた。狩猟をつかさどる精霊たちの怒りをまねくようなことは何もしていないと言う。

　ウィキラークとカスカジークは集落の付近で猟をした。〈樅林〉の猟ほど獲物は多くなかったが、それなりの収穫はあった。

〈狩猟の月《十一月》〉が終わった。〈寒い月《十二月》〉がやってきた。しかし、ナウクーンはいつまでたっても、何一つ持ち帰らなかった。そこでカスカジークは言った。「足を棒にするだけ無駄だ！　わしらのように、集落のまわりで猟をしろ」

　ナウクーンはややあって、その場を切り抜けた。

「あさって、もう一度行ってみるよ。もし何も獲れなかったら、やめることにする」

　ところが、二匹のテンを持ち帰ったのである。

第二十八章

チャチフミはうまくできた場所だ。ここのティミ河畔は、両岸にツンドラの湿原が広がる申し分のない餌場で、周囲の縦林にはサルオガセがたっぷりある。

トナカイ飼育にとって唯一の問題はクズリの一群であった。血に飢えたこの猛獣は、いつもトナカイを不安に陥れていた。ルカーは罠を仕掛けたが、狡猾な獣は巧みによけていく。クズリのために毛皮獣の狩りが中断された。チョチュナーが下した決断は、まずこの猛獣を退治して、それからみんなで一緒にテンに取りかかろうというものだった。ルカーは同意した。それで、今、好機を待っているのだ。ほどなく、その好機はやってきた。ひどく冷たい風の吹く朝、赤いほっぺたの洟《はな》垂れ小僧のキリスクが跳ねるように駆けてきて告げた――クズリがトナカイを噛み殺したと。チョチュナー、ニヨルグン、ルカーは銃をつかんでトナカイに飛び乗り、小僧のあとを追って走り出した。

樹木の茂る山の長い斜面を走りすぎ、雪をかぶった円形の湿地に出た。キリスクはそこでトナカイを止めた。タイガの住人たちは言われずとも気づいた。森の遠い端に、二つの黒い点が見え、そばに灰色の盛り上がったものが見える。クズリたちが食事を終えたあと、獲物をカラスから守っているのだ。

ハンターたちは草地を包囲して、トナカイを下りた。ルカーが帽子を振ったところで、包囲の輪をせばめた。木の枝を騒がす風に助けられ、猛獣が危険をかぎつけるのが遅れた。気性の激しいチョチュナーは誰よりも先に銃を撃った。獣は深手を負って倒れたが、なおも頭をもたげ、歯をむき出した。チョチュナーはふたたび銃を持ちあげたが、ルカーの叫びが彼を制した。まばらに生えた貧弱な木々の蔭に隠れていたもう一匹のクズリが茂みに向かって走り出したのだ。ニヨルグンはあわてて銃を撃った。クズリは勢いよく跳びはね、見え隠れする脚の下から雪が舞い上がっただけだ。ニヨルグンはさらに発砲した。獣は急に向きを変え、一瞬、立ち往生した。その時、丸腰のキリスク少年が巧みに投げ縄を投げたのである。しなやかな輪が獣に追いついた。クズリは振りほどこうとした。ぐいと引かれて、少年は雪の中に投げ出された。猛り狂った獣は後ろを向き、少年に向かって猛スピードで突進してきた。

ニヨルグンは叫び声をあげ、空に向けて発砲しながら、少年の方へ全力で走り出した。この危険な瞬間に誰よりも落ち着いて行動したのは、少年だった。投げ縄を離さなかった。クズリは大きく跳躍しながら近づいてくる。

キリスクは瞬時に立ち上がり、獣があと二回の跳躍で少年に届こうとする時に、木の陰に跳びのいた。大人たちがやってきた時、少年は雪の中から突き出た太い枝を拾い上げ、首に縄が巻きついてもう恐れなくていい獣にとどめをさしているところだった。

チョチュナーは感心して首を振った。

これで何の邪魔もなくテンの猟に全力を向けることができる。

ルカー・ヌギンダライと子供たちはその秋、上質のすばらしいテンを獲得し、その大部分をチョチュナーに引き渡したが、手元にも残した。今、トナカイ飼いは遠いシルカ川へ、同族の人々のもとへ旅立とうとしているのだ。まずルカーがチョチュナーと一緒にニコラエフスクに寄り、定期市からチョチュナーは戻ってくるが、ルカーは若いオロッコたちとアムール河沿いに旅をつづけ、エヴェンクが住むシルカ河畔のタイガの村へ行くことになった。

第二十九章

いつものようにカラスは夜明けと共に群れをつくり、霜に被われた薄青色の樅林《もみ》から飛び立った。カラスはぎっしりと四方に枝を張りめぐらしたこの樅林にもぐりこみ、凍えながら長い夜を過ごしたのだ。

樅林は段丘になった高い崖をはい上がって鬱蒼たるタイガになり、静まりかえった人跡未踏の山々に広がっている。

崖の麓の、幹の黒いダケカンバの木立からは、小さくかすむケヴォ集落はすぐには目につかない。雪に埋もれている。そして、ひときわ高く積もった雪と、乾いたカラマツの薪から出る青みがかった煙が、通りすがりの者を元気づける——ここで暖がとれるのだと。

カラスたちは、一本の節くれ立った樅の梢にやってきた。その樅はまるで、仲間の樅たちに腹を立てて林から抜け出し、集落のすぐ裏手にあるダケカンバの木立の中にひとり移り住んだ木のように見えた。その枝には百羽のカラスでも身を隠すことができた。朝、餌を求めて飛び立つ前に、あるいは夕方、眠りに就く前に、カラスは方々の森からこの樅の木に集まり、梢で窮屈に身を寄せ合い、寝ぼけ声でクァークァーと鳴く。そのあと、まるで申し合わせたようにいっせいに飛び立ち、空高く舞い上がる。巨大な黒い雨雲のように、空の半分を覆い隠す。地面に薄闇が降りていく。

一族の言い伝えではこう言われている――ティミ川に面した高い断崖の麓にケヴォ集落が出現したその日、カラスたちはこの樅の木を選んだ。もしかしたら遠い昔、魚の産卵する川の岸辺に住み着いた人々は、今のような名前ではなかったかもしれない。だが、多くの歳月が流れ、人々は昔の名前を忘れて、ケヴォング――上流村の住人――と呼ぶようになったのだろう。

今日のカラスは出立を延ばし、遠い昔に針葉がこすり落とされた、むき出しの梢にへばり付いている。まるで集落の住人たちが何の仕事をするのか、口々に言い当てようとするみたいにカァーカァー鳴いていた。

この夜、ウィキラークは一向に寝つけなかった。そぶりにも見せなかったが、間もなく出かけるアヴォ集落――下流村――への旅が不安だった。もちろん、じりじりする思いで旅を待っていた。秋を待ち、冬を待った。夏を待ち、さらにまた秋を待った。待っていたが、あせる様子を決して見せなかった。感情に支配されるまま行動するのは、物心つかぬ子供だけだ。子供ならば、ちょっと嬉しいことがあれば、半日でもぴょんぴょん飛び跳ねたりするだろう。だがウィキラークは一人前の男なのだ！　もう稼ぎ手なのだ。ちゃんと自制心をもたなくては。父親はそう教えてきた。タイガがそう教えてきた。これまで過ごした十六の雪嵐の冬と十六の夏――雨の夏と日照りの夏、木イチゴと魚がふんだんに取れる夏――がそう教えてきた。

彼は眠れなかった。いや、興奮のためではない。これは、悪い精霊《ミルキ》たちが一晩中、陰謀をたくらんだのである。ウィキラークから眠りを追い払ったのだ。

悪い精霊《ミルキ》たちは、ただ人間に悪さをしたいだけだ。真夜中に森の中で大声をあげ、人間の意識を朦朧《もうろう》とさせてしまう。そのあと、頭上でげらげらと笑い、薄氷の張った場所へ人間を向かわせる。人間は否が応でも冷たい水に漬かる羽目になり、溺死することもある。

そして、この夜、呪わしい悪い精霊《ミルキ》たちはウィキラークから眠りを奪った。夜どおし、ごろごろ寝返りを打つ様を誰にも見られなかったのは幸いだ。冬の家《トラフ》の別の板床では兄が寝ていた。兄は一晩中、ヒューヒューと鼻息をたて、その鼻息で悪い精霊《ミルキ》たちを招き寄せたのである。なにもかも、ウィキラークに対する妬みが原因だった。兄は父親にも腹を立てていた。ラニグークはナウクーンの妻になるはずだったのだ。ナウクーンが長男なのだから。それなのに、父親の意向で、あの娘は弟の妻になるのだ。

冬の夜は長い。この夜はとりわけ長かった。ウィキラークが転々と寝返りをうつので、イトウの魚皮でつくられた、なめし革のように柔らかいズボンがくしゃくしゃになってしまった。このズボンは乾いたままだと柔らかい。少し湿らせてから乾燥させると、カラマツの樹皮のようになる。そうなると、時間をかけて揉みに揉んでも、床に立てると杭のようにぴんと立つ。

ウィキラークは左側を下に寝返りをうち、天井の煙穴を見た。寝る前に自分が外から穴を閉じたのだが、きっとしっかり閉じていなかったのだろう。隙間から外が見え、空は灰色を帯びていた。まるで、とびきり濃い茶を熱湯で薄めたような色だ。

〈もう少し寝よう〉犬の毛皮の古外套を顎に引き寄せた。

外套は祖父のものだった。もう長く誰も着ていない、ひどく古びた外套だ。祖父が毛布を持っていたのかどうか覚えていない。いつも毛皮外套か、何かのぼろにくるまっていた。

冬の家《トラフ》の内部は普通、夜半までは暑い。朝方にかけて冷えてくる。だが、魚皮の長衣をはおり、足が出ないように身体を丸めて、しっかりと毛皮外套にくるまっていると、朝まで凍えずに寝ることができる。ただ、そんな風に寝ていると疲れてしまう。ましてや、寝床は半割の丸太の上にトナカイの毛皮をじかに広げただけなのだから。トナカイの毛皮はとおに毛が抜け落ち、板床の凸凹がそのまま伝わってくる。まるで老人のやせこけて節くれだった手のようだ。長い歳月の間に、ウィキラークは自分の寝床に慣れっこになった。ほんのちょっと身をずらすと、脇腹はそれほど痛くならないのだった。

小さな星は消え、大きな星だけが見えている。〈もう少しの間、寝ていよう〉ウィキラークはひとりごちた。

その時、結納品のことを思い出した。長いこと、ふた冬かけて結納品を準備してきた。父親が狩りをした。ウィキラークが狩りをした。ナウクーンも狩りをした。だが、ナウクーンは父親に腹を立てて、テンの一部を隠している。ウィキラークはそれを知っていたが、黙っていた。ナウクーンはこう言いたいのだ——弟はまだ一人前の男じゃない、自分の代わりに誰かが働いてくれるのを待っているだけだと。だが、しきたりは命じている——結納品は一族の皆で用意するのだと。なぜなら、女は一族にやってくるのだから。女が誰の妻になるかは大事なことではない。大事なのは別のこと、一族の後継ぎになる子供をもたらしてくれることなのだ。

結納品はたっぷり準備された。大きく束ねたテンは、四十匹ずつ三つの束にくくられていた。キツネが十二匹、カワウソの毛皮が八枚。ウィキラーク自身は魚皮の衣服をまとい、収穫はすべて結納品に当てた。

ウィキラークは父親が昨夜、ずっしりと重そうな包みを納屋に運んでいたのを思い出した。納屋は古木のカラマツ材でつくられ、犬が入り込まないように、杭の上に建てられている。だが納屋は樹皮で葺かれている。森の獣が侵入しなければよいが。クズリにとって、樹皮など何の障害にもならないのだ。

ウィキラークは毛皮を払いのけて急いで起きあがり、夜中にためこんだ温もりが失せてしまわないうちに犬の毛皮の上に長衣をひっかけ、暗がりの中でアザラシ皮の長靴を手さぐりで探し、毛皮の長靴下を履いた。

ナウクーンは、弟が炉をよけようとして何かにつまずいた時にも目を覚まさなかった。ウィキラークは身をかがめて、両手を前にのばした。低い卓に触れた。兄弟は夜の茶をすませたあと、卓を片づけていなかったのだ。

いつものように前屈みになって、細い狭苦しい廊下を通り抜け、外へ通じる扉を押した。トド皮のベルトでドア枠に固定されている扉は音もたてずに後ろに退き、人間を送り出すと、ふたたび入り口を閉ざした。ウィキラークは凍てついた外気をぐっと呑み込んだ。眠気が少し失せた。

小さな星は見えないが、まばらに浮かぶ大きな星は、朝焼けのかがり火に火をつけられたように燃え上がり、ゆらめきながら天空に輝いていた。もし耳を澄ませば、世界がそっと穏やかに、もうひと眠りしようとしているのが聞こえただろう。星たちは今、何か特別の音を発している――安らかな熟睡をもたらす音を……。

この夜、タルグークも眠れなかった。男たちの明日の旅立ちは、次男に劣らず、母の心を騒がせた。何度も寝返りを打った。うっかり夫に触れたりしないように努めたが、やっぱり触れてしまった。カスカジークは目を開けたが、身体を動かさなかった。こう聞いただけだ。

「もう明け方か？」

「いいえ、まだだけど」夫の肩にもたれて、タルグークはつぶやいた。

「どうした、眠れんのか？　眠そうな声でもなさそうだが」

「そうなの」

「どうして、眠れんのだ？　寒いのか？」

「いいえ、寒いんじゃないの」

「それじゃ、寝ろ」夫はそう言って、妻に背を向けた。

トナカイ皮の下ではぬくもりが長く保たれる。息を吸うとき、刺すような冷たさを鼻に感じるだけだ。タルグークは眠れない理由を説明すまいとして、こう言った。

「うちの息子たちは、どうしてわたしらと別に住むのかしら？　どうして、ふたつの炉が要るの？　何だって、二軒の炉に薪を用意するんでしょう？」

長い歳月いっしょに暮らしてきた自分の妻に、こんな考えが夜中にひらめくとは思ってもみなかった。カスカジークは驚きのあまり、背中全体がぴくりと引きつった。

「ものを言う前に、ちょっとは考えてみろ！」カスカジークはやさしい口調だった。隣に寝ている妻から伝わってくるぬくもりが、彼のきつい性格を和らげていた。「お前も分かっているだろうが。冬の家《トラフ》が一つしかない集落など、集落といえるか？　以前はわしらの集落はまるで鳥の巣みたいだった。騒々しくて、笑い声があり、犬の吠え声があった。今は冬の家《トラフ》は二つだけだが、わしらの集落だ。一族の集落だ。昔からの神聖な炉がある集落だ」

タルグークは自分の思いついた話題がどんな風に展開していくか、分かっていた。だが、満足だった。小さな思いつきがうまくいった。夫は会話にのってくれた。そして、なぜ自分が眠れないのか知ろうとする夫の試みをかわすことができた。

「寝ろ」カスカジークは、そのまま朝まで姿勢を変えなかった……。

両親の冬の家《トラフ》は、少し離れた灰色の雪の上にひっそりと黒ずんで見える。「カラスの樅」は黒い巨木となって空までのび、まるでその枝が大粒の星に触れて、星たちが響き交わしているようだった。廊下のない冬の家《トラフ》にも似た大きな犬小舎の中の犬たちは、雪のきしむ音を聞きつけていきり立ったが、足音から主と分かり、ふたたび眠りについた。

ウィキラークは納屋の周囲を回ってみた。無事だった。冬の家《トラフ》へ戻った。ナウクーンは相変わらずヒューヒューと鼻息をたてている。〈もうじき朝だ。悪い精霊《ミルキ》たちは光を怖がる。やっぱり奴らはもう消えてしまったな。もう少し寝るとしよう〉着ているものを脱がずに、毛皮の下へもぐりこんだ。

枕がわりのぼろの山に頭が触れると、どこか虚空から、かすかな銀色の響きが聞こえてきた。音はふるえ、広がり、増幅していく――空が鳴り響いているのだ。眠れ、眠れ、眠れ……。

「ヘェッ、こいつはまだ寝てやがる！」

最初、ウィキラークはなぜ兄が不機嫌なのか見当がつかなかった。やっとのことで頭を上げた。ナウクーンは自分の板床に腰を下ろし、トナカイ皮の外套を肩からはおっていた。油染みた太い下げ髪が脇に垂れている。長煙管をうまそうにしゃぶり、味を満喫しながら細い煙を吐いている。天井のせまい隙間から、訪れた朝のぼんやりした光が差し込んでいた。

兄の姿勢から、じれったさが見て取れた。何を求めているのか、分かっていた。

〈自分で火を起こすぐらいできるだろうに。この頃は意地悪くなってしまって、何もしようとしない〉暖かい寝床を離れるのはいやだった。しかし、起きなくてはなるまい。

ウィキラークは、むっくり起き上がった。ナイフを見つけ、木っ端を刻み、白樺の木ぎれを薄くけずり、乾いた薪を炉に積み上げた。それから、親指の爪でカバアナタケを揉みくだき、火打ち金と火打ち石を近づける。二回打ったところで、うまく火花があがり、カバアナタケの屑に降りかかった。カバアナタケはかすかに煙を上げ始めた。ウィキラークは、くすぶる火種を吹いた。火種は大きくなり、爪ぐらいの大きさの木ぎれに燃え移った。ウィキラークはなおも吹き続け、炉の中の帯状に巻いた樺皮の下にそれを置いた。胸いっぱいに息を吸い込み、さらに強く吹いた。火種は周囲に火花を散らし、乾いた白樺の樹皮がかすかに見える透明な炎をあげて燃え上がった。炎が大きな木ぎれをとらえるまで吹き続けた。火は燃え広がった。背中をのばすと、重くなった頭がくらくらする。〈こんなに長く吹いちゃ、だめだ〉戸口の方へ歩き出した。

ナウクーンの方は、相変わらず同じ姿勢で座っていた。

父が納屋から品物を冬の家《トラフ》へ移している。母は長いこと閉じこめられていた犬たちを外に出した。犬たちは吠え、綱を振りほどこうとしてもがいた。つながれていない牝犬《めす》がそばを走り回って牡犬《おす》の気をそそり、旅支度の邪魔をする。

母は長いお下げを頭に巻いてまとめていた。そのせいで頭はずいぶん大きく見えるのに、母自身は小柄に見え、まだ頼りない少女のようだった。犬は母の手から自由になろうともがき、母は大声で叱りつけ、かがみ込んで杭に綱を巻き付けようとする。そのつど長衣の裾が大きくはだけた。あわてて前を閉じ合わせて紐を結ぶのだが、身をかがめると、すぐにまたはだけてしまう。〈どうしたんだ、紐が短いのかな? それとも、千切れてしまったのか?〉ウィキラークは、母が長衣を閉じ合わせようとしてうまくいかない様子を見ていた。長衣は袋のように垂れ下がっている。二年前に黄色い布地から縫い上げた時は、しっくりと身体に合っていたのだが。

「橇を下ろすぞ」父親は息子の方を見ずに言った。

しっかり持ち支えながら、用心深く、ゆるやかな傾斜の土壁をすべらせて、橇を下ろした。

「曳き綱をもってこい」

ウィキラークは納屋で円く巻かれた曳き綱を探し出した。幅の広い革の首輪をつけた犬は、二匹をひと組として、革ベルトでこの曳き綱につながれる。馭者は通常、縄製の曳き綱を使うのだが、今日は特別の旅だ。族長は革紐を編んでつくった曳き綱を持ってくるよう命じたのだった。

母親は七匹の牡犬《おす》を外に連れ出したあと、食卓の用意に向かった。

ナウクーンは旅の支度には加わらなかった。両親の冬の家《トラフ》に姿を見せたのは、母親がすでに干し魚《ユーコラ》やアザラシの脂、カバアナタケの濃い煮汁を食卓に出したあとだった。この茶はケヴォの住人たちにとって、以前からめったに口に入らないご馳走だった。

朝食後、すっかり暖まって冬の家《トラフ》を出たので、最初は寒さを感じなかった。

カスカジークはさっそく、柱にくくりつけられた曳き綱の端をつかんだ。タルグークが懇願するように言う。

「牝犬《めす》を橇につないで下さいよ」

カスカジークはさっと振り向いた。

「そんなことを思いつくのは、お前の頭ぐらいなもんだ。そういう馬鹿な頭の言うなりになるのは、お前の舌ぐらいだ!」

「牝犬は力が強いから、しっかり引っ張ってくれるよ。長い道中だし、雪はまだ固まっていなくて重いからね」タルグークは退かなかった。

「えーい!」憤慨したカスカジークは、折悪しくそばに居合わせた妻を追い払おうとして、重い制動棒《オストル》を振り上げた。腕に覚えのある馭者なら、誰が犬橇《ぞり》に牝犬をつないだりするだろうか？　それも、このような旅に。そうしている間にも、牝犬は激しく鳴き立て、綱を振り切ろうとしてもがいていた。普段、牝犬はつながれていない。自由に集落のまわりを走り回って、餌は自分で見つける。それを、うるさく足下につきまとわないようにと、朝のうちにつなぐよう命じておいたのだ。

老人はぶつぶつ小言を言い、慣れたように左手で、くくられていた曳き綱の端をほどいた。犬がいっせいに橇を引っ張ったので、カスカジークはやっとのことで弓形の制動棒《オストル》に摑まることができたが、横倒しになった。ひどい悪態をつきながら、先端に鉄のついた制動棒《オストル》を押した。前方は急勾配の下り坂だ。ブレーキをかけないと、橇隊は氷丘にぶつかって砕けてしまうか、後方につながれた犬を橇で圧し潰してしまう。

ウィキラークは後ろを振り返った。雪に埋もれた低い冬の家《トラフ》のそばにタルグークが立っている。ナウクーンはついに、見送りに出てこなかった。

橇隊が川に下りたその時、牝犬が勢いよく猛スピードで脇を走りすぎた。前方に出て、長い尻尾を持ちあげた。牡犬たちは牝犬に追いつこうとして、速度をあげた。橇隊は急勾配の、畝のようにでこぼこした雪の上を飛び跳ねるようにして走った。（ニヴフは牡犬の尻尾を切り落とすが、牝犬はそのままにしておく。）

「こら、いやらしい奴め！　お前など、氷にぶつかって砕けてしまえ！　こっちの、脳みその足りない奴らは、何が嬉しいんだ？」ウィキラークは大声でわめいた。「川の曲がりを三つも過ぎる頃には、へとへとにくたばってしまうぞ！」

樅の木からカラスがいっせいに飛び立ち、橇隊に追いついて、しばらくの間、その上を黒雲のように騒がしく飛び交っていた。

第三十章

あなたの行く手の雪溜まりが、さっと道を開けてくれますように、
ふかふかの雪が不意に堅くなってくれますように。
あなたが足取り軽く旅するように、
トナカイ皮の長靴を縫いましょう。

丈夫な糸で、細かくしっかり縫いましょう。
真心のこもった言葉を残さず伝えたいのです。
あなたが足取り軽く旅するように、
トナカイ皮の長靴を縫いましょう。

長い旅で災いに遭わないように、
遠い先祖から伝わる文様を念入りに縫い取ります……

あなたが足取り軽く旅するように、
トナカイ皮の長靴を縫いましょう……

「きれいな歌だね！」ラニグークが最後の言葉を歌い終えると、ムズルークは感心して言った。

「あんたの歌はいつもきれいだよ」

ラニグークは兄嫁が手放しで褒めてくれるのが気恥ずかしく、刺繍の上に低くかがみ込んだ。

こうしてもう八日ほども、父親や兄たちの目を盗んで長靴を縫っていた、男用の長靴を。トナカイの脛の丈夫な革からつくるのだ。ムズルークは革の選別を手伝った。暗褐色の毛皮を選び出し、真っ白な美しい革に仕上げた。

そして模様は母も一緒に三人で考案した。上の方に大きな図柄の文様を入れ、下の方には白と黒っぽい色の革で細い格子縞の柄を入れた。もうすぐ、ウィキラークがやってくるはずだ。美男の若者、機敏で腕の良い猟師が……。

……遠い先祖から伝わる文様を念入りに縫い取ります……
昔から伝わるニヴフの文様が、どんな災いからも
あなたを守ってくれますように……

……川の上は雪が平らに積もり、吹き溜まりもなかった。ただ、曲がり角の所々で吹き溜ま

りが畝をなして盛り上がり、雪庇をつくっている。雪はふかふかしている。橇の滑り木はしょっちゅう窪みに落ち込んだ。犬橇《ぞり》隊は難儀した。革ベルトはうなるような音をたて、橇隊はスリップしてもがいたり跳ね上がったりしながら雪の畝を越えていく。

四番目か五番目の曲がりで、予想どおり、橇隊は並足に変わった。犬たちは腹をふくらませてあえぎ、舌をぬれ雑巾のようにだらりと垂らしている。牝犬の方は、尻尾を高々と持ちあげ、あからさまに牡犬の気を誘いながら周囲を走りまわる。

「こら！」カスカジークは罵った。「そうやって、はしゃぎ回るつもりか！」

ブレーキをかけた。犬たちは即座に停止し、寝そべって湯気を吐きながら、大口をあけて雪をむさぼり食った。

カスカジークは手をさしのべて牝犬を招き寄せようとしたが、すぐにまごついてしまった。何と呼べばよいのだ？　四度目の冬だというのに、誰ひとり牝犬に名前をつけるひまがなかった。あるいは、家の仕事に必要とされなかったせいかもしれない。牝犬が承知しているのはただひとつ、将来の犬橇隊のために子犬を殖やすことだ。しかし、牝犬は人間が何を望んでいるか察した。少し離れたところまで逃げてから、やっと後ろを振り向いた。カスカジークの差し出した手にはサケの背骨があった。大変な誘惑だ。牝犬はひもじそうに舌なめずりをして、尻尾を振りながら、そろそろと近づいた。ゆっくりと用心深く、下心を感じながら、手に寄っていく。

人間は愛想良くしゃべりかける。

「そら、魚だぞ。うまい魚だ。ほら、取れ、食え」

手は少しずつ遠ざかる。食欲をそそる匂いが鼻孔をうち、たらたらとよだれが流れる。牝犬は小さく一歩ふみ出した。さらに、もう一歩。興奮のあまり、足が震えている。牝犬は頭上にもうひとつの手が大きく指を広げているのを、警戒の目でじっと見ている。サケの骨をさっとくわえ、抜き取った。人間が気を取り直すひまもなく、矢のように岸へ向かって逃げ、藪の中に消えた。橇犬たちは、好奇の目で事の成り行きを見守っていた。物欲しそうに鼻をならし、牝犬の後を追って飛び出そうとしたが、曳き綱をもつれさせただけだった。

「こら！　この能なしどもが！」老人は何の罪もない牡犬に八つ当たりして、蹴飛ばした。

ウィキラークは心の中で父親のことを大笑いした。

カスカジークは乱暴に犬を押しのけながら、曳き綱のもつれをほどき、大声で叫んだ。

「行け《タター》！」

橇隊は出発した。牡犬たちは何度も振り返り、牝犬がご馳走を平らげている岸辺の藪に目を向けていた。

いくつかの曲がりを過ぎ、橇隊がふたたび並足に移り、犬が最後の力を振りしぼって首輪を引き、その頑張りで息をつまらせて喘ぎ始めた時、ようやく馭者は情けの声をかけた。

「止まれ《ポルシ》！」

犬たちは、ふたたび雪の中に横たわった。

カスカジークが振り向いて言う。

「あいつはわしを怖がっておる。お前がやってみろ」

ウィキラークは橇から飛び下り、牝犬の方に向かって歩き出した。犬は少し脇にしゃがみこみ、橇隊がまた動き出すのを待っていた。若者を見て、犬は雪の上に寝転がった。耳を伏せ、歯をむき出して従順そうな笑顔を見せた。首筋を摑まれるままに立ち上がり、若者の手に引かれて、並んで歩き出した。カスカジークは牝犬に橇曳き用《アルイク》の首輪ではなく、普通の首輪をつけた。見下していることを見せつけたのだ。先導犬のすぐそばにつないで、言い聞かせた。

「今度、逃げてみろ、ろくなことにはならんぞ。そら、もう降参じゃろう。こうなったら、わしの目の前で踊るんだな。どんなシャーマンも知らないような踊りを踊らせてやる」

カスカジークは、前方に牝犬を見ると牡犬たちが追いつこうとして、強く橇を引っ張ることが分かった。

老人は片足を投げ出して横向きに座り、制動棒《オストル》を引き抜いた。犬たちはぐいと橇を引き、軽々と走り出した。牝犬は力強く引っ張った。難儀な箇所にぶつかって橇の滑り木が雪にはまり、まるで砂の上をいくように重くなった時、牝犬は膝を曲げて懸命にふんばった。曲げた後ろ足は震え、力むあまり、ぐぐーっと音をたてているように思われた。

長い間、馭者は息継ぎの機会を与えなかった。犬たちは並足に移った。だが、老人は制動棒《オストル》を振り上げて叫んだ。犬たちはおどおどと辺りを見まわし、最後の力をしぼって橇を引いた。こんな重労働には慣れていない牝犬は真っ先にへとへとになり、足を踏み替えるのもやっとだった。

むろん腕に覚えのある馭者なら、決して牝犬をつないだりはしない。大体、タルグークが悪いのだ。わざと放したのだ。老いぼれの馬鹿女め、耄碌《もうろく》しおって。これじゃ、否が応でも、つながなきゃならん。他人に見られんのが、せめてもの幸いじゃ。

カスカジークは妻を罵ったが、内心では別な声もあった——あれは良かれと思ってやったんだ。難儀な旅をする亭主と息子の役に立とうとしたんだ。

日が暮れかかり、最後の曲がりの向こうからアヴォ集落が姿を現した時、老人は犬橇隊を停止させ、ようやく牝犬を解き放つことができた。牝犬は喜んで甲高い鳴き声をあげ、長い尻尾を振り上げて、ふたたび橇隊の前方へと走り出していった。疲れ果てて、やっとのことで足を引きずっていた牡犬たちは、少し元気をとりもどし、首輪《アルイク》に体重をかけ、犬橇隊はスピードをあげて走り出した。

第三十一章

小さなアヴォ集落は、狂犬病にでもかかったかと思うようなけたたましい犬の吠え声で客を迎えた。その甲高い吠え声に敵意はなかった。どちらかと言えば好奇心から、それと、やっと大声を張り上げるきっかけができたという喜びから吠えたのだ。ここに人がやってくることはめったに無かった。せいぜい遠い別の沿岸部からやってきた者が、所在の知れない散り散りになった親族を尋ね歩く困難な旅の途中、この鬱蒼たるタイガの一隅に足を止めて、旅で痩せこけた橇犬を休ませ、氏族に伝わる伝説《ティルグル》をアヴォの住民と披露し合うぐらいである。

大きな冬の家《トラフ》から猫背の老人が出てきた。アヴォング一族の長老、エムラインだ。黄色い波模様の縁取りのついた青い布地の長衣を着ている。まばらな白髪は、毛の少ない細い下げ髪に編まれている。老人は訪問者たちを注意深く見つめた。つづいて二人の息子、ヒルクーンとリヂャインが出てきた。二人とも色鮮やかな長衣を肩に引っかけている。

その後ろから二人の若い女が走り出てきた。一人はまだほんの若い娘のラニグークだ。ウィキラークと視線を交わし、まるで、壺に入ったコケモモの果汁を浴びせられたように赤くなった。娘はすばやく家《トラフ》へ身を隠してしまった。お下げ髪が鳥の翼のように舞い上がるのだけが見えた。ラニグークにつづいてもう一人の女も、しとやかに向きを変え、姿を消した。ヒルクーンの妻ムズルークだ。〈きっと、茶を飲んでいたんだな、親たちの家《トラフ》にみんなが集まっているからには〉ウィキラークはそう判断した。

エムラインに怒鳴りつけられ、犬は静かになった。ただ数匹の犬だけは、集落の中を厚かましく勝手気ままに歩き回っている牝犬をうらやみ、ピーピー鳴いていた。つながれていない牡犬たちは押し合いへし合いして牝犬のまわりをうろついていた。〈ああ、この恥知らずの図々しい牝犬め！　お前はまだその時期じゃないだろうが！〉カスカジークは心の中で牝犬を責めた。だが、声に出しては、釈明するように言った。

「橇隊につきまとってな。追い払っても聞かないんじゃ、この畜生ときたら。道中ずっと邪魔ばかりしおって」

エムラインは曲がった足でそばにやってきた。

「旅はどうだったね？　きっと、難儀したんじゃろ？」

リヂャインは小声でヒルクーンに尋ねた。

「ラニグークのことで来たんだろうか？」

「知るものか、そんな話はまだ無かっただろう？」

そして、年長者として不機嫌をあらわにしてもよいと考えた。

「お前はいつだって、そそっかしいんだから。行って女たちを呼んでこい。犬を橇から外すのを手伝わせ、犬に餌をやらせろ」

リヂャインはむっとして上目遣いで応じたが、言われたとおりにした。戸口はリヂャインが開けるひまもなく、内側から押し開けられた。出てきたのはプスールク、ムズルーク、それにエムラインの弟で一族のシャーマンのクターンだ。

ウィキラークは寒さを振り払おうとして、肩を動かしたり、両手を振りまわしたりしていた。風のない日だったが、凍てついた空気がすべての毛穴から入り込んで血を凍らせるようだった。〈もう少し待とう。指の感覚がもどったら、犬を外してやろう〉しかし、この仕事に取り組むことにはならなかった。エムラインの妻で、頬骨の張った、まるで毛皮をのばすための張り板のように平べったい顔のプスールクと一緒に、まれにみるほど大柄で均整の取れたヒルクーンの妻のムズルークが近づいてきた。

「あれ、まあ」プスールクはケヴォングの次男ににっこりと笑いかけた。「小さな坊やが何て大きくなって、男前になったこと」

プスールクは大股で自信たっぷりに橇隊に向かって歩いた。橇犬は最初、うさんくさそうに女たちを見たが、器用な手におとなしく従った。

夜、茶のあとで習わし通りに父祖伝来の物語を語る時がやってきた。客は自分の伝説《ティルグル》を語らねばならない。そこで、周囲の人々が心ゆくまでタバコを味わい、聞く準備が整ったらしいのを感じたカスカジークは、短い言い伝えを語った。

三人の猟師――婿の氏族《ウィムヒ》の一人と舅の氏族《アフマルク》の二人がタイガへ罠を仕掛けに出かけた。その婿の氏族《ウィムヒ》の若者は貧しく、まだ妻がいなかった。結納品のためにテンを捕らえなければならなかった。舅の氏族《アフマルク》の二人は裕福な家の出で、家族には稼ぎ手の男たちが大勢いた。婿の氏族《ウィムヒ》の若者は、もし狩りが首尾よくいけば、この二人の妹をめとるのである。

猟師たちは山に行き、木を伐って仮小屋をつくり、罠をあちこちに仕掛けた。婿の氏族《ウィムヒ》の若者は罠を三十個、舅の氏族《アフマルク》は弟が五十個、兄は三百個仕掛けた。

……一日目が過ぎ、二日目が過ぎた。猟師たちは罠を確かめに行ったが、獲物のかかった罠はひとつもなかった。

猟師たちは山とタイガの神《パル・ウィズング》にタバコと百合根の供え物を捧げた。舅の氏族《アフマルク》の兄は言った。〈良い精霊よ、俺の大変な苦労を憐れんでくれ。ほら、あんなに沢山の罠を仕掛けたんだから〉

翌朝、猟師たちは罠を確かめに出かけた。いくつもの谷間を歩き、いくつもの山を歩いた。見ると、美しい娘が山を歩きながら呼びかけている。〈クィチ、クィチ、クィチ！〉子犬に餌をやるときにそう呼ぶのだが、美女は山の斜面を歩きながら呼びかけている。〈クィチ、クィチ、クィチ！〉すると、斜面や谷間のいたる所からテンが跳びだしてきて、若い美女をとりまき、一緒に歩くではないか。娘はテンの群れに向かって何かを投げ、テンはそれを空中で捕らえていた。

猟師たちは口をぽかんと開けて立っていた。立ったまま、造物主《タイフナド》の娘である森の若い女が山の斜面をテンと一緒にいくのを見ていた。造物主《タイフナド》の娘は山の斜面を通り過ぎ、姿を消した。

このあともさらに数日間、罠にテンはかからなかった。猟師たちは斜面や谷間を歩きまわり、罠をかけ直したが、いぜんとして獲物はなかった。

夜、みんなが仮小屋の中に腰を下ろして猟の不首尾のことを考えていた時、誰かが斜面を仮小屋に向かって下りてきた。猟師たちが頭をあげると、白髪の老人が入ってきた。老人は中へ入ると、板床へ向かい、腰を下ろした。「フー」ひと息ついて言った。「どうやら、猟の不首尾に困っているようだな。可哀想に。あんなに努力しておるのに、罠に獲物がかからんとはな」

猟師たちは知った。これは造物主《タイフナド》が自ら、自分たちの前に姿を見せたのだと。

老人は言った。「明日からは、罠にテンがかかるだろう。お前たちはテンを捕らえるがよい。わしは毛皮を取って干してやろう」猟師たちは感謝のしようもなかった。食べ物を差し出し、泊まってもらった。婿《ウィムヒ》の氏族の若者は考えた――〈俺の罠にせめてテンを二十匹送ってくれたらなあ。それだけあれば、おそらく結納品には足りるだろう〉そう考えて眠りについた。

舅《アフマルク》の氏族の弟は考えた――〈造物主《タイフナド》自身が俺を訪ねてくれたからには、俺は幸運に恵まれているらしい。俺の罠にいつも獲物がいっぱいかかるようにしておくれ〉弟はそう考えて眠りについた。

猟師たちは朝早く目を覚まして、罠を確かめに行った。ひとつの罠に一匹ずつのテンがかかっていた。

婿《ウィムヒ》の氏族の若者は考えた――〈罠を減らさなきゃならんな。こんな具合に獲物が獲れたら、毛皮を剝ぐのが間に合わなくなる〉舅《アフマルク》の氏族の弟も同じことを考えた。

しかし、舅《アフマルク》の氏族の兄はこう考えた――〈見ろ、何て沢山のテンだ。いいぞ！　俺はいっぱい罠を仕掛けたからな〉兄はふたたび罠を仕掛けた。そして、袋に入れた獲物を数日かけて仮小屋まで引きずって行った。

テンを運んでいる間にも、すべての罠に新しく獲物がかかった。

その時、老人は言った。「そんなに多く獲ってはならぬ。毛皮を剝ぐのが間に合わない。テンが駄目になってしまう」

舅《アフマルク》の氏族の兄は何も言わなかった。だが、罠を減らしはしなかった。あまりにも多くのテンがたまったので、置いておく場所が足りなくなった。

老人はふたたび言った。「聖なる動物をそんなに多く獲ってはならぬ――傷んでしまう」

舅《アフマルク》の氏族の兄は考えた――〈爺さんは俺の狩りの邪魔ばかりする〉彼は造物主《タイフナド》がトドマツの焚き火を好まないことを知っていた。トドマツは燃え上がると、ぱちぱちとはぜる音がひどく、頭が痛くなるのだ。

兄はこっそりトドマツを伐り、こっそり焚き火に入れた。焚き火はぱっと燃え上がり、はぜる音がし始めた。〈テ、テフ、テフ！〉――火がはぜる。〈ウィク、ウィク、ウィク！〉――造物主《タイフナド》は身震いした。そのあと老人は何も言わずに帽子をかぶると、仮小屋を出て行った。

翌朝、猟師たちは森を風が吹き渡っていくような音を聞いた。そして、森の娘が山を通っていくのを見た。娘は歩きながら呼んでいた――〈クィチ、クィチ、クィチ〉すると、すべての斜面や谷間からテンが跳びだしてきて、若い美女を取り囲み、彼女と一緒に進むのだった。美女はなおも呼ぶ――〈クィチ、クィチ、クィチ〉その時、舅《アフマルク》の氏族の兄が納屋にしまっておいた沢山のテンが生き返り、娘のもとへ疾駆した。

兄は頭を抱え、大声で叫んで走り出した。〈テンよ！　テンよ！　俺のテンよ！〉

兄は長いこと駆けた。しかし、追いつけるはずもなかった。若い娘が山を一歩進み、つぎに一歩進んだときには、もう別の山にいるのだ。そしてそこには一緒にテンの群れがいた。

テンを追って猟師は駆ける。婿《ウィムヒ》の氏族の若者と舅《アフマルク》の氏族の弟の耳には長いこと、谷間や横谷に響きわたる叫び声が聞こえていた。〈テンよ！　テンよ！　俺のテンよ！〉

彼らは集落へ戻った。婿《ウィムヒ》の氏族の若者は舅《アフマルク》の氏族に結納品を渡し、妻を得ることができた。タイガで起きた出来事が語られた。その話は言い伝えとなった。

カスカジークが語り終えるやいなや、ムズルークの声が響いた。

「その人は自業自得だよ。欲張りがひとり減ってくれた」

ウィキラークはこの言い伝えを父から聞くのは初めてだった。ほかのさまざまな物語なら父は以前に話してくれたが、貧しい婿の氏族《ウィムヒ》の若者と欲張りの舅の氏族《アフマルク》の兄の伝説は初めてだった。ウィキラークは父の話を聞き、名もなき若者の立場に自分を置き換えてみて、自分も幸運に恵まれるよう願った……。

エムラインは言い伝えに対しては一言も反応を示さなかった。ケヴォングの長老の言うことは理解できた。長老は貪欲であってはならないと警告したのだ。老練なカスカジークは一撃を見舞い、機先を制したのである……。

第三十二章

夜が明けた。ケヴォングたちの新しい一日がやってきた。もしかしたら、この小さな氏族にとってこの上ない重要な一日となるかもしれない。だが、それはどんな一日なのだろう？　カスカジークは自分たちとアヴォの人々との間に、目に見えない冷たい壁が立ちはだかっているのを感じた。

何が起きたのか？　なぜこんなにも突然、なにもかも変わってしまったのか？

ふたつの氏族——アヴォングとケヴォング——は古くから血で結ばれてきた。アヴォングは舅の氏族《アフマルク》、ケヴォングは婿の氏族《ウィムヒ》である。昔からアヴォの女たちはケヴォング氏族に嫁いでくれた。確かに遠い昔にはアヴォの女たちが霧深い沿海地域のヌガクスヴォング氏族に嫁いだこともあった。このことは一族の伝説にも語られている。しかし、それは稀だったし、ケヴォング氏族の皆が妻を持っている場合に限られていた。二人目の妻を持とうとする男は稀だった——食い扶持が増えるだけだから。だが、男たちに女が十分に足りていたあの良き時代は、もっぱら言い伝えの中で語られているだけだ。そして、カスカジークは衰亡の途上にある氏族の現在の長老として、やるせない悲哀を味わっていた——〈あんな時代もあったのに……〉

ああ、呪わしい盗人ども——霧深いヌガクスヴォの連中め！　火の水《ウォッカ》を考えついた者は呪われるがよい！　死んだスチョーク爺と爺さんの兄弟は、この水のせいで分別を無くしてしまったんだ。そうでなければ、爺さんたちも約束を違えることなどしなかったろうに！　ヌガクスヴォの連中の血が流れたあの時が呪われるように。それは、はるか昔、殺された兄を見て激怒したカスカジークが逃げていく顔のゆがんだ男に槍を投げて突き刺したのであった。おお、この呪わしい日よ。この日が血の復讐の発端となった。ヌガクスヴォの人々はケヴォングたちにも犠牲者が出たことを知らなかった。沿海地域へ戻った彼らは流血の惨事を引き起こした。長い歳月をさかのぼった昔に氏族の本流から離れ、その地に住みついたケヴォングたちを殺したのである。前代未聞の不当な行為はケヴォの住人を震撼させた。ケヴォングたちはヌガクスヴォの人間を一人殺しただけなのに、向こうは三人の命を奪ったのだ！　精霊《クールング》は必ずや奴らに報復してくれるだろう！　ケヴォングたちは賢明にも憤怒を抑えた。新たな流血で応じることは自殺行為を意味した。氏族そのものの終わりだ。カスカジークは自らに誓った、時がきたら俺が復讐すると。神々に助けを乞うた——息子が欲しい、大勢の息子が欲しい。息子たちがヌガクスヴォの連中に復讐してくれるだろう。だが、ケヴォングは神々の不興を買ってしまった。あの老いたシャーマンは——今や影も形も残っていないが——正しかったのだ。あの時、シャーマンは言った。ケヴォングは人間の血を流すという重罪を犯したのだと……。あるいは精霊《クールング》はケヴォングに自らの無力さを感じさせるために、こんなにもわずかな数に留めたのだろうか？

いまカスカジークを捕らえているのは血の復讐という問題ではなかった。もし、息子たちで氏族が途絶えてしまうようなことになったら、それは自分のせいなのだ。大地は生き続けるだろう。だが、ケヴォング氏族はいなくなるのだ！　この考えがカスカジークにつきまとって離れない。どこにいても、狩り場でも漁場でも、自分の暖かい冬の家《トラフ》で妻と寝ているときでも、この思いが心から離れなかった。

ラニグークは当然ナウクーンの妻となるはずだった。まず長男が先に妻をめとるのが習わしだ。しかし、カスカジークの意向により、彼女は次男の妻となることになった。カスカジークがこう決めたのは、ウィキラークを依怙《えこ》ひいきしているからではない。彼なりの心づもりがあったのだ。

その当時は息子たちに、二人ではなく三人の嫁をみつけてやろうという望みを持っていた。ラニグークはどこへも消えはしない。まだ生まれる前からケヴォング一族に嫁ぐことが決められているのだから。ナウクーンはウィキラークよりも七アニ〔三歳半〕年長だ。カスカジークは元気なうちに、あちこちの集落をめぐり歩いて、自分の祖先ですら足を踏み入れたことのない僻遠の地に分け入って、ナウクーンの嫁を見つけるのだ。むろん二人だ。たとえそんなに若くなくても、そんなに美人じゃなくても、背中にこぶがあっても構わない、とにかく二人だ。そして、ウィキラークとラニグークが成長していく間に、ナウクーンには二人の嫁から何人もの息子が産まれるというわけだ！　何人もの息子たちだ！　そして、ケヴォング氏族の樹は新しい枝を伸ばすのだ！

　これこそが、十二アニ〔六年〕前に、カスカジークが次男をアヴォに連れて行った理由だった。あの時、子供たちは裸足にされ、その足を草《チヌイル》で結び合わされた。それは、ウィキラークとラニグークが結ばれたことを示す印であった。この儀式のあとは、ラニグークはもはやケヴォング一族に属するというのではなく、ウィキラークに属するのである。

　カスカジークは黙ったまま頑固に自分の計画を実現しようとしていた。秋、徒歩による遠出の仕事を終えたあと、冬の家《トラフ》にはわずかな時間しか留まらなかった。ふたたび妻と子供たちを残し、橇隊を駆り立てて集落から集落へとめぐり歩き、帰ってきたのはもう堅《かた》雪になる頃だった。

　徒労に終わった長旅に疲労困憊した長老は、妻の無言の問いかけにすまなそうな眼差しで応えた。そんな時には、この独断専行の威圧的な男も哀れで無力な人間に見えるのだった。タルグークは何も尋ねなかった。ただ、ニヴフの女にしかできないような仕種で、そっと控えめに夫を憐れんだ。

　遠い旅をつづける中で、死に脅かされているのは自分の氏族だけではないことを知った。いくつかの集落で聞いた話によれば、ある氏族はほんの数季節《アニ》前には二十人いたのに、今ではわずか六人しかいないというのだ。また別の氏族は、たった三人になってしまったという。カスカジークはぞっとした――ニヴフはどうやら、滅亡しかけているらしい！

鳥が天候の変化に気づくように、ニヴフたちは災厄を予感し、自分なりに難を逃れる手だてを取ろうとしていた。誰かの所に娘が生まれるとすぐに、草結び《チヌィル・ユプト》による婚約の儀式を執り行う。二人の妻、それどころか三人もの妻をめとる者もいる。しかし、これは大きな氏族にのみできることだ。今じゃ、女たちに法外な値をふっかけるので、要求される結納品を準備できるのは強大な氏族でしかない。カスカジークが小さな氏族の者だと知ると、会話そのものが打ち切られてしまうのだ。弱小の貧しい氏族を婿に持ったところで、何の得があろうか！

時代はケヴォング一族の長老の計画に酷い制裁を加えた。四アニ〔二年〕前、ラニグークがもう子供を産めると知ったとき、カスカジークは妻に遠方の投網漁場に漁に行くと言って出かけた。だが実際はアヴォに駆けつけたのである。長老同士の間で話し合いがもたれた。今日に至るまで、その話し合いの一言一言がカスカジークの脳裏に刻まれている。彼は懇願するように言った――〈友よ《ヌガフッカ》、あの草結び《チヌィル・ユプト》による婚約の儀式はわしの方が言い出したんだが、わしはその決まりを破ろうと思う。あんたのラニグークをナウクーンの嫁にくれ〉エムラインは警戒するように言う――〈厳粛な儀式を反古にするなどという例しがどこにある？〉カスカジークは声を落として執拗に言う――〈わしの不運な一族が少しでも早く勢いを取り戻すために必要なんだ〉エムラインは怯えた様子でためらいがちに言う――〈精霊《クールング》の怒りを買うかもしれんぞ〉カスカジークはなおも懇願するように言う――〈精霊《クールング》はわしら一族に情けをかけてくれなかった。

どれほどの苦難にあってきたことか！　もう、わしらを憐れんでくれてもよいはずじゃ〉エムラインは、やはり怯えたように、しかし、きっぱりと言った――〈駄目だ！　わざわざ精霊《クールング》の怒りを買うようなまねはできん！　お前さんは、わしの一族まで同じ運命に遭わせようとしているんだ〉

　カスカジークはうちひしがれた思いで家路に就いた。家の者は魚が獲れなかったのだろうと考えた。こうしたわけで、長男が元気で独り身であるにも拘わらず、ラニグークは最終的に次男の嫁と決められたのだ。

　……カスカジークは畳んだ毛皮外套の上に腰を下ろし、反り返って板床の端に寄りかかっていた。息子も同じ姿勢をとった。老人はタバコのもてなしを待っていた。エムラインはタバコの入った小袋を次男のリヂャインに差し出した。息子はそれを客の膝の上にのせた。カスカジークは主人側が自分を待たせたことが気に入らなかった。客をもてなすきまりでは、客が食事をすませたら、すぐにタバコの袋を客の前に置くことになっている。カスカジークは長衣の内側を手で探り、脇の下あたりに煙管を探り当てて引っ張り出し、葉タバコを詰めた。袋を息子に渡した。ウィキラークも煙管を詰めた。炉に近づいて、先がくすぶっている小枝を見つけ、父親に差し出した。〈これはどういうことだ？〉――カスカジークはひそかに憤慨した。〈婿《ウィ》の氏族《ムヒ》をこんな風に扱うとは？　それにしても、何が起きたのだろう？〉

　炉のそばで女たちは黙って繕い物をしていた。昼の光は、女たちの際限のない大小さまざまな仕事をこなすには足りない。男たちはゆっくりとタバコを吹かしている。男たちの角張った頬骨に炉の火がゆらゆら揺れていた。沈黙が長引くほど、張りつめた空気が一層はっきりと感じられるのだった。

不確かな状況がウィキラークを苦しめていた。父親だけが頼りで、時折、問いかけるような眼差しを父親に向けた。ラニグーク――彼女のことを思い出すだけで、芳香を放つイソツツジの中に頭からもぐりこんだような気分になる。そのラニグークはウィキラークに背を向けて座り、小さな頭を垂れ、長衣の裾模様をじっと見つめ、おしりの近くにまで垂れた太い下げ髪の先をいじくりまわしながら、子供のように鼻をすすり上げていた。家族の中で一番年若なので、仕事は負わされていなかった……。

ウィキラークはラニグークの方を見ていた。すると、二人が「カラスの樅」で会った時のことが細部にいたるまで脳裏によみがえった。

……それはひな鳥、小さなひな鳥、
殻を破って出てきた。
それはひな鳥、小さなひな鳥、
羽ふるわせて羽ばたき始めた。
わたしの巣は意地悪な風に
揺さぶられ、夜の暗闇に

おびえている。わたしに聞こえるのは
恐ろしい精霊たちの高い叫び声だけ……
ひな鳥は地面に落ちる、
翼をたたみ、そっと音を立てずに
谷地《やち》坊主の間に身をひそめる……
ひな鳥はおとなしく待つ、
頭上で爪が閉じあわされるのを、
そして翼から、翼から
にこ毛と羽が飛び散る。
どこにいるの、まだ力のないひな鳥を
空に放り出す人は？

お前は忘れてしまったのだろうか、この歌がいつ生まれたのかを？　去年の秋は暖かく、陽差しが明るかった。まるで自然が季節を取り違えたかのように、秋の代わりに春の温もりがやってきた。大気は土の匂いに満たされ、草はつんとした春の香りを放っていた。鳥たちはチュルリチュルリと鳴いていた。もうすぐ寒さの訪れるこの土地を、群れをなして離れねばならないという様子も見せずに、満ち足りてのんき気に、宙や茂みや草むらで鳴いていた。空中には朝に張られたクモの巣が、陽光を受けてさまざまな色合いで光っていた。

その年はサケの大群がのぼった。ティミ川を行くと、どの岬にも急ごしらえの架け台が見られた。生木でつくられた架け台は白かったが、ぎっしりと架けられた魚の赤い切り身は、まるで花輪のようだ。干し魚《ユーコラ》をぶら下げた架け台ほど美しいものはこの世にない！　干し魚《ユーコラ》は内部にたっぷりと太陽を吸い込んで、太陽の一部となる。酷寒の日々に食べると腹がくちくなり、身体が暖まる。陽を浴びた干し魚《ユーコラ》があると、ニヴフは病気や不運に見舞われることがない……。

あの時はアヴォのお前たちもケヴォの俺たちも、しっかりと陽に干したうまそうな匂いの干し魚《ユーコラ》の束を、納屋を葺いた樹皮の間際までぎっしりと積み上げたものだ。そのあと、お前たちは舟にのって俺たちの所にやってきた。男たちは川の大きな窪み《ピラ・タイフル》でチョウザメを獲るために、お前はコケモモを摘むために。あの秋、コケモモはこれまでになく豊かに実った。まわりの山々には、枝の長いタイガのコケモモの、凝血のように黒っぽい大粒の実が一面に振りまかれていた。

夕方、俺たちは大きな窪み《ピラ・タイフル》から巨大な、俺の身の丈の一・五倍はある脂ののったチョウザメを引いてきた。集落にいた者はみな岸に出てきて、めいめいが自分のナイフを使って存分に食べた。お前はコケモモを一杯に詰めた樹皮のカゴを俺に持ってきてくれた。そして、ちらと俺を見た。心臓がおかしな具合にどきどき鳴った。お前は向き直り、俺の方を見ながらゆっくりと集落を出て、「カラスの樅」の方へ歩き出した。その目に引かれて、俺はあとに従った。お前はほっそりした両腕を俺にまきつけ、つよく自分にひきつけたので、背中が折れるかと思った。お前は木偶《でく》の坊のように突っ立っていた。お前は俺の目をみつめていたのに、俺は生まれたての子鹿のようにぼーっとして、どうしてよいか分からなかった。お前の目は懇願していた、祈っていた。首筋も頬も燃えるようだった。唇に何か細いしなやかなものを感じた。お前の髪だったのか、それともクモの糸だったのか？　あの秋はクモの巣が多かった。お前に接吻しなければならなかったのに、唇でクモの糸を探っていた。お前は〈聞いてちょうだい〉と言って、俺にぴったりと身を寄せた。何を聞けというのか、のみこめなかった。俺の手を取り、掌を自分の胸に押し当てて言った——〈そら、これを聞いてちょうだい〉。掌は速く強い鼓動をとらえた。
そして、お前はそっと悲しそうに歌った。

……それはひな鳥、小さなひな鳥
羽ふるわせて羽ばたき始めた。

俺を見た——祈るような目で。だが、次の瞬間、お前が怒っているのに気づいた。

ひな鳥は地面に落ちる、
翼をたたみ、そっと音をたてずに
谷地坊主の間に身をひそめる……
ひな鳥はおとなしく待つ、
頭上で爪が閉じあわされるのを、

そして翼から、翼から
にこ毛と羽が飛び散る。

お前は小声で歌った。一言も聞き漏らすまいと俺は耳をすませた——言葉は流れるように美しかった。そのあと、俺は頭を殴られたようだった。これは何を歌ったのだろう？　お前の目をのぞきこんだ。目には祈りの表情があった、そして……絶望が。

どこにいるの、まだ力のないひな鳥を
空に放り出す人は？

お前は何を言おうとしたのか？

お前はさっと背を向け、集落の方に駆けていった。俺はその場にとどまった。

翌朝、お前たちは帰って行った、大きな魚を手にして。夜中に大きな窪《ピラ・タイフル》みがチョウザメをもう一匹、贈ってくれたのだ。

ラニグークよ、ラニグークよ……。「カラスの櫛」で俺を見ていたあの眼差しはどこへいったのだ？　何が起きたのだ？

「オフィ、オフィ！」

父親の咳払いだ。なにか言い出すつもりだろうか？

冬の家《トラフ》の中は薄暗かった。炉の火だけが赤いキツネのように飛び跳ねている。

「オフィ、オフィ！」父親はもう一度咳払いして、両肩をぐいと動かした。周囲の者たちは悟った——いいや、話し合いから逃げるのではない。二人の長老は話し合うに違いない。

カスカジークは賢明だ！　どのように話を始めるだろう。彼が望むものを手に入れるかどうかは、それに大きくかかっている。

「ウィ・ウィ・ウィ！」カスカジークは声を長く引き伸ばした。氷河から融け出た水が河床を探り当てようとするように、カスカジークもまた、舅の心へ通じる道を探っていた。

「ウィ・ウィ・ウィ！　人間の記憶と同じくらい長く、二人の善き隣人、二つの古い氏族、アヴォングとケヴォングは生きてきた」

どうやら、水の流れは河床をうがち、より確実に走り出したようだ。カスカジークは大きく息を吸い込んだ。ケヴォングの長老の声はなめらかに響いた。

ウィ・ウィ・ウィ！
ウィ・ウィ・ウィ！
太陽が空に昇ったときから、
草が大地をおおったときから、
山々が木におおわれたときから
造物主《タイフナド》が川にサケを送ってくれたときから、

ふたつの氏族、ふたつの古い氏族は生きてきた。
ふたつの氏族、ふたつの古い氏族は生きてきた、
自らの手で谷と山をよみがえらせ、
生業と言葉でタイガをよみがえらせ、
自らの手で偉大な大地を飾り、
ふたつの氏族、ふたつの古い氏族は生きてきた。

カスカジークは大きく息をして、アヴォングの長老に語りかけた。

至高の精霊クールングの意志により、
そなたの先祖は舅の氏族となった。
氏族は強大で栄えていた、霧のない暖かい
夏の日の谷間にも似て。
至高の精霊クールングの意志により、
わが先祖は婿の氏族となった。
われらが善き隣人、舅族の人々は
われらの氏族に娘たちをくれた。
われらはまた遠い集落の女たちをも娶《めと》った、

だが最良の妻は、下流の集落の娘たちだった。
われらケヴォング氏族は力を増し、繁茂し、
梢の茂る大樹となった。
われらは常に強大であれと願っていた。
しかし、善き精霊たちは背を向けてしまった。
そなたにも見えるだろう——若者の目を必要とするまでもない。
樹は枯れようとしている、残るは二本の枝のみ。
枝は樹液なしでは、いつか干からびてしまうだろう。
樹はウジに食い尽くされてしまうだろう。

カスカジークはもはやかつての権勢を求める誇り高い男ではなかった。腰は曲がり、頭は低く垂れ、目は閉ざされ、その声は悲しげで力がなかった。

太陽はおのが道を忘れることはないだろう
草はいつも太陽に向かって伸びていくだろう
山々はいつも森におおわれているだろう
ケヴォング氏族はいなくなるのだ……

あたりは緊迫した静寂。ラニグークはそっと涙を払い落とす。エムラインの妻のプスールクは腹立たしげに針を引っ張り、糸を切ってしまった。糸を通す手がふるえ、長いこと苦心している。

エムラインは落ち着かなげに顎ひげをひねくりまわし、目がよく見えない様子で瞬きをしながら、炉の前で背中をまるめて黙っていた。少し離れた暗がりでは、兄弟が板床に身体を斜めに起こして横になっている。ヒルクーンは不機嫌に考え込んでいる。リヂャインは薄笑いを浮かべて父親の方をちらちら見ている。

ラニグークがすすり泣いた。ふたたび静寂に包まれた。張りつめた、苦痛をともなう静寂だった。

エムラインが火に薪を投げ入れた。また静まりかえった。ついにエムラインは、何か重荷を放り出したかのように、身体をしゃんと起こした。

「お前さん方は、晴れた日の雪のようじゃ。わしらは然るべくもてなす事もできなかった。それにしてもラニグークだが、あの子がどんな嫁になれるというんじゃ。ただ、泣いてばかりおる。全くの子供だ」

「待つとしよう」リヂャインが言う。自分の言葉が結論であるといわんばかりの言い方だった。〈ああ、このろくでなしの生まれ損ないめが〉カスカジークはひそかに罵った。〈すっかり生意気になりおって。これがわしの息子だったら、いらぬことに出しゃばったりしたらどうなるか、よく思い知らせてくれように〉そのあとで、ケヴォングの長老は、こんな事を考えている自分に気づいた――〈わしに三人目の息子がいてくれたら、どれほど精霊《クールング》に感謝したことか。たとえ、こんな生まれ損ないでも、かまわんのだが〉

「ウィキラークがどんな亭主になれるというのだい。肉をどうやって手に入れるかも知らんだろう」

〈またしても、この役立たずが。ウーウ……わしの息子でなくてありがたいことだ……〉

「嫁さんは、二日目には飢え死にしてしまうぞ」

「うるさいぞ！」

あまりのことに、ヒルクーンが立腹したのだ。ヒルクーンは冬の家《トラフ》の中で二番目に位置する人物だ。この男なら弟を怒鳴りつけることもできる。

「一人前の男だというところを見せてもらわなきゃな」むっとして、リヂャインが言う。「見せてもらおう」

第三十三章

見せてもらおう……。なだらかな白い雪のところどころに色あせた草の茎が突き出ていた。地表をわたる弱い風に茎は軽くなぶられ、カサカサとかすかな音をたてている。

湿地は赤茶けた裸の灌木が寒そうに身を寄せ合う幅のせまい谷間に変わろうとしていた。谷間が幅をせばめながら急斜面の黒ずんだ針葉樹の山に入りこんでいるのが見えた。

堅雪なら、谷間まで行くのも煙管を二回吹かすぐらいの時間ですむ。だが、今はふかふかの雪だ。冬の初めはいつも雪がふかふかしている。白鳥のにこ毛に足を取られたみたいに埋まってしまう。雪はまだ固まっていない。風に打たれず、酷寒に襲われてもいない。三月の堅雪というのはまた別物で、特に朝方の、冷気がまだ退却していない時刻の雪だ。今は気ままに浮かれて歩こうものなら、ただもう乾いた雪がサクサクするばかりで、長靴の下からまるでしぶきのように雪が飛び散る。

ウィキラークは歩くのが巧みだった。これまで生きた十七回の冬と十八回の夏をタイガで過ごしたのだ。「鷲の月《一月》」の耐え難い寒さの時も、「マスの月《六月》」の蒸し暑い日々にも歩いた。枝のつまった樅の下でも逃れられない豪雨の時も、伸ばした手の手袋すら見えないほど降りしきる雪の中も歩いた。ウィキラークはタイガを熟知していた。だから、冬の初めの、道のくぼみや谷地坊主が雪にようやく隠れる頃のタイガを歩くことがどれほど骨の折れるものか、とっくに承知していた。徒歩では無理だ――足を血だらけにしてしまう。スキーでも無理だ――柔らかそうな雪の下に隠れた凸凹にぶつかって、スキーを駄目にしてしまう。

自分の好きにしてよいなら、ウィキラークは自分を痛めつけるようなまねはしなかっただろう。だが、どうしようもない。舅の氏族《アフマルク》たちが要求しているのだ。しかも、自分たちは後からついてくる。彼らの方が楽だ。足跡をたどる方が楽に決まっている。

雪を掘り起こしながら歩かずにすむように、足を高く持ち上げなければならない。
だが、それでは遠くまで歩くのは無理だ――へとへとになってしまう。そこで若者は盛り上がって見える谷地坊主づたいに歩くことにした。色あせた背の高い草の中に谷地坊主はありそうだ。草を踏みつけると、間違いなく谷地坊主にぶつかる。

ウィキラークはまばらな束状に突き出ている草に狙いをさだめて、自信をもって足を下ろした。次の草まで跳んだが、足は谷地坊主の真ん中を踏まずに、すべってしまった。足がずきんと痛んだ。そんな素振りも見せずに歯を食いしばり、足を高く上げ、谷地坊主づたいに先へ進んでいった。

後ろから叫び声が上がった。

「足を失くしたいのか?」

リヂャインだ。ウィキラークは聞こえないふりをした。リヂャインほど役立たずの人間もいない。決して人に良いことをしたためしがない。こうした手合いときたら!

今も、谷地坊主の上にばったり倒れたリヂャインがウィキラークに罵言を吐いたのである。ウィキラークは返事をしなかった。この厄介きわまる湿地を早く抜けだそう、そのことにだけ集中していた。ごわごわしたサケ皮のズボンは折り目の部分が湿気てきた。膝が冷たい。

三番目を行くのはヒルクーンだ。自尊心をもつ一人前の男にふさわしく、ウィキラークがあまり楽な道を選ばなかったことにも、道中に時間をとられていることにも、不満げな様子を見せなかった。

リヂャインは、しゃぶって塩《しょ》っぱくなった煙管のせいで苦い味のする唾をのみこみながら、うまそうに舌を鳴らしている。煙管の火はとおに消えてしまい、タバコはすこしも残っていなかった。しかし、リヂャインは煙管を詰めようとは思いもしない。タバコは大事にしなければならないからだ。リヂャインは苦い長煙管をしゃぶり、トナカイの毛皮外套の上から満州葉タバコの入った小袋をなでていた。袋はほぼ満杯で、いい気分だった。

ウィキラークはみぞおちの辺りがしめつけられるようで、あごが引きつっていた。一服やりたくてたまらなかったが、袋は空っぽだ。けちな舅の氏族《アフマルク》の連中は、出発の前だというのにタバコを詰めてもくれなかった。旅に送り出す時にタバコを与えないのは、旅で疲れた客人に茶も出さないのに等しい。世間ではそんなやり方はしない。おまけに弓もくれなかった。今や、頼みの綱は槍だけだ。舅の氏族《アフマルク》が親切だったら、こんな季節にウィキラークを山に行かせたりしなかっただろう。危険を伴う仕事で試そうなどとはしなかっただろう。いや、ウィキラークは恐れているのではなかった。だが、ひょっとして?

みんなでどれほどの努力を傾けたことか――ウィキラークとナウクーンの兄弟と父親の三人はふた冬の間、テンを捕らえ、結納品を集めた。ひもじさや寒さに耐えて貯め込んだのだ。もっとも、ナウクーンは獲物の一部を隠しているのだが。

最近、兄は意地悪だった。もちろん、嫁をもらえぬままでは、何の嬉しいことがあろう! ウィキラークは兄が気の毒だったが、どうしようもない!

「おーい!」

またもや、リヂャインだ。何という人間だ、タイガを歩きながら大声でわめくとは? タイガで大声を出してはならない。小声でしゃべるものだ。タイガは獣たちの家、精霊たちの家だ。

災いを呼び寄せるかもしれない……。

「おい！　耳がつぶれたのか！」

さて、なんと言ってやろうか？　ラニグークのことがなければ、犬みたいな鼻面にガツンと一発くれてやるのだが。誓ってくれてやるとも。

「脇道に入ってもいい頃だな」落ち着いた声が言う。ヒルクーンだ。

湿地はすでに通過していた。ウィキラークは立ち止まった。息をするのもつらい。額の汗をぬぐった。

ヒルクーンは進路を顎で示し、自ら先頭へ出た。

ウィキラークは一度ならず、熊に出合ったことがある。木イチゴ狩りの森の中でも、マスの群来《くき》の時期の川辺でも。同じタイガ、同じ川にいるのだから、行き違いになることはない。〈熊は人間とまったく同じだ。ただ、四つ足で歩いて、毛皮を脱がないだけだ〉――父親は言う。

……ある日、カスカジークは魚獲りをしていた。母のタルグークと子供たちは山の斜面の疎林でコケモモを摘んでいた。ウィキラークは夢中で摘んでいて、脇にそれてしまった。這松《はい》の中からふわふわの毛で覆われた子熊が飛びだしてきた。ウィキラークは小さな獣に駆け寄り、かがみ込んでなでようとした。子熊は歯をむき出し、鋭い爪で手をひっかいた。少年は腹を立て、口をとがらせてあとずさりした。母親のところへ行かなくては。子熊は甲高い声をあげ、走ってついてきた。子熊はこっけいだった――丸くなって、横向きにぴょんぴょん跳ねていた。

ところがその時、雌熊《めす》が現れたのだ――山のように巨大な熊だ。警戒しながらあたりを見まわし、ウィキラークの方に向かってきた。立ち止まりもせず、ざらざらした冷たい鼻先を顔に突き立て、岩のようにがっしりした肩を荒々しく押し出してくる。ウィキラークは泣き出した。タルグークが駆けつけた。雌熊は子熊を連れて去って行った。タルグークは何か言おうとしたが、言葉にならなかった。頬骨が震えていた。息子を抱え上げると、集落めざして全力で走った。橇犬たちの真ん中に息子を残して、すぐさまとって返した。見ると、娘が歌いながら、両手いっぱいに木イチゴを集めているところだった。娘のイニギートは疎林で起きたことを知らないでいた。カスカジークも同様だった。

その後、何度も遭遇した。そして、ウィキラークの方が道をゆずることが多かった。タイガは大きくて豊かだ、みんなに十分足りる……。

今、ウィキラークが山へ向かっているのは、譲歩するためではなかった。ケヴォング一族の息子が山へ向かったのは、食べ物を得るためでもなかった――納屋には食料がどっさり貯えられている。夏の間、カスカジークもナウクーンも、ウィキラークもタルグークも、よく働いた。ウィキラークは、舅の氏族《アフマルク》の要求を適えようとしているのだ。どうか、タイガと狩猟の神パル・ウィズングが恵みを垂れてくれるように。どうか、冬眠の穴の主がケヴォングを憐れんで、その到着を待っていてくれるように。穴は暖かい。ゆっくり寝そべって、眠っていてくれ。灌木が顔を打ち、ズボンをひっかき、着古したトナカイ皮の外套を引き裂く。ウィキラークは疲れた。舅の氏族《アフマルク》の二人も疲れた。リヂャインに至っては、やっとのことでのろのろと足を運んでいる。ウィキラークは灌木とカラマツの長い枝を避けるように努めた。うっかり触れると、頭上にどさっと雪が落ちてくる。雪が襟首に落ちてきて融ける。服は濡れて重くなる。さらに、尖った枝にぶつかり、枝が毛皮外套に突き刺さることもある。

　ウィキラークは腹を立て、心の中で舅の氏族《アフマルク》の二人を罵った。声に出すことは許されない。しきたりの命じるところでは、どんな舅の氏族《アフマルク》の者であれ、敬わなければならない。リヂャインは全くもって嫌な人間だ。たまたま何か良いことをしてしまったら、あいつはそのあと、忌々しくて幾晩も眠れないだろう。試練を課すべきだと主張したのはリヂャインだった。父はうまく話を進めた。エムライン老人は深い物思いに沈んだ。ところが、それを台無しにしたのもリヂャインだった。もしかしたら、アヴォングの長老は娘をケヴォング一族にくれようとしていたのではないか？　あるいは、そうなっていたかもしれないのだ。だが、リヂャインが割り込んできた。

「この青二才は自分の女房を魚の骨で養うだろうよ――犬どもが羨ましがるさ！　冬の家《トラフ》に熊がきたら、熊がくたばるまで息を殺していることだろうよ、それとも自分がくたばるか……」

　こんな言い方は前代未聞！　前代未聞だ！　ラニグークでさえ、しきたりでは自分の兄弟を見ることは許されないのだが、リヂャインに腹立たしげな視線を向けたほどだ。リヂャインは婿の氏族《ウィムヒ》の若者に試練を求めた。結納品ですませるのが普通なのに。だがもし舅の氏族《アフマルク》たちが不平を言うなら、それはもっぱら、娘の価値はそれ以上だと彼らが考えているからだ……。〈どのみち、ラニグークがよその氏族に去るのがこのせいで遅くなることはあるまい〉

なぜ、アヴォングの長老はこんなあいまいな言い方をしたのだろう？　ケヴォング一族へやるとはっきり言えばよいものを。

エムラインは首を振って、合図した。

「呼んでこい」

意味ありげな謎めいた言い方だった。それに、首の振り方もゆったりと丁重で、どこか横へ向けてではなく、上を指す仕種だった。さらに、長老はリヂャインではなく、序列からすると二番目の人物であるヒルクーンに言ったのである。

言われた方はゆっくりと板床から下りて、犬の毛皮外套を肩にはおると、下の扉を押しあけた。凍てついた空気の塊がどっと入りこみ、炉の方に流れ、幻のように消えた。

エムラインは誰の方も見ずに、汚れててらてら光る古いタバコ袋を持つ手を動かした。ムズルークは、まるでその動きをじっと見張っていたかのようにさっと走り寄って袋をとりあげ、客たちに回した。カスカジークもウィキラークも刻みタバコを煙管に詰めた。ムズルークは炉の中から火のついた小枝をす早く選んで客たちに差し出した。

ウィキラークは暗い気分になった。客に仕えるのは許嫁のはずだ。よく働き、てきぱきしているところを見せなければならない、婿が来たのだから！　だが、ラニグークは隅に座ったまま、まったく無関心の様子だ。

〈このアヴォングの連中は、やっぱり何かをたくらんでいるんだ〉――ケヴォングの若者は推測に苦しんだ。

ヒルクーンがシャーマンを呼びに行っている間、長老の冬《トラフ》の家では主も客も、一言も言葉を発しなかった。

その時、雪のきしむ音がして、扉が音もたてずに開いた。冬《トラフ》の家の中に、まるで霜におおわれた熊のように、凍てついた空気の雲が入りこんできた。そして、その雲に乗ってきたとでもいうように、クターンが入ってきた。背筋をしゃんと伸ばした中年の、長い弁髪の男だ。帽子をかぶらず、トナカイ皮の外套を着ている。何かを待っているような用心深い目をしている。昨夜、彼はさっさと自分の冬《トラフ》の家へ去って行ったが、今、兄に呼び出されて、何用かと戸惑っている風だ。

エムラインは首を振って中央の上客の座る場所《パナフング》へ通るように合図した。シャーマンは炉を迂回して、板床に腰を下ろした。ヒルクーンは居心地わるそうに、ふたたび父親のそばに座を占めた。

エムラインは誰の方も見ずに、タバコ袋をもつ手を差し出した。またムズルークが走りより、シャーマンに渡した。相手はゆっくりとタバコを詰め、小さな炭火から火をつけた。

プスールクは食卓の準備にとりかかった。さっそく焼いた干し魚《ユーコラ》を刻む。ムズルークは水の入った大きな銅製のヤカンを持ってきて炉端に置いた。赤く燃える大きな炭をヤカンの近くに寄せた。入ってきた人物をどんな用事が待っているにせよ、まずは食事でもてなさなければならない。それが習わしだ。

シャーマンは、餌を与えられないまま長くつながれていた犬のように、がつがつとむさぼり食った。どうやら、この孤独な男はめったに自分では食事をつくらず、もっぱら招かれるのを待っているらしかった。

シャーマンはものも言わずにひたすら食べていた。まるで、きわめて重大な、彼一人しか知らぬ問題に取り組んでいるかのようだった。昔、エムラインの先祖が満州人の商人あたりから買ったらしい大きな茶碗で四杯も茶を飲み干した。やっとのことで、丸々と太ったシャーマンは汗だくになって荒い息をつきながら食卓を離れた。ムズルークがすぐにタバコ袋を差し出す。シャーマンは満ち足りた様子でしゃっくりをして、ワシの爪のように曲がった親指の爪でそれを細く割り、歯をほじった。それから小枝を見つけると、土間に小枝を見つけると、板床の端に背中をもたせかけ、至福の顔つきで目を細めてタバコを吸い始めた。そこでようやく、自分がそもそも何のために呼ばれたのかを知ったのである。エムラインは言った。

「精霊と話の出来る人よ、わしらに手を貸してもらいたい。秋に、わしの長男が人気のない谷間で、がっしりとつくられた暖かい家を見つけた。しかし、家の主《あるじ》は意味なく家を暖めたわけじゃなかろう。精霊と交わることのできる人よ、あんたの精霊たちはどう言っているかな——主は自分の暖かい家にこもったのだろうか？」

長老の招待が自分にとってどう展開するのか分からなかったシャーマンは、すぐに態度を変え、安心した様子でおもねるようにしゃべり始めた。謎めいた返事だった。

「おお、誉れ高い氏族の賢明な善き根よ！　何がおぬしをわしに向かわせ、わしを通して精霊に向かわせたのか、わしには分かっていた。明日、朝焼けが翼を広げたらすぐに、わしの所に精霊がやってくる。おぬしに何と答えるべきか、わしは知るだろう」

シャーマンはゆっくりと立ち上がって帽子を取り、食べ残した食卓の干し魚《ユーコラ》を温もった長衣の裾の中に残らず放りこみ、もったいぶった鼻息をたて、うなり声をあげながら戸口へ向かった。つづいて、エムラインが外へ出た、客人を見送るために……。


……ヒルクーンが小声で言った。

「今度は俺が先に行く」

ウィキラークは彼を前に通した。

……猟師たちが見えなくなったとき、ラニグークは真新しい、よそゆきの男用長靴を取り出してきた。冷たい、つややかな毛皮に頬を押し当て、昔から伝わる文様に目を向けた。すると、その時、文様に命がよみがえったような気がした。文様は人の顔か獣の貌《かお》のようになった。ラニグークは声を抑えて言った——〈あの人を守ってあげて。あの人が幸運に見放されないようにしてあげて！〉……。

雲は空高くのびやかに翼を広げて色あせた太陽を消し去り、太陽は低い冬空の霧がかった雲間にかすかに影を落としていた。おだやかな灰色の光は、射すのではなく、降りていた。ちょうど雪どけ時期のぼたん雪のように音もなくゆっくりと降りていた。そのせいでタイガは薄暗かった。枝の生い茂ったカラマツの古木がつつましく寡黙に佇んでいた。自然はこうした巨木ですら手なずけてきた。異様な、圧倒するような静寂だ。かさりという葉音も、飛びゆく鳥の声もなかった。ただ自分の息づかいと不規則に打つ心臓の鼓動だけが聞こえていた。

ヒルクーンは雪に埋もれた灌木を迂回して立ち止まった。嵐で根こそぎになったカラマツの大木を長いこと眺めていた。木は山の斜面に長々と横たわっていた。たくましい根は険しい斜面を掘り返し、石ころだらけの地層をあらわに見せていた。太く長い根は、ある部分は押し広げられ、ある部分はむしり取られて、脇に転がっている。誰か、大力の持ち主がここでひと働きしたようだ。

ヒルクーンは肯いて合図をした。ウィキラークとリヂャインは用心深く、足跡をたどって近づいた。ヒルクーンは二人に何も示唆してくれない。タイガの住人は自分で見分けられるはずだ。何かとらえがたい兆候から見て、雪に覆われた風倒木の下に穴があるのではないかとウィキラークは推測した。さらに、雪の下から突き出ている根に樹氷がついているのに気づいた。

ヒルクーンは猟師たちを連れて、話をしても心配ない距離まで離れた。ウィキラークとリヂャインに課題を与えた。ウィキラークは長い棒の一撃で冬眠の穴の入口をたたき壊し、力いっぱい棒で突いてあいつを目覚めさせる。激高したあいつが猛り狂って飛び出してきたら、二人は同時に槍で迎え撃つ——ウィキラークは前方から胸を突き、リヂャインは右側から腹を突く。ヒルクーンは万一に備えて後ろに立つ。ヒルクーンは自分が助けなければどうにもならないと確信した時にのみ手を貸す。

ウィキラークはすらりと伸びたミザクラの木を見つけた。音をたてないように木を切り、枝を払った。右手でその枝の棒を宙に支え持ち、左手に槍を持ち、まるで一歩一歩探り当てるように用心深く穴へと向かっていく。そのあとを両手で槍を構えたリヂャインがつづいた。

穴に近づくにつれて動悸が早まり、鼓動が大きくなる。何だか衣服に動きがしばられ、自由な呼吸が邪魔されているようだ。だんだんと穴に近づいていく。足取りはさらに遅く、歩幅が短くなる。額は汗でびっしょりだ。汗は眉にたまり、目に流れ込む。視界は曇り、ひりひりと目が痛む。穴も木々も見えない。ウィキラークは槍を持ちあげたまま首をかしげ、目から汗の滴を払い落とした。少し具合が良くなったようだ。

さあ、穴の入り口だ。雪に塞がれている。だが、ここの雪は他とはちがう。ざらざらして気孔が多い。雪を通してかすかに湯気が上がっている。ちゃんと見れば、すぐに見分けがつく。今、あいつは眠っている。むろん、人間たちが近づいて来たのを知っているのだ。あいつは善良で親切だ。ウィキラークを憐れんでいる。そうでなければ、あいつはもっと早く目を覚まし、人間たちはまだ温もりの残る、抜けがらの住処を見つけることになっただろう。そうなれば、嫁取りの話などすっかりご破算になってしまうのだ。だが、いまあいつは眠っていて、ウィキラークが試練に耐え抜くことを許してくれるのだ。

リヂャインは右側へまわった。ウィキラークはリヂャインの目の中に何か奇妙なひらめきを見た。〈恐いのか？〉彼自身もぶるっと震えた。

後ろを振り向いた。用意万端ととのっていることを確信して、力をこめて棒の先で入り口をどんと突いた。棒が容易に粘土壁に刺さりこみ、内部に突き抜けるだろうと予期していた。しかし、棒は木の根に突き当たり、手痛い反動をくらった。迷っているひまはなかった。ウィキラークはもう一度突いた、今度は低めに。棒の先はほとんど邪魔もなく穴を突き抜け――若者は間違いなく感じたのだが――何か柔らかい生きたものに突き当たった。〈痛かったろう。怒らないでくれ。こんなことはしたくなかったんだ。目を覚まさせようとしただけなんだ。怒らないでくれ〉ウィキラークは心の中で穴の主に懇願した。するとその時、棒はまるで生き物のようにびくりと震え、あちらへこちらへと動き始めた。山そのものが轟音をとどろかせて爆発したようだった。言いようもないほどの大音声の咆哮に、ウィキラークはうずくまってしまった。髪の毛が逆立つ思いで、足は……足はぶるぶる震え、がくがくと曲がってしまう。目の前で粘土や雪の固まりがばらばらと飛ぶ。右側で何かがちらと脇の方へ動いた。雪のきしむ音は聞こえなかったが、リヂャインが逃げたのが分かった。そして、あいつは早くもうなり声をあげながら、死のジャンプを試み、飛び上がった……。

……父が教えてくれた。熊を迎え撃つのに一番好都合なのは、目の前で熊が両足で立ち上がった時だ。むき出しの胸に正面から激しい一撃を与えるのだ……。だがもし熊が立ち上がらずに、ジャンプして襲ってきたら、どうすればよいのか?……。

熊は稀にそんなふうに襲ってくることがあるが、猟師は槍を構えるひまがあるとは限らない。そうなったら、その時は……。その時は、集落中の男たちが人殺し熊を追跡することになる。幾日でも幾晩でも追跡する。山頂か谷間で追いつき、憤怒にまかせて小さな肉片に切り刻み、ネズミに食い尽くさせるまで追跡を止めることはない……。さらに父は教えてくれた。もしも熊がジャンプして襲いかかってきたら、槍をできるだけ短く構え、槍先の近くを持ち、両足をしっかり踏ん張って、槍で迎え撃ち、刺し貫くのだと。

すべては瞬時に行われた。死の危険は、ある者を逃走に向かわせるが、ある者には覚悟を固めさせる。ウィキラークは何とかもぐりこんで、槍を突き出すことができた。熊は切っ先で傷を負った。片膝立ちになって、雪の中に鼻先からのめりこんだ。熊は猟師の上を飛越えて、雪の中に鼻先からのめりこんで、槍を力一杯、上下に激しく突き動かした。熊は猟師の上を飛び上がってまたがり、両耳を掴み両膝を使いながら全身の力を振り絞ってのしかかり、熊の頭を雪の中に押し込んだ。熊は空気ではなくざらざらの雪を吸い込み、死にものぐるいで、くぐもった音をたてて咳にむせた。だが、すでに勝利を確信した若者のたくましい腕はしっかりと掴んで放さない。折良く、そこへヒルクーンが駆けつけた。正確な動作で網を投げかけた。熊は全身で大きく痙攣《けいれん》し始めた。人間たちは知った――魂が熊を離れたのだと。

ヒルクーンは、獣の肩の上に座り込んでいるウィキラークに近づいた。そして、舌を鳴らし、感嘆してウィキラークを見つめた。

「お前は運がいいな、運のいい奴だ！」そして煙管にタバコを詰めようとしたが、両手が震えて言うことをきかない。タバコがこぼれてしまった。やっとのことで一服吸うと、煙管をウィキラークへ差し出した。

その時やっと二人はリヂャインのことを思い出した。そのリヂャインは呆然として木の陰でうろうろしていた。

何がどうなったのか、リヂャインには訳が分からなかった。目の前のわずか三歩の距離で、まるで山の斜面が後ろ足で立ち上がり、その内部から巨大で凶暴な野獣を撃ち出したかのように見えた。憎悪に満ちた小さな赤い目、剣のように鋭い黄色い牙、泡を吹く口、咆哮……。

リヂャインは、ひとつ向こうの斜面によじ登ったとき、やっと我に返った。どうしてそうなったのか？ 熊が俺のあとを追って突進してきたのだ！ きっと追いつけなかったんだな。俺は走るのが早いんだ！ 少し待つとしよう。山を這い登ってくるだろうが、俺は上からやる方が具合がいい。槍で迎え討ってやる。だが、どこにいるんだ？ それとも逃げてしまったか？ ひょっとして、ウィキラークがやっつけたか？ ウィキラークが？ そうじゃない、熊がウィキラークの頭を打ち砕いたんじゃないか。だが、ヒルクーンは？ ヒルクーンも熊にかみ殺されたんだろうか？ それとも、やっぱり……。

リヂャインは気が進まなかったが、穴の方に戻ることにした。

ヒルクーンとウィキラークが風倒木に腰を下ろして、互いに煙管をやりとりしながら黙ってタバコを吸っていた。二人の足下には熊が横たわっている。

リヂャインは恥ずかしくて、どうしてよいか分からなかった。

「こっちへ来いよ」ヒルクーンが声をかけた。〈殴ってくれた方がいいのに。さもなきゃ、めちゃくちゃに罵ってくれたら〉リヂャインは悄然として思った。

熊は三本のナイフで、ぐるりと皮を剥がされた。リヂャインは物も言わずに根気強く後ろ足にかかりきりになった。懸命な働きでいくらかでも自分の不名誉を償いたかったのだ。

大きく数個に切り分けた。毛むくじゃらの頭を木幣《ナウ》で飾り、急ごしらえの台座に祀《まつ》った。そのあと、それぞれの仕事にとりかかった。リーダー格のヒルクーンは背負い籠《かご》を用意する。二番手のリヂャインは樅《もみ》の枝で庇をこしらえる――ねぐらづくりである。婿《ウィムヒ》の氏族のウィキラークは薪を集めた。

あたりは濃い闇に包まれた。タイガはいま上端が不揃いな扁平な壁となって、黒々と佇んでいた。近くの数本の木だけがロシア産の黒っぽいラシャ地から切り抜かれて黒い背景に糊づけされたかのように突き出ている。その背景にはもう大粒の星がきらめいていた。

夕食前、それぞれがタバコと数片の干し魚《ユーコラ》を手にして、冬眠の穴に向かって呼びかけた。タイガの神パル・ウィズングとこの地の精霊たちに穴から呼びかけたのだ。幸運に感謝している、パル・ウィズングはまことに恵み深い。パル・ウィズングに命じられて熊は舞い上がり、ウィキラークはうまく槍で心臓を仕留めることができたのだと。そのあと焚き火にあたり、みずみずしい胸肉に舌鼓を打ち、時間をかけてカバアナタケの茶をふうふう言いながら飲んだ。カバアナタケの茶を飲むと疲労はすぐに回復する。だから、タイガの住人は白樺に寄生するこのコブ状の植物を煎じた汁を好むのだ。

ウィキラークは暗くなる前に二本の乾いたカラマツを伐《き》った。そのあと、固い芯に炎がよく回るように、裂くように斧で割った。消えかかる焚き火のそばで、庇の近くのノヂヤ†が火勢を取り戻すようにと。熾火《ノヂヤ》は一晩中、同じ調子でとろとろ燃えて暖を与えてくれる。

猟師たちはくすぶる燃えかすを取り出し、熱い燃えかすの上に樅の枝を敷き広げた――これで寝床が出来上がった。熱くなった枝はぐにゃりと柔らかくなり、つんと鼻をつく樹脂《やに》を出す。松脂《やに》の匂いが立ちこめ、ウィキラークは頭が重くなってきた。横になりたかったが、ニヴフが伝説《ティルグル》無しに夜を過ごせるだろうか？

三人のうちの誰かが語り始めなければならない。ウィキラークが言った。

「アヴォングの人たちは大昔から伝わる伝説《ティルグル》を大事にしている。タイガの木が毎年、夏になると伸びていくように、時間はアヴォングの人たちに新しい伝説《ティルグル》を贈ってくれる……。あんたたちの婿の氏族《ウィムヒ》として自分たちの伝説《ティルグル》を進呈したいのだが、俺には語りの才能がないんだ」

こう言われてしまっては、舅の氏族《アフマルク》の誰かが伝説《ティルグル》を披露せざるを得ない。

「さあ！」ウィキラークは頼んだ。

沈黙に包まれた。熾火《ノヂヤ》のパチパチはぜる音だけが聞こえる。リヂャインは忌々しく思った――〈たまたま、運が良かっただけなのに、さっそく、耳を楽しませろとはな〉

ヒルクーンは煙管から手を離さずに最後の一服を吸うと、履き物の底で吸い殻をたたき落とし、ふたたび詰め直して焚き火に目をやった。それから頭をひと振りし、両手を膝に置き、前置きはいっさい抜きで、しゃがれた声で始めた。

「大きな集落に、父親もなく親類もなく、母親とふたり暮らしの若者がいた。暮らしは苦しかった。

近所の者たちと一緒に魚獲りに行く時は、櫂をまかされた。魚が沢山獲れても、若者は一、二匹しかもらえなかった。隣人たちは大量の干し魚《ユーコラ》をこしらえた。あまりに多すぎて、貯える場所もないほどだった。ところが、若者にはひと切れの干し魚《ユーコラ》もない……。

山ではワシミミズクが低い声で鳴く。夜の鳴き声は短い。弱々しいこだまが夜のしじまへ消えていく、矢が苔《こけ》を射るように」

ヒルクーンは時折り煙管を吸うのだが、吸う前にちょっと沈黙する。聞き手の待つ言葉を考え出すには一瞬で事足りるようだった。

「頼るすべのない若者は、近所の者たちと一緒にタイガへ出かけた。皆が猟をしている時に、孤児は薪を切って焚き火の番をし、茶を沸かすように命じられた。おまけに、くれる食べ物ときたら役立たずの犬にやるようなひどいものだった。腐った干し魚《ユーコラ》のひと切れを投げ与えられ、茶はほんの一口しか残してくれない。

集落での暮らしもひどかったが、タイガではもう生きていけなかった。

若者がこの先どうしてよいか分からなくなった時、タイガと狩猟の神、造物主《タイフナド》のやさしい娘と出会った。娘は可哀想な若者を憐れみ、二つの括り罠を与えた。

その罠に、非常に珍しい、聞いたこともないほど高価な獣がかかった。あまり多くは獲らな

†タイガで長く燃やし続ける火。

かった。大変に高価な獣なので、多く獲る必要はない。
若者は大きな町へ商いに出かけた。一番の金持ちの所へ連れて行ってもらった。金持ちは毛皮を見ると、天井にぶつかるほど跳び上がった。お前がほしいと言うなら、どんな大事なものでもやると言った。その金持ちには美しい娘がいた。そこで若者は言った——〈俺たち猟師はあんたたち商人と同じように、自分の言葉の価値をよく知っている。ほしいものを取るがいい、俺にはあんたの娘さんを嫁にくれ〉
金持ちにとって、これは思いがけないことだった。しかし、どうしようもない。くれてやった。金持ちは大きな舟を仕立ててやり、われらが若者は美しい妻を連れて故郷へ帰った。二人は長く幸せに暮らし、沢山の子供に恵まれたということだ……」
ウィキラークは伝説《ティルグル》が気に入った。名無しの孤児の幸運を切に願っていた。孤児と自分の間には何か共通するものがあった。二人は同じように、人生が苦難で始まるということか？ 伝説の若者には、タイガと狩猟の神が自ら幸せをさずけてくれた。そんな幸せに恵まれるのは稀だという。それも、大昔の話なのだ……。
しかし、ウィキラークも自分を幸せ者だと感じた。しかも、神が恵んだ幸運ではない、自分でつかんだ幸運だった。〈明日は集落へ熊の頭と毛皮を運んでいくぞ。祭りがすんだら、ラニグークを連れて帰ろう。伝説ほど豪勢ではないが、やっぱり幸せなことだ……〉
松脂《やに》の匂う暖気で、皆ぐったりしてしまった。そして、すぐに静かな穏やかな眠りに捉えられた。

第三十五章

リヂャインは誰よりも大きな荷物を引き受けた。前足と毛皮である。熊の毛皮は大きくて重い。背負い籠《かご》の紐は容赦なく肩を締めつける。リヂャインは地面に届きそうなほど低く身をかがめ、兄の後ろを歩いた。ヒルクーンとウィキラークが荷物を少し持ってやろうと言ったのだが、リヂャインはむっとして返事もしない。さらに熊の半分を持たされても、投げ出しはすまいと思われた。ヒルクーンには分かっていた――頑固で一徹なリヂャインは、臆病だった自分を罰しているのだ。

猟師たちは呪わしい湿地を後にした。血がにじむほど足を酷使し、もはや痛みも疲れも感じなくなり、やみくもに歩きつづけた。山にのぼる途中、煙が目に入った。誰かが彼らを待ち受けているのだ。むろん、エムラインではあるまい。まさか、カスカジークだろうか？　待つほどもなかった。木の陰からこちらへ向かって飛びだしてきたのはナウクーンだった。大型の犬に綱をつないで引っ張らせている。こうすると楽に歩けるのだ。ナウクーンは木の陰から飛びだして、疲労困憊している男たちに目をこらすと、両手を翼のように振り上げ、後ろを向いて犬に叫んだ――〈ヤー！〉

ナウクーンはまだ朝のうちから待っていたのだった。もし獲物なしで戻ってくるなら、みんなと一緒に帰るつもりだった。だがこうなると、先に帰って吉報を伝え、集落の歓迎の準備が間に合うようにしなければばならない。

峠の上でヒルクーンは荷を投げ下ろし、しゃがんで一休みした——知らせを伝える時間をナウクーンに与えてやらねば。

アヴォングの次男がウィキラークに試練を与えようと言い出したとき、エムラインは息子に賛同した。カスカジークは忌々しかった。〈この連中は何をまた考え出したんじゃ！　ろくな結納品がないので、熊の肉を食わせろというのか〉

猟師たちが出立するや、カスカジークはエムラインに向かって言った。

「大兄《ヌガフッカ》、あいつが冬眠に入ったことは、お前さんは良く知っておるじゃろ」

「冬ごもりの穴を長男が見つけ出したんだよ、秋にな。そのあと、雪が降ってからも確かめた。様子からして、主は自分の家に落ち着いたようだ」

「フー」カスカジークはため息をついた。

何やら予感がした。ウィキラークはやってのけるだろう。穴が空っぽでなければよいが。そこでカスカジークは決めた。

「行って、ナウクーンを連れてこよう！」

エムラインは驚いて、ごわごわした白髪の眉をつり上げた。

「待った方がいいんじゃないかね？　ひょっとして、うまくいかなかったら？」

だが、カスカジークは頑固にくり返した。

「行って、長男を連れてくる。今日にもじゃ」

「それじゃ、わしの三匹の犬も使うがいい」

カスカジークは翌日、暗くなる前に妻と長男を伴って戻ってきた。結納品も運んできた。茶を飲むのもそこそこに斧を取り、乾いた木を選びに出かけた。木を切り倒し、二尋《ひろ》の長さの丸太を切り取り、樹皮をはがして冬の家《トラフ》へ引きずっていった。太い方の端に熊の頭を彫り、もう一方の端は角をとって丸くする。これで打楽器《チャチド・スハル》ができあがった。この木を斧で軽く打つと、よく響く音を出すのだ。

めでたい知らせを持って飛脚が駆けつける頃には、打楽器《チャチド・スハル》は雪の中に斜めに突き立てた二本のモミの若木にぶら下がっていることだろう。樅の木は枝を払い、てっぺんだけは帽子の羽根飾りよろしく、枝を残してある。

猟師たちは集落に近づいた。

彼らがようやく径《こみち》に姿を見せたとき、打楽器《チャチド・スハル》が鳴り始めた。女たちが冬の一番の晴れ着を身につけて打楽器《チャチド・スハル》の両側に立ち、調子を合わせて丸太を打ち、祝いのリズムを響かせている。「熊の頭」のすぐ近くに立つのはタルグーク、ケヴォングたちの母親だ。祈るように小声でつぶやくと、すぐに一方の撥《ばち》を、つづいてもう一方の撥を振り下ろし、さらに二本を一緒に振り下ろした。こうして高らかな歓喜の響きが集落中に広がっていった。

女たちは狩りが上首尾だったことを知っているのだが、初めてそれを聞くようなふりをする——ニヴフの儀礼ではそんなしきたりになっている。

父さんカラスが
樅のてっぺんに止まった。
父さんカラスは木幣《ナウ》を着てる。
ぴょんぴょん、跳んでる。
〈コフ・コフ〉――鳴いてる、
〈カフ・カフ〉――鳴いてる……

カラスが長生きすることはよく知られている。いろいろな物を見て、いろいろな事を知っている。長生きするので賢くなった。だから「父さん」と敬意を持って呼ばれるのだ。そら見てごらん、父さんカラスが飛んできて、樅のてっぺんに止まった。せわしなく枝から枝へぴょんぴょん跳び回る。何を騒いでいるの？ 聞こえるだろう、鳴いているのが。〈コフ・コフ！ カフ・カフ！〉これは嬉しい知らせなのだよ。

でも、どんな知らせ？ まあ、よく見てごらん、カラスを見てごらん。木幣《ナウ》を着ているだろ――神聖な木の幣《ぬさ》を。上首尾だったのさ、上首尾だったのさ！ そら、カエデの撥も嬉しそうに晴れやかな音を打ち出している。

父さんカラスが

樅のてっぺんに……

カスカジークは木幣《ナウ》を削りにかかった。あとで、ナウクーンと一緒に樅の若木を伐り出そう。今日はかなりの数が必要になるだろう。

集落の住人は打楽器《チャチド・スハル》の音を聞きつけて、エムラインの冬の家《トラフ》に連れ立ってやってきた。アヴォング一族と血縁をもたないティルニヴグンの人たちは見物衆だ。この人たちもれっきとした客だ。上客ではないが、祝宴のときに外されることはない。

……中年の男がやってきて、薪の山に腰を下ろした。頭にはすり切れたキツネの毛皮帽、足には履き古したトナカイ皮の長靴。赤犬の毛皮の長衣を着ている。シャーマンのクターンだ。懐から小袋と煙管を取り出して、タバコを吸い始めた。

猟師たちは最後の力を振りしぼり、少し元気をとりもどして整然とつぎつぎに集落に入っていった。雪の上にじかに敷かれたモミの枝の上に履き物を投げ出し、しびれた背中をやっとのことで伸ばした。

赤犬の毛皮をまとった男がおもむろに立ち上がった。祝祭の騒ぎにまぎれて、集落の端の冬の家《トラフ》から出て行く犬橇《ぞり》に誰一人気づかなかった。シャーマンのクターンがヌガクスヴォへ馳せ向かったのだ……。

猟師たちは祝祭気分からはほど遠かった。筋肉はどこもかしこも呻《うめ》いている。痛みがおさまるには、まだ幾日もかかるだろう。ウィキラークはそれでも何とか女たちが見事に打ち出すリズムを聞き取ることができた。見まわすと母が踊っている。泳ぐように両手を動かしている。風を凌ごうとする鳥の翼のように、両手がさっと振り下ろされる。

斜めに立つ樅の若木にくくりつけられた打楽器《チャチド・スハル》が揺れ、鳴り響く。

列の端にはラニグークがいた。はにかみながらも、皆と一緒に懸命にリズムを打ち出している。

ヒルクーンの冬の家では、仕事の早いムズルークが炭火で焼きあげた干し魚《ユーコラ》を刻み、茶を沸かしていた。猟師《トラフ》たちにはまず煮溶かしたアザラシの脂がひと碗ずつ出された。力を回復するにはもってこいの方法なのだ。ウィキラークは低い卓袱台《ちゃぶ》の上にロシア産の灰色の粉でつくった焼き餅が数個あるのを見た。〈今年は商人たちがまだ来ていない。去年の粉だろうか〉

女たちはいっとき、カエデの撥を脇に置いて、仕事にとりかかった。何はさておき、神々に捧げる食べ物――供物《モス》――を用意しなければならない。それにはイトウの皮が要る。女たちはひと抱えの、いい匂いのするイトウの干し魚《ユーコラ》を運んできた。

プスールクは手早く身から皮を剝がし、お湯に浸して柔らかくし、鱗《うろこ》をそぎ落とした。イトウの皮の下ごしらえには手間がかかる。そこで、近所の婆さんたちが来て女たちを手伝う。ひと山ほどもある乳白色の皮が出来上がった。それを煮て、昔の名人たちが見事な文様を施した木桶に入れて突く。プスールクは、それぞれの木桶が誰の手で彫られたものか覚えている。名工の多くはもうこの世にいないけれども。

煮こごりは二つの大きな木桶にたっぷり用意された。プスールクはその上に凍ったコケモモの実とヒスキルという植物の根を散らした。さらに煮溶かしたアザラシの脂をかけた。これをへらで混ぜ合わせて平らにならし、寒い場所に置いた。供物《モス》はニヴフたちがさまざまな神――タイガの神、川の神、海の神――に供物をささげる際につくられる。上客や婿《ウィムヒ》の氏族の人々にもふるまわれる。

もう暗くなっていた。老人たちは祝宴を明日に延ばすことにした。エムラインの冬の家《トラフ》に客が集まり、語り部の話を聞こうとしていた。ヒルクーンは自分の家にとどまり、リヂャインはウィキラークを、自分が一人で暮らす小さな冬の家《トラフ》へ連れて行った。エムラインのもとで人々は息を凝らして、名も無い男の摩訶不思議な遠征譚に耳を傾けていた。男は八つの空を超えて九つ目の空へ渡り、七つの海を超えて八つ目の海へ渡るという。その頃、アヴォングの次男の冬の家《トラフ》では豪快な鼾《いびき》で壁が揺さぶられていた。

第三十六章

チモーシャは確信していた――目の細い人種ってのは、どいつもこいつも役立たずだ。ギリヤークにしろヤクートにしろ、変わりはない。だから、チョチュナーが実務にたけた人間になり得るとは、思いも寄らぬことだった。ちょっと楽しんだら馬鹿な考えから目を覚まして、尻尾を巻いて故郷のヤクーチヤとやらへ帰るだろうと思っていた。

秋と冬、チョチュナーは駿足のトナカイの群れと共にタイガを巡った。チョチュナーはニヴフやオロッコたちの信頼と好意、恩義に感じやすい気持を巧みに利用した。どこかの集落が困窮していると知るとニヨルグンを遣わして、小麦粉や穀物、アザラシの脂やトナカイ肉を配らせた。ヤクートは気前が良くて親切だという評判が立った。義理がたいニヴフたちは、あとでテンやキツネでもって何倍にも彼に報いた。チョチュナーは少しずつトナカイを買い付け、冬の半ばにはニコラエフスクの定期市へ行く隊商を仕立てるのに十分なだけのトナカイを所有していた。

チモーシャはどの集落に行っても住人の方が自分の所にやってくるのに慣れており、自分からタイガ地域へ出向くことはなく、そこで何が起きているかも知らなかった。チョチュナーはヌガクスヴォにはめったに顔を出さず、巧みにチモーシャを知らぬが仏にしておいた。

冬になってヤクートが定期市から戻ってきたとき、チモーシャは初めて自分の縄張りに何者を連れ込んだのかを知ることになった。

だが、チョチュナーには最初から分かっていた——遅かれ早かれ、二人のうちのどちらかがここを引き上げねばならないことを。チモーシャは簡単に屈服しないだろう。彼がニヨルグンの家を焼き払った時、チョチュナーは喜んだほどだ。集落全体を敵にまわしたのだから。おまけにチモーシャに対しては訴状も書かれている。あの測量技師は一徹で公正だから、訴状は知事に届くだろう。だが、県はなぜか沈黙している。確かに県は今、チモーシャやギリヤークどころではない。ドイツとの戦争の最中なのだから。それに噂では、ひょっとすると日本も手を伸ばしてくるかもしれない。

チョチュナーはニヨルグンと話す機会を持った。ニヨルグンはもう何日もの間、暗い気分でふさぎこんでいた。アヴォング一族がケヴォング一族に、まだ破談を申し入れていないことを知ったのだ。

「ラニグークはお前がもらうことになるよ」赤ん坊をあやすようにチョチュナーはやさしく言う。

「どうやってもらうんだい、結婚話が決まっているのに？」

「心配するな、お前の嫁さんになるさ」チョチュナーは請け合った。「俺が手を貸してやろう。春、猟がすんだら、婚礼をあげようや」

ニヨルグンは、神を信じるようにチョチュナーを信じていた。このヤクートはこれまで口にした言葉を反古にした例しはなかったから。では、どうすればラニグークをうまく手に入れることができるのか、事細かに問いただすのは具合が悪かった。ともあれ、いったんチョチュナーが言ったのだから……。とはいえ、ニヴフは決して聖なるしきたりを破ることはないのだが……。

「チモーシャの所へ行こう」思いがけなく、チョチュナーが誘った。

「行ったらいいだろう。あんたは奴の義弟みたいなものなんだから」ニヨルグンは不機嫌に答えた。

「一緒に行こうや」

「あいつは俺の家に火をつけたんだぞ。その俺が茶を飲みにあいつの所へ行くっていうのか？いやだね！」

「お前は俺の親友だ。そしてお前も言うとおり、俺はあいつの義弟みたいなもんだ」

「俺なら、あんたの義兄《にい》さんに一発ぶっ放す方がましだね！」

「シーッ！」チョチュナーは辺りを見まわした。誰も聞いている者はいなかった。

「そのうちにな」チョチュナーはあとに退かなかった。「だが、今は仲良くしろ。そうするんだ！」

このときようやく、ニヨルグンは察しがついた。チョチュナーは新しいゲームに自分を巻き込んだのだ。

……広い家の中は明々とろうそくが灯されていた。食卓はにぎわっていた。チモーシャ、その隣にチョチュナー、端にはチモーシャの妻で赤い頬のドゥーニャ、向かい側にオリガが座る。ニヨルグンは隅っこで凍ったコマイを薄く削っている。チモーシャは自分が除け者にされたような気がして、忌々しげに顔をあちこちに向けながら言った。〈つまり、秋にタイガで逢い引きして、木イチゴを摘んでいたってわけか？　やっぱり、木イチゴ摘みは女たちだけで行かせなきゃな〉

オリガは自分が密かにチョチュナーと会っていたことをこれっぽちも兄嫁に口をすべらせたことはなかった。ドゥーニャは晴れた秋の日にオリガが誰にも告げずによく森へ行っていたことを思い出した。いつも木イチゴを持たずに戻り、道に迷って、帰る道を探してたのだと言っていた。逢い引きのことは誰一人知らずにいただろう、もしも今日、チョチュナーがたてつづけに三杯呑んだあとで、ひけらかすように不意に〈オリガ、木イチゴがうまいぞ、摘みにいこうや！〉と言わなければ。

扉がさっと開いて入口にクターンが現れた時、チモーシャはなおも腹立たしい気持を隠そうとしなかった。

「オリガ、ほら、お前にもう一人、花婿さんが来たぞ！」

オリガはくすりと笑い、高く盛り上がった肩をすくめた——豊かな胸がまだら模様のブラウスの下で波打った。チョチュナーは入ってきた男を上目遣いで見上げ、挨拶ぬきで言った。

「こっちにきて座りな、花婿さん」

クターンは食卓の端に座った。チモーシャがウオッカをついでやる。

「さあ、やろうぜ！」みんなもいっせいにグラスを上げた。

「何だってコマイなんか削ってるんだ？　サケを持って来いよ！」チョチュナーが要求した。

ニヨルグンは玄関の間に飛んでいき、銀色に光る大きなサケを数匹、持ってきた。手早くするすると削った。サケのルイベにあちこちから手が伸びる。

ヌガクスヴォのみんなは、チモーシャとニヨルグンがどうやら和解したらしいのを知って驚いた。チモーシャがどんな風に金でけりをつけたのだろうと推測した。あるいは、チョチュナーが、過ぎたことは忘れてしまえとでも説得したのだろうか？

「ルイベで飲もうぜ！」ふたたびチモーシャが乾杯の音頭をとり、いかにも和やかな気分であることを見せようとしていた。ぎごちなくウィンクして見せ、ふざけたようにチョチュナーを肘でつついた。

チモーシャがみんなにウオッカをついでいる間に、チョチュナーは二匹目のサケをニヨルグンから取り上げると、自分で削り始めた。粗く不格好に削った魚を、オリガの前にうやうやしく置いた。オリガはどぎまぎした――ぽっちゃりした小さな耳がナナカマド色に染まった。そっと唇だけで言う――〈ありがとう〉大きな目は伏せられ、長い黒いまつげはパチパチと忙しく動いている。いいぞ、大したべっぴんだ！

「何をぼんやり構えているんだ！」チモーシャはチョチュナーの幅広い背中をぽんと叩いた。「俺の妹はリンゴみたいさ。婚約しろよ。さもないと、先に欲しがる男にくれてしまうぞ」

「貰って行くとも。タイガに連れて行く。タイガの女王になるんだ」チョチュナーは本気で答えた。その目は貪欲にブラウスのまだら模様のすき間を追っていた。

「連れて行くがいい。惜しがるとでもいうのか？」チモーシャは快く認めてやった。「さあ、ルイベでもっと飲もうぜ」

螺旋状にねじれたルイベはあっという間に食卓から消えた。ニヨルグンの削るのが追いつかないほどだった。

ドゥーニャは台所へ去ると、すぐさま肉を山盛りにした鉢を持って現れた。食卓の中央に据え、ナイフで胸肉を引っかけて、こう言いながらチョチュナーの前に置いた。

「食べて下さいな、たんと食べてくださいな」

クターンはバラ肉を取った。幅があって平たくて、トナカイ肉とは違う。それに何だか草の匂いもする。食べてみた。肉は汁気が少なく纖維《すじ》が多い。

「どうした、あんた、まずいのか?」チモーシャが尋ねた。

「大丈夫だ!」

肉はまったく〈大丈夫〉だった。口に合う。そこで、クターンはもうひと切れ、バラ肉に手を伸ばした。見ると、ニヨルグンはつぎからつぎへと旨そうに平らげている。

「牛肉はもちろん、トナカイ肉とは違うさ」チモーシャはチョチュナーを見て言った。そして、何の脈絡もなく、話題を切り変えた。「これでも友達だとはな。腹が立つよ。散々あちこち動き回っていながら、ここにはさっぱり顔を出さない。自分はトナカイ肉をたらふく食って腹がはち切れそうだというのに、俺は置いてけぼりだ」

「お前さんは金持ちだ。何でも持ってるじゃないか」

「俺がどんな金持ちだっていうんだ? オリガ、言ってくれよ、俺が金持ちだってか?」チモーシャは妹のオリガに向かって聞いた。そして、ため息をついて言った。「最後の牛を、今日、屠《つぶ》したんだぞ」

チョチュナーは、念入りにかじっていた骨から目を上げて言った。

「嘘ばかり言って」

「信じないんだな!」

「信じないとも!」きっぱりとチョチュナーが言う。

「オリガ、妹よ」訴えるようにチモーシャが言う。

酔ったオリガは吹き出した。

「食べて下さいな、たんと食べて下さいな」女主人がしきりと世話をやく。善良さと気前の良さにあふれている。

チモーシャはチョチュナーを抱きかかえ、よだれを垂らしながら唇に接吻した。これを見たクターンは独り言をつぶやいた――〈ロシア人てのは女みたいに唇に接吻するんだな〉クターンはシャーマンである自分が何のためにこの家に来てやったのか、主人も客も誰一人として興味を示さないことに驚いていた。

「お前の方こそ金持ちじゃないか」チモーシャが言う。

「俺が？　たった百頭ばかりのトナカイだぞ」

「それがどうした？　少ないのか？」

「千頭、持つぞ！」酔ったチョチュナーが豪語する。

「持つとも！」あとを受けてチモーシャも断言する。「テンはどれぐらい仕留めた？」

「仕留めたものは全部お前さんのものだ」チョチュナーは、ぎっしり詰まった袋を示した。チモーシャはただ驚嘆するばかりだった。

誰にも口を開くいとまを与えずに、チモーシャは声を長く引き延ばして歌い出した。思いがけなく、いい声だった。

さらば、オデッサ、

栄えある検疫所よ。
われは流刑囚、
サハリン島へ。

女たちがそのあとを引き継いで歌った。この家の者たちは歌が好きで、歌うのもうまいようだ。チョチュナーは聞いていて、良い気分だった。この風変わりな歌の歌詞が良かったのではなく、歌声のハーモニーと美しさが良かった。さらに、干からびた心から突然に流れ出た思わぬやさしい感情が心地よかったのである。チョチュナーは激しく泣き出した。そのとき、チモーシャが哀調こめて歌い出した。

たくましい、勇ましい豪傑は、
夜鳴きウグイスのよう

最初は霧をとおして見るように涙の中にぼんやりと浮かんでいた姿が、少しずつはっきりと見えてきた——あのソフィヤ・アンドレーエヴナだ。不思議なことにチョチュナーの胸の内に、心ときめく高鳴りはなかった。つよく心を惹かれ、謎めいて遠い存在だったソフィヤ・アンドレーエヴナの生きた姿を前にしたときに胸をふるわせた、あの高鳴りはなかった。忘れかけていた、かすかに捉えられるときめきがあるだけだった。ときめきとすら言えない、むしろ何か快いものの思い出だ。今ではもう胸を騒がせることもない、遠い昔の思い出だった……。

今やわれは、夜鳴きウグイス、
ひとり獄舎《ひとや》にとらわれて……

チモーシャは全身を歌に委ねていた。自ら悲しみに満たされ、居合わせる人々もそれに呼応した悲しい気分になった。チョチュナーはこの時、全く別な世界にいた。彼は今なら常軌を逸して愚かだと思われる自分の青春と争っているようだった。あの青春を軽蔑し、今の自分を権勢と富をもつ人間と見なしていた。この冬のうちに、タイガに住むニヴフとオロッコは皆、自分の配下になるだろうと信じていた。チモーシャにはむろんチモーシャの考えがあるだろう。あいつは手に入れるつもりでいる――妹の婿も、タイガの獣皮を集めるただ働きの人間も……。期待させておくさ。いま大事なのは、あいつの注意を眠らせておくことだ。あいつにはまだ力があるからな。夏場になれば……。冬はトナカイの隊商で、夏は真っ白な帆船だ！　ハハハー！……。すると、こだまが大きく返ってくる――アアアー！　山と太陽、川と雨雲、トナカイと人間、熊と犬――すべてが旋回し、ぐるぐる回り始めた。ハハハ！……アアアー！　アアアー！

〈親父さま〉がどうした！　あのブーチンだって棺桶から起きあがってチョチュナーに脱帽するだろう！

ハハハ……ハー！　アアアー！

するとまたもや霧の向こうにソフィヤ・アンドレーエヴナが見える。大きな目だ。長くて硬いまつげ。触れたら突き刺さり、棘のように心に刺さるだろう……。

チョチュナーはいきなり、肉付きのよいオリガの両足を抱きかかえて、まるで失うのを恐れるように熱くなってせっかちに言った。

「あの人だ、俺のソフィヤ・アンドレーエヴナだ！」最後の言葉は小声で、吐息と共にもれた。人々は皆、目配せを交わした。なに、もちろん酔っているのさ。

「ソフィヤ・アンドレーエヴナだなんて、何を言ってるの！　これはオリガじゃないの！　オリガよ！」ドゥーニャが笑う。

夜遅く、チモーシャの家から二人の人間が抱き合いながら抜け出てきた。橇犬に騒がれながら、隣の家に入っていった。オリガがチョチュナーを自分の所へ連れて行ったのである……。

朝方になってようやく、ヌガクスヴォの人々はシャーマンがおいでになった理由を知った。扉を激しく打つ音でオリガが叩き起こされた時、窓の外はまだまっ暗だった。チョチュナーは鼾をかいていたが、オリガは心底から怯え上がり、チョチュナーを揺さぶり起こした。男は寝ぼけていて、何の用なのかさっぱり分からない。

表でニヨルグンの不安そうな声がした。

「おい、起きてくれ！　早く早く、起きてくれ！」

ニヨルグンはアヴォへ向かう旅支度をすっかり整えていた。ニコラエフスクで絹地、ラシャ地、銀のイヤリングとブレスレット、そのほか身のまわりの品々をどっさり買い込んでいた。チョチュナーが商売で得た金を分け与えたのだ。立派な支度を整えたニヨルグンは、ニコラエフスクからすぐにもアヴォに顔を出すつもりでいたが、チョチュナーが仕事に引き留めてしまった。そうして今、知らせを受けたニヨルグンが瞬時に旅支度を整えたわけである。

六台のトナカイ橇《ぞり》が玄関前の階段の脇に並んだ時、太陽はまだ山の上に達していなかった。各橇にはさらに二頭ずつ、トナカイがつながれていた。

「ろくでなしめ、逃げ出すとはな！　娘っ子と寝ておいて、逃げ出しやがる！」チセーシャは男の声とも思われない甲高い声で叫んだ。

「どうしてそんな？　どうしてそんな、教会でお式も挙げてないのに！」ドゥーニャが泣き歌を歌うように訴える。

「行かなきゃならないんだ。人助けなんでね。一日したら戻ってくるよ。俺たちのことはちゃんと決めてあるから」チョチュナーは落ち着いてきっぱりと言った。

「やらんぞ！　オリガはやらんぞ！」チモーシャは大声でわめく。

チョチュナーは顎で合図した。ニヨルグンは肥えた三歳の牡《おす》トナカイを綱からほどき、階段口へ引いていった。細身の狩猟用ナイフをケースから取り出した。

ドゥーニャは相変わらず訴えている。

「人でなし！　どうしてそんな、教会でお式も挙げないで！」

「黙るんだ、馬鹿女！」チモーシャはどなりつけた。「それじゃ、俺たちはどうやってこの神の創り給いし世界に生まれてきたっていうんだ？　看守が神父様ってとこだ。懲役囚の寝床に女を放り込む、犬に骨を投げるようにな。そうやって、俺たちは生まれてきたんだ。もちろん、〈教会でお式も挙げないで〉だ」女房の言い方をまねて言った。

チョチュナーはゆっくりした足取りで用心深く近づいた――半ば野性のままのトナカイは臆病だ。ニヨルグンがくつわを抑えている。そっと首に手を触れ、ふるえる頭をなで、首の付け根に丸いくぼみを見つけ、そこへきらりと光る細身のナイフを突き立てた。左手でナイフを支えておいて右手をふり上げ、柄の端を掌でぐいと押し込んだ。トナカイは倒れ、細い足が震え始めた。

「大したもんだ！　いい仕事っぷりだ！」チモーシャは有頂天になった。

トナカイは手早く切り分けられた。チモーシャはすぐさま湯気の立つ肉のうまそうな部分を切り取り、胸肉、舌、心臓を女房に渡した。そして大瓶の酒を持ち出してきて、大きなジョッキになみなみと注ぎ、皆の間をひとめぐりさせた。それぞれが飲めるだけごくごくと飲み、熱い肝《きも》をつまんだ。オリガの順番がきた。ジョッキにはちょっと口をつけただけだが、柔らかくてみずみずしい肝《きも》の味わいには満足した。

客を送り出してしまうと、チモーシャは彼しか知らない歌を一人口ずさみながら、トナカイを肩に担ぎ上げ、その重さに身をかがめながら大きな納屋へ向かった。

チモーシャには明確な計画があった。チョチュナーは宿無しの放浪者だ。オリガは一緒に山を歩き回ったりはしないだろうから、ヌガクスヴォのこのチモーシャ様の家で（！）一緒に暮らすことになるさ。ヤクートの力を削いで、飼い慣らしてやろう。あれ以上の番頭は見つかるまい。タイガ中を駆けずりまわらせ、獣皮を集めさせるのだ……。

鋭いひづめが残した踏み跡の傍らで、オリガが無言で佇んでいた。トナカイに乗って去って行く男たちを目で追おうとしたが、見えなかった……。

第三十七章

……不思議な小鳥が飛んでいた。黒っぽい小鳥で、羽根の色は青みをおびている。蝶のようにひらりひらりと飛んでいた。陽を浴びて柔らかい緑色を放つ茂みを迂回し、樹脂《やに》で覆われた幹に近づいた。宙にとどまり、丸い小さな翼を音もなく羽ばたかせ、つんとした香りを放つ草の中に斜めに落ちたが、すぐに舞い上がった。ふたたび宙にとどまり、どっちへ飛んだものか思案しているようだ。

……裸足の少年が走っていた。不思議な小鳥を追って走っていた。両手を伸ばして小鳥をとらえようとしたが、小鳥は空気の流れのように手の中からするりと飛び去るのだった。

少年は小鳥を追ってひたすら走った。つかまえようとした。だが小鳥は目や唇にまとわりついて、どうしてもつかまえられない。すると小鳥は歌い出した。ラニグークの声で歌い出した。

それはひな鳥、小さなひな鳥

翼を羽ばたかせ始めた

少年は両手で触れてみた。小鳥はまたしてもふわりと飛び立った。そしてまた蝶のように飛び始めた。陽光に満たされた茂みの上を、燃えるように赤いカラマツの幹の間を。ふたたびラニグークの歌が聞こえてきた。

ひな鳥は地面に落ちる、
翼をたたみ、音をたてずに
谷地坊主の間に身をひそめる。
ひな鳥はおとなしく待つ、
頭上で爪が閉じ合わされるのを、
そして翼から、そして翼から……

やめてくれ、小鳥よ、そんな風に歌うな。どうしてそんな歌を?
小鳥は飛んでいる。小鳥は何も言わない。もうラニグークの歌は歌っていない。だが少年は一瞬たち止まっただけで、ふたたび小鳥を追って駆けていく。
身体中がどこもかしこも痛む。この痛みを振り落とせたら、この痛みから抜け出せたら。ウイキラークはゆっくりと目を覚ましていく。目が覚めるほどに全身が痛む。この痛みはどこから？　なぜ？

そのあと、低いぼんやりした人の声が聞こえた。ひっきりなしに犬の吠え声も聞こえる。ここはどこだ？　小鳥は？　小鳥を追っていた少年は？　どうして、こんなに寒いのだろう？　陽が照り、草も茂っていたのに……。寒い。ウィキラークはようやく気がついた。小鳥など、どこにもいなかったのだ。太陽も草も少年も無かったのだ！

やっとのことで半身を起こして、あたりを見まわした。リヂャインはいない。何て恥ずかしいことだ。婿たる者は勤勉さを見せなければならないのに。世間がウィキラークを一人前の男と見なすように。この男なら、妻子が凍えないようにと集落を歩き回って薪を乞うことはあるまい、その子供たちが隣近所へ行って飢えた子ガラスのような目で満ち足りた人々を見ることもあるまいと見なすように。

アヴォングの人々はもちろん、皆の集まっている所へ、用事が待ちかまえている所へ行ってしまったのだ。ウィキラークを起こさないで。どうしてだろう？　気の毒だと思ってくれたのか？　だが、ウィキラークはみんなより疲れていたわけではないのだが。

それにしても、あの夢は何だったのだろう？

あれこれ推測しているひまはなかった。皆の所へ行かなくては。毛皮外套をはおると、冬の《トラ》家《フ》を飛びだした。太陽と真っ白い雪に迎えられた。だが、雪は急に黒くなった。ウィキラークは長いこと目を細めて、まぶしい光に目が慣れるのを待った。人々が集落を歩き回り、それぞれの仕事に追われている。森から幾抱えものミザクラの木を運んでくる者、雪を踏み固めて祭りの広場を準備する者、乾いた丸太を長老の冬の家《トラフ》へ引いていく者。祭りの広場へ通じる径《こみち》の傍らに父親とナウクーンが腰を下ろしている。二人は聖なるミザクラの削り皮を集め、くねくね曲がる長い舌をもつ花冠をこしらえている。樅《もみ》の幹は樹皮から解放されて白い姿を見せ、まるで木ではなく白い裸身を見るようだ。このあと樅の木は護衛兼使者として熊の魂に付き添い、至高の精霊クールングのもとに行って人々の願いごとを伝えるのである。

人々の願いごとはたくさんあった。冬の猟が多くの獲物をもたらすように、一族の誰も患ったり死んだりしないように、集落にもっと多くの子供たちの声が響くように……。いちばん丈の高い樅は長老の冬の家《トラフ》近くに立てられた。天に届くほど高く突き出た木の梢が、そして先端をコケモモの果汁で染められた木幣《ナウ》のざわめく舌が、あまねく世界に告げた――祝宴の始まりだ！　古い氏族のアヴォング一族はありとあらゆる人々を招いた。今日、旅の途中で集落に居合わせた人も、招待されて来た客も、忙しいアヴォングたちの手伝いに来た人も、一人残らず全員が招かれた！

華やかな晴れ着の長衣をまとった女たちは撥《ばち》を手に粛然と立っている。木に彫られた熊の鼻にコケモモの果汁がかけられる。こうして熊の魂のご機嫌をとるのである。

祭りの広場は踏み固められ、四本の樅の木で仕切られている。空に伸びる枝の先には木幣《ナウ》がつけられて、さらさらと音をたてている。女たちは打楽器《チャチド・スハル》の前に並ぶ。先頭に立つのは、やはりウィキラークの母親だった。端に立つのは、やはりラニグークだ。自信なげに撥を振り上げて演奏に加わり、うまくいかない時もある。ラニグークはどうしたのだろう？　それになぜ父親は陰うつな顔をしているのだろう？　ナウクーンも目をそらしている。

ベルトに吊された丸太は、波間の舟のように揺れている。低いどよめきのような音が正確な連打で打ち出され、音は次第に大きくなり、時化《しけ》の日に岸の岩場から響くような轟音へと変わる。そしてほら！　……白い魚が泳ぎ出るように集団の中からするりと出てきたのは誰だろう？　ムズルークだ。アヴォングの女たちは美しい装いをこらしている。イトウの魚皮でつくられた白い長衣には華やかな文様がほどこされている。古代から伝わるその図柄は、晴れた青空と朝焼けの真紅の色で目を楽しませてくれる。アヴォングの女たちは美しい。すらりとしてしなやかで、燃えるような頰と柔和な目をもつムズルークは、皆の視線を惹きつけていた。太く長い下げ髪は二本の川のように、きちんと整えられた小さな頭から背中へと流れ落ちている。早春の満月の夜、銀色に輝く雪の上に白樺が黒い影を落とすように。刺繡模様のあるアザラシ皮の長靴をはいた足は音もたてずに歩みを進め、まるで遠くへ走り去る波を追って彼女を運び去ろうとしているようだ。

タルグークは目立たぬように撥を脇へ置き、思案するように少し立っていたが、決心がついたようだ！　小刻みな足取りですべるように進み、踊っているムズルークと並んだ。その踊りのみごとなこと！　アヴォングの女たちに特有のしなやかさはなかったが、軽く曲げて上に持ちあげた両手、ほどよく敏捷な動作は、タルグークの踊りに端整な美しさと節度を与えている。身体のひとつひとつの動きを、両手の複雑な仕種がなぞっていた。

ナウクーンとウィキラークはいつも仕事に追われる母親を見慣れていた。炉の番や家事で、朝焼けから夕焼けまで仕事から解放される時がなかった。目はいつも何かを追っていて、頭上の空を見上げるひまもない。それが今……。

カスカジークは妻を眺めながら、しばらく我を忘れていた。煙管の煤《すす》けた中から立ちのぼる煙がいまにも途切れそうだ。ふと気づいて煙管をくわえ直し、あわてて吸った。最初だけ、かすかにタバコの匂いと味がした。妻は相変わらず踊りつづけている。音楽を奏でる者たちまで、ケヴォングの女にうっとり見とれていた。カスカジークは履き物の裏でぽんと吸い殻をたたき落とし、キツネの毛皮帽を横っちょにずらし、頭をごしごし掻いて、ただこう言った。

「へへ……」

第三十八章

ウィキラークが姿を見せ、父親は現実に引き戻された。当惑したように息子を見た。

「すぐに俺も……」せかせかとウィキラークがしゃべり出したが、カスカジークはさえぎった。

「まず、長老の家《トラフ》に顔を出せ」

父親は腹立たしげな様子だ――不機嫌そうに眉をひそめ、唇は端が白くなるほどきっと一文字に結ばれている。ウィキラークは訳が分からず、足を出しかけたまま立ちすくんでしまった。カスカジークは命令するように顎で合図した。呑み込めないまま、ウィキラークが端の冬の家《トラフ》へ向かうと、六台のトナカイ橇が目に入った。一台の橇に二頭ずつ大型のトナカイがつながれている。その後方にさらに二頭ずつ、トナカイがつながれていた。橇は長く、蔓《つる》で編んだ背もたれがついている。すでに荷は下ろされていた。橇の様子とアゴヒゲアザラシ製の立派な首輪からして、名士の一行がやってきたことは容易に見当がつく。何の用でお越しになったのだ？　おそらく、熊祭りの話を聞きつけたのだろう。タイガでは、噂はあっという間に広まるから。

冬の家《トラフ》の入口で、ウィキラークはまず長靴の雪を払い落とし、来訪を知らせるために咳払いをした。よじれたベルトを引くと、音もなく扉は開いた。前屈みになった——そうしないと、梁に頭をぶつけてしまう。肉の煮えた匂いが鼻をついた。ウィキラークは今やっと空腹を感じた。寝過ごしたので朝食は食べずじまいだった。しかも、もう昼飯の時刻を過ぎている。

主人側と客は食卓を囲んでどっかと座り、うまそうに料理を頬張りながら、ことさらに大声でしゃべっている。入ってきた者を見て、皆は口をつぐんだ。ウィキラークは気がついた。こんな場合、ヒルクーンは主人側としてすぐに挨拶するべきなのに、むしろまごついているようだ……。

食卓にはほかにも二人いた。衣服は布製で、履き物だけはトナカイの毛皮だ。トナカイ皮と犬の毛皮でできた外套が寝床の上に放り出されている。一体、何者なんだろう？

客たちは入ってきた男をじろじろ眺め、黙って顎を動かしていた。ヒルクーンがついに立ち上がり、曲がった足でためらいがちに近づいてきた。ウィキラークは思った——〈俺もあちこち痛い。身体を動かすのがやっとだ〉

舌がしびれたかのような重い口調で、ヒルクーンは言った。

「一緒に茶を飲んでくれ」

してみると、客と主人はすでに、神秘の力をもつ水「アラク」に口をつけたのだ†。ウィキラークは以前にもこの液体を味わったことがあった。普通は指を浸して、その指をなめた。アラクが嫌いなわけではないが、ケヴォでは、めったにお目にかかることがないからだ。

「誰だい？」美しい丸顔で、すばしこい目をした若い男が尋ねた。

「ケヴォングの次男だ」ヒルクーンが答えた。

「ほおーっ！」男は急に立ち上がった。

座っていた男たちは、なぜかたじろいだ。だが、もう一人の客が敬意の口調で言った。

「勇敢な若者だ。お前さんの獲物をご馳走になっているところだ。お前さんは幸運だ、そしてこの獲物は、これからも長く幸運に恵まれることを約束している」

〈誰だろう？　弁髪だって無い。シャーマンか？　もしシャーマンなら、どうして普通の身なりをしているんだ？　シャーマンでないとしたら、どうして俺のずっと先のことが分かるんだ？〉ウィキラークは測りかねて気をもんだ。

その男はつづけて言う。

「俺はお前さんの獲物を食べている。俺の友人たちもお前さんの獲物を食べている。聞いてくれ、ケヴォングの人よ。お前さんは勇敢で幸運に恵まれている。ニヴフはいつだって、そうい

†ニヴフはウオッカや酒を「アラク」と呼ぶ。この言葉はチュルク・モンゴル系の言葉「アラカ」を語源とする。

う人物を尊敬してきた。だから、俺たちもお前さんを尊敬する。この陽気の水を飲んで、俺たちの敬意を受けてくれ」そう言って陶器の茶碗を差し出した。色のついた透明な液体で満たされていた。ウィキラークは茶碗を取った。これほどの量のアラクを飲んだことはなかった。これをたっぷり飲むと、この世ならぬ力が身に宿り、精霊たちと話ができると言われている。

ウィキラークはアラクの効き目が現れる瞬間をとらえたいと思い、ゆっくりと飲んだ。耐え難い苦さとひりひりする熱さを感じた。だが顔もしかめず、そんな様子を見せなかった。喘ぎそうになったが、息を止めて何とか喉の違和感を抑え、口から茶碗を離さなかった。この男を見かけたのは、どこだったろう？

客はウオッカをみんなに注ぎ、注ぎ忘れた者がいないか心配するように、周囲を見まわした。うす青い陶器の茶碗を取り上げ——茶碗は男の大きな手の中で急に小さくなったように見えた——炉辺で忙しく働いていたムズルークに、わざとらしく丁重に差し出した。

ウィキラークの目の中で炎の舌が踊り出した。炎がぱっと燃え上がり、ロシア式の丸太造りの家が無数の火花を散らして崩れ落ち、灰となった。ニヨルグン……ニヨルグン……。〈どこから、何のために？　俺たちのケヴォにはめったに人が来ない。でもここじゃ、俺たちが来たばかりだというのに、ほかの客たちもふって湧いたようにやってくる〉重く沈んだ頭がずきずきと痛んだ。〈アヴォの近くには人が多いから、客も多いんだろう〉酔いつぶれたウィキラークはやるせない気持で自分に言い聞かせながら、たわいない結論に傾いていった。

カスカジークは苛立っていた。木幣《ナウ》は十分な量を削った。それなのに、長老の冬の家《トラフ》は黙り《だんま》を決め込んでいる。このあとは、どうなるのだ？　女たちはやるべき仕事をとっくに片づけてしまい、今は打楽器《チャチド・スハル》も踊りも終えて休んでいる。好奇心にかられ、ご馳走が並ぶ食卓から何がしかもらえるものと当てにして来た人々は帰り始めた。冬の家《トラフ》では何やらえらく長びいているようだ。客が来ているのだ、もちろん偉いさんのご一行だ。立派な橇で、それに大層な積み荷だ。どうやら、商品をたっぷり積んできたようだ。それにしても、大事なのは熊祭りではないか。ところが、一族が揃って冬の家《トラフ》に閉じこもったきりだ。アヴォングたちは分別を失ったのか。いや、この客たちはもちろん、下心があってやって来たのだ。

すでに夕闇が集落に下りていた。

カスカジークは雪に両手を突いて身体をあずけた。指は火傷したように熱く、一瞬で濡れてしまった。〈熱いな、よく働いた〉ケヴォングの長老は自分の手のことを何だか他人事のように言って、背中を伸ばした。腰がにぶい呻きをあげた。ゆっくりとためらいがちに長老の冬の家《トラフ》へ向かった。富裕な人々の前にしゃしゃり出たくなかったし、それに、他人の問題に口をはさむものではない。アヴォングの人々がトナカイ橇の到着を喜ぶのを見たとき、胸の中で何かがぷつりと切れた。この連中が来るのを待っていたのか！

カスカジークは戸口の前で咳払いして、扉のベルトのてかてか光る結び目をしばらく握っていたが、静かに引き寄せた。食べ物のつんとする匂いと酒宴の喧噪がどっと押し寄せてきた。人々はすぐには彼に気づかなかった。主人側も客も話に夢中になり、声の大きさと言葉数の多さを競い合うようにしゃべっていた。ウィキラークは皆に忘れられて、端っこに座っていた。頭は深く垂れている。〈つぶされたな〉――カスカジークはがっかりした。皆が気づいた。ムズルークがはっと気がつき、もの柔らかに言った。「こっちへ入って下さいな」

それまで盛んに身振りを交えてしゃべっていたエムラインは、口をつぐんで上目遣いに見上げた。

腹が容赦なく、しくしく痛んだ。ケヴォングの長老は朝から何も口にしていなかったのだ。小さな茶碗で一杯やっただけで、いきなり頭がくらくらした。そこで今度は食べることに専念した。まず、時季遅れの身の痩せたサケのルイベ、そのあとトナカイ肉の煮込みだ。

急いで飢えを満たすと、息子の方を向き、忌々しげに大声で言った。

「仕事が山ほどあるというのに！　こいつは座り込んでアラクを飲んでる。そんな場合じゃない！」

主人側は、はっとして振り向いた。冬の家《トラフ》にいた者は皆、はっきりと分かった。長老が叱った相手は息子ではなく主人側なのだと。息子の偉業をなおざりにしたと叱責したのだ。そして、長老が語気を強めたことは、挑戦的と見なされた。

〈大した爺さんだな！〉ニヨルグンは敬意の眼差しで、きちんと編んだ白髪頭としわの多い脂っ気のない顔を眺めた。

チョチュナーは、好奇の目でカスカジークを見ていた。カスカジークのことは、むろん覚えていなかった。去年、ヌガクスヴォで会ったのはわずかな時間だったし、それに、あの頃はニヴフといったら、どれもこれも同じ顔にしか見えなかった。だがカスカジークの方はようやく薄闇に目が慣れ、ヤクートのあの男と分かって驚いた。ニヨルグンのことはすぐに思い出した。前にもこうしたことはあった。熊祭りの時にはシナ人もヤクートもロシア人も、どこからか現れるのだ——驚くことはない。だが、ニヨルグンはただ見物するために来たのではないだろう。それに、こんなに浴びるほどアヴォングたちに飲ませたのも、理由があってのことだ。この先、どうなるのだろう?

「仕事が山ほどあるのに、お前はぼんやりしとる!」今度はいくらか穏やかにカスカジークは言った。

あたりは静まりかえった。物を食べる者もいなかった。ムズルークだけが炉辺にかがみ込んで何かしようとしていた。

「友《ヌガフッカ》よ、何が起きたのじゃ?」ケヴォングの長老がアヴォングの長老に向かって言った。

さらに少しの間、静けさが続いた。エムラインは黒い犬の毛皮に腰を下ろし、深く頭を垂れ、ゆっくりと前後に身体を揺らし始めた。低い悲しげな歌声が響いたとき、誰も驚きはしなかった。

エー、エー、フィ・フィー!

エー、エー、フィ・フィー!

全能の精霊《クールング》はわれを憐れまず——

長生きさせてわれを罰した。
谷間と山々をめぐり歩いたが――
命を落とすことはなかった……

エー、エー、フィ・フィー！
エー、エー、フィ・フィー！

悪しき精霊たちよ、いったい、どこにいるのか、
ぬかるみの湿地、沼、湖――
どこへでも足を運んだ！
くたばることが、もしできぬなら……

エー、エー、フィ・フィー！
エー、エー、フィ・フィー！

空が矢で射殺《いころ》してくれたらよいものを、
水が呑み込んでくれたらよいものを、
獣が引き裂いてくれたらよいものを、

ウジ虫が蝕んでくれたらよいものを、

エー、エー、フィ・フィー！

正直で善良なケヴォングの長老よ、
みじめなわが良心を責める者よ。
そなたの腕は強く、怒りは納まることがない――
打つがよい、われがそなたの舅であることを忘れて！

エー、エー、フィ・フィー！
エー、エー、フィ・フィー！

打つがよい、犬を打つように、われを憎んで。
打つがよい、盗っ人を打つように、死ぬほどさげすんで、
われは人間らしい姿を失った、
われを打つがよい、打て！　もしできるなら――殺すがよい！

そこへ突然、大音響、叫び声、鳴り物の音、咆哮が響き渡った。

ガラン・ガラン！　ドン・ドン！　ガラン・ガラン！

ガラン・ガラン！　ドン・ドン！　ガラン・ガラン！

角型をした空洞の金属製の鳴り物が、耳をつんざくような音をたてた。ガタンドシンという重くのしかかる連続音が耳を聾する太鼓の咆哮にかき消された。〈いつの間にこんな支度をすませたのだろう？〉ウィキラークは苛立ち、忌々しい気持で思った。

ついさっきまで隅に座って目立たなかったクターンは爆発したかのようだ。太鼓の轟きと共に冬《トラフ》の家の真ん中へ跳びこみ、燃えさかる炉を背に黒々と恐ろしい姿で身をくねらせ、跳ね上がり、悪魔の踊りを踊っている。

ガラン・ガラン！　――うじ虫のようにくねくねと歩く。

ガラン・ガラン！　――弓のように反りかえる。

ドン・ドン！　――もじゃもじゃ頭の上に太鼓を持ち上げる。

ガラン・ドン！　ガラン・ドン！　――ぴょんぴょん跳ねて太鼓を打つ。

――ハァーィ！　ハァーィ！　――何かを怖れるかのように、大声で叫んだ。――ハァーィ！

ハァーィ！

ドン・ドン・ドン・ドン！　ドン・ドン・ドン・ドン・ドン！

ガラン・ガラン・ガラン・ドン！　ガラン・ガラン・ドン！

悪しき精霊たちはいつ冬《トラフ》の家に入り込んでくるかしれない。気づかれぬように、目につかぬように薄暗い隅にひそみ、機会をねらっているのだ。

先祖の霊との交信を邪魔させないために、シャーマンは悪しき精霊を冬の家《トラフ》から追い払う。先祖の霊は、これからどうすべきかを教えてくれる。

ドン・ドン！　ドン・ドン！　ガラン！

ガラガラが鳴り響いて、ぴたりと止んだ。シャーマンはウィキラークの頭上を見やり、戸口の方向へ跳ねて叫び出した。

「フィチ！　フィチ！」

太鼓の音を轟かせ、ガラガラを鳴らす。炉へ向かって進み、勝ち誇ったように両手を振りまわし、布きれにくるまれた柔らかい撥《ばち》で静かに均等の速度で太鼓を打ち始めた。クターンは冬《ト》の家《ラフ》から精霊たちを追い払った。これでもうシャーマンが悪さをされることはない。

隅の方で息をひそめていたムズルークは胸をなでおろした。冬《トラフ》の家にはもう悪しき精霊はいない。そしてクターンは正しい思念と善なるものの守護者である先祖の霊と会話するのだ！

〈次はどっちへ向かうのだ？〉カスカジークは緊張して待った。〈シャーマンが具合良くやれるようにするのだ。わしらに善を願う人みなにシャーマンが会えるように。誰にもシャーマンの行く手を邪魔させてはならん〉

クターンはすでにすべての生けるものの上を昇っていた。雷鳴と轟音に伴われた勝利の上昇だ。だがそのあとの、痙攣するような身震い、力なくだらりと振り上げられた両腕、ひゅうひゅうと鳴るせわしない呼吸は、これがシャーマンにとってどれほどの苦行であるかを人々に語っていた。ウィキラークは前のめりになっていた。若者はシャーマンの苦しい道のりを助けたかった。だがシャーマンは、まるで失神したみたいに丸太のように伸びて、うつろな目を部屋の隅に向けた。

「これは何だ?」不安そうにガラガラが鳴る。

「これは誰だ?」不安を打ち負かすように太鼓が鳴る。

「お前は誰だ? お前は誰だ?」クターンはわめき、熊のようにジャンプして、目に見えない敵に攻撃をしかけた。

ガラン・ガラン! ドン!

ガラン・ガラン! ドン!

ムズルークは不安になった。シャーマンの行く手に誰が現れたのだろう?

ケヴォングたちは不安になった。この上、誰が現れたのか? すべてうまく運んでいたのに、要らざる遭遇があるとは。

〈シャーマンはシャーマンに出会ったのだ〉なにごとにも精通しているカスカジークはそう判断した。こうなってはシャーマン同士の決戦は避けられない。果たしてクターンは大声をあげた。

「タルギン! タルギン! チルング……ティゴ[†]」

クターンはしゃがみこんだかと思うと、太鼓を叩きながら跳びはねた。シャーマンはひるむことなく攻撃した。だが、ウィキラークは懸命に思い出そうとしていた——タルギンという名の人物は誰だったろう。若者は幾度もこの名前を聞いたことがある。この名前が口にされる時は嘲笑がつきものだった。そうだ、これは俺たちのシャーマンだ。ケヴォング一族のシャーマンだ。ウィキラークが物心つくかつかぬ頃にあの世《ムルイヴォ》に去った人物だ！　その予言がめったに的中しないことで知られていた。タルギンが死んだ後しばらく、あちこちの集落でひとつの出来事がくり返し話題にされた。それはタルギンが若い駆け出しのシャーマンだった時のこと。腕の良い猟師と言い争いになった。腹を立てたタルギンは残酷極まりないやり方で復讐することにした。猟師がタイガに出かける夏と秋を待った。その時が来て、駆け出しのシャーマンは一晩じゅう霊と交信し、疲労困憊して意識を失い、倒れ込むほどだった。ぜひとも、あの思い上がった、と彼が見なす男を罰してやりたかった。あの男の足下で氷が割れ、男の罠が空っぽに終わるようにしてやりたかった。この恐ろしい交霊は集落の住民の知るところとなり、人々は善からぬシャーマンに恐れを抱き、不安な気持でタイガからの知らせを待った。ところが、狩猟シーズンが終わろうとする晴天つづきのある日、人々は猟師の姿に驚いた。ひどく疲れた様子だが、無傷で、ぎっしりと獲物を詰め込んだ背負い袋をかついでタイガから出てきたではないか。猟師には村人たちの心配そうな、物問いたげな視線が理解できなかった。〈氷の下に落ちなかったか？〉――村の者は尋ねた。〈いや〉――猟師は答えた。〈テンはたくさん捕れたか？〉〈たくさん捕れた〉――猟師は答えた。〈病気もしなかったのか？〉――また尋ねる。〈しなかったよ〉――猟師は答え、こんな奇妙な出迎えには合点がいかぬ、という風に村人たちを見やった。

† 「ティゴ」は最も強いニヴフの侮蔑語。こう言われたら、少しでも自尊心を持つ人間は挑戦に応じなければならない。

それ以来、ニヴフたちの間でタルギンを信用する者はほとんどいなくなった。ひどく困窮している者だけが、二、三枚のサケの干し魚《ユーコラ》を謝礼に、タルギンに来て貰っていた。

ドン・ドン・ドン・ドン！
ドン・ドン・ドン・ドン！

クターンは首を伸ばしてかしげ、耳をすました。どうやらタルギンはクターンに同意しないようだ。太鼓が鳴り出し、ガラガラは猛烈な音を響かせる――ウィキラークは歯が痛み出したほどだ。クターンはむろん、こう言ったはずだ――みんなに手を貸してやらねばならない、ケヴォング一族の嫁取りが進んでいるのだと。苦しそうだ、ああ、クターンはいま難儀しているのだ――みんながクターンに正しい言葉を期待している。それなのにタルギンは、タルギンの馬鹿者はどうやら、どうすべきか助言するどころか、苦しみながら真実をめざすクターンの邪魔をしているらしい。

「どうしてこのろくでなしが現れたんじゃ⁉」

憤怒の言葉を発したのはカスカジークだった。ケヴォングの亡きシャーマンのことはよく知っていた。カスカジークはこの男が生きていた時にも、侮りの気持を隠す必要はないと考えていた。おしゃべり、ほら吹き、やっかみ屋といった連中にも、意地悪な人間にも我慢できなかった。タルギンがあの世にいった時には、この世がきれいになったぞとほっとしたぐらいだ。

「奴をやっつけろ！　犬野郎をやっつけろ！」カスカジークが要求した。

　クターンは疾風のように無言で座っている人々の頭上をさっと飛び超えた――タルギンが攻撃に転じたようだ。一方、クターンは太鼓で身をかばい、長い跳躍をして強力な打撃を加えた。歓喜の雄叫びと勝ち誇る太鼓の響きはクターンの優勢を意味していた。

「畜生、い……犬め！　わしらの不幸を望んでいたんだな！」カスカジークはいろいろな言葉で、タルギンに対する侮蔑を強調した。ケヴォングの長老はクターンという生きた知恵あるシャーマンの歓心を買おうとして、あからさまに取り入った。シャーマンが他の氏族に味方することはないと知ってはいたのだが。しかし、どうしようもなかった。カスカジークは何でもやってのけた。シャーマンがどちらに傾くのか分からない振りすらして見せた。

　ウィキラークは父の胸の内をすべて知ることはできなかったが、父が奇妙な振る舞いをしていることは分かった。こんなことは、これまで一度もなかった。胸が締めつけられる思いで、喉が痛くなった。何か固い鋭いものが喉につかえているようだった。〈俺たちには運がないんだ、運がないんだ。ここを出た方がいい。それとも、いっそ死んだ方がいい〉ウィキラークはかろうじて涙をこらえていた。

　そのとき暗闇の中で――すでに火は消えて、煙出しの穴《トムス・クティ》から輝く星が見えていた――ガラガラは止み、太鼓も鳴りをひそめた。かすかな物音と苦しそうな息づかいだけが交霊が続いていることを語っていた。シャーマンは敗北したタルギンのもとを離れた。タルギンはもちろん、みんなに不幸を望んでいたのだ。さもなければ、どうしてクターンが怒ることがあろう？

クターンはひとり高く飛翔して周囲を見下ろし、何かつぶやいていた。助言者《テフング》の霊を呼んでいるのだ。ほら、風も止んだ。ひっそりと静まりかえった中で、つぶやきだけが聞こえた。

「クィニガン！　クィニガン！」声も嗄れて、ぐったりしたクターンが呼ぶ。

そんな名前は、ウィキラークは聞いたことがない。ケヴォングの次男はすっかり酔いも覚め、尋ねるように父を見た。こんなときでなかったらカスカジークは許嫁を失いかけているこの物わかりの悪い不幸な青年に返答など与えなかっただろう。クィニガンとは、エムラインの父親だった。亡くなってから七十アニ〔三十五年〕ほど経つ。自分の息子に何を言うだろう？　おそらく、息子が望んでいることを言うのだろう。エムラインのやり方は手が込んでいる。先祖のしきたりから逃げだそうとして、一体、どれほどのウオッカをニヨルグンと飲み交わしたことか。それに、贈り物も受け取ったようだ。だが、どうやってしきたりに叛《そむ》くつもりなのか？　そうなったら、役立たずの犬と同じように殺されても仕方のないことだ……。

「どうすればよい？　どうすればよい？」クターンは問いかけた。

冬の家《トラフ》の中は静まりかえった。英知と権勢を手にする資格を息子に遺した故人の霊は、何を言ったのだろう。

クターンはそっと穏やかに太鼓を打った。太鼓と言葉を交わすようにガラガラは軽い響きをたてた。それで人々はクィニガンが善い言葉、正しい言葉を告げたものと理解した。〈偉大で賢いクィニガンよ。お前さまはわたしらのもとを去り、立派な知恵も一緒に持ち去った。その知恵を戻しておくれ。今日、エムラインにその知恵を授けておくれ、わたしらのシャーマンのクターンの口を通して伝えておくれ〉心ひそかにムズルークは懇願した。これでもう誰も先祖のしきたりを踏み外すことはあるまい、あの子は真正の婿のものになるだろうと確信しながら。

〈わしは何というやくざな人間じゃ――死んだ者をこんなふうに悪く考えるとは。あいつの魂は見逃しちゃくれまい。もしどこかでわしが不幸な目に遭っても、悪いのはわしの方だ。死んだ者をこんなふうに悪く考えてはいかん〉カスカジークは自らを責め、思った。〈年を取ったから、怒りっぽくなったんだ〉

ムズルークはとっくに消えたかに見える炉に慎重に手を加えた。火が起きて、人々の張りつめた表情を闇の中に浮かび上がらせた。良き知恵の庇護者であるアヴォング一族の賢明な故人の霊との交信を続けたクターンは、その困難な道のりに疲れ果て、四つん這いになった。そしてそのまま、片手をぎごちなく曲げ、もう一方の手を頭の後ろに回して、ごろりと横向きになった。

エムラインはさっと駆け寄り、頭を持ち上げて、ひと碗のウオッカを口に注いでやった。相手はむせかえりもしない。エムラインはシャーマンのトナカイ皮の帽子を見つけると、頭の下に敷いてやった。

「立派なシャーマンだ」ニヨルグンが低い声ながら皆に聞こえるように言った。

「自分に集中させておこう。大事な言葉をわしらに伝えねばならんのだから」エムラインが言った。

カスカジークはクターンがどんな言葉を発するかまだ知らなかったが、自分は欺かれたのだとすでに感じていた。〈犬だ、お前たちは犬だ、ペテン師ども。盗っ人とペテン師どもだ。こんな連中は、ニヴフは見たこともない！〉この上なく恥知らずなやり方で欺かれたのだ。憤怒と忌々しさと憎悪がカスカジークの中で煮えたぎった。どうしたらいいのだ？　どうしたら？　カスカジークは、いつも仕事熱心で気性の良い、愛する息子の物問いたげな眼差しを見て、その汚れのない正直な若者の目を平手で強く打った。

第三十九章

……何やら惨めたらしい、痩せて髪の乱れた、トナカイ皮の古外套を着た男が、カスカジークの方へ近づいてこようとしていた。その男は全身が前のめりで、曲がった足で歩くのが難儀そうだ。両手は流れに逆らって泳ぐような動き。まるで目に見えない綱につながれて一歩も近づけないみたいだ。おかしなことだ。陽が照り、風はそよとも吹いていないのに、男は一歩も進めない。誰だろう？　どうして欲しいのか？　カスカジークは好奇心にとらわれて、自分の方から近づいていった。ひどく驚いたことに、ずっと昔に亡くなったケヴォング一族の悪いシャーマン、タルギンではないか。〈そちらからわしに近づいてきてくれるとはありがたい。わしは怒ったりはせぬ、わしの霊を敬わなくても、わしの悪口を言っても。お前とわしは同じ氏族の人間だ。だから手を貸してやろう。神聖な儀式を中断したら、山とタイガの神《パル・ウィズング》はアヴォング一族を厳しく罰するだろう。熊はわしらのものではない。山とタイガの神《パル・ウィズング》はアヴォングに冬眠の穴の場所を教えたのだ。だから、熊は彼らのものだ。お前はしきたりを知っておるだろう。穴を見つけた者は、熊の頭蓋を大切に保存し、山とタイガの神《パル・ウィズング》と話す。もし儀式を中断したら、責めを負うのはアヴォング一族だ……〉

カスカジークは誰よりも早く目を覚ました。まだ暗かった。炉はかすかに燠《おき》が残っているだけだ。夜中の火の番がおろそかになった――家の主たちが酔っていたから。灰に被われて灰青色になった炭火の上に太いカラマツの枝をのせた。老人は気分が楽になった。あの不安と苦しみに苛まれた刻《とき》がなかったかのようだ。今や、どうすれば良いか分かった。礼を言うぞ、タルギン、礼を言うぞ。

カスカジークは勝利の薄笑みを浮かべて、眠っているエムラインに刺すような憎悪の視線を向けた。相手は暗闇のなか、戸口から遠い板床の上で苦しそうな寝息をたてていた。以前と同じ姿勢で土間に横たわっているシャーマンには目もくれなかった……。

熊の神聖な部位《ウィフラフ》は、すでに冬眠の穴の前で、ヒルクーンとリチャインによって丁寧に切り取られている。背中の肩胛骨の間にある分厚い脂肪、腿のつけ根と胸の前面部の脂肪である。神聖な部位《ウィフラフ》は別の火で焼かねばならない。他の神聖な部位も同様だ。頭、舌、胸肉、肝臓、喉、上部三本の肋骨、心臓、足の大きな筋肉と腱など、熊の力が宿る部位である。カスカジークは掟をよく知っている。その後、舅《アフマルク》の氏族の人々は神聖な部位《ウィフラフ》を特別な聖なるナイフで細かく切り刻む。そして祭りの最終日、賓客に席についてもらう日に、神聖な肉片は美しい木の椀に盛られて、来賓の婿《ウィムヒ》の氏族に供されるのだ。このあとようやく、最も重要な儀式――熊の魂を偉大な山とタイガ《パル・ウィズング》の神のもとに送る儀式――を始めることができる。熊祭りはニヴフの最も神聖な、重要な祭りだ。だから儀礼に違反する者は誰ひとりいない。そんなことをすれば、山とタイガ《パル・ウィズング》の神は違反者に飢えと病を送り、下僕の熊を差し向ける。違反者の手足を利かなくし、視力を奪い、ついには獣に引き裂かせるのである。幾世紀も守られてきた古いしきたりを侵そうとする者はいない。だがカスカジークは、これを侵すのだ！　他に選択の余地はなかった。アヴォングたち自身が、これに劣らぬ神聖なしきたりに違反して、婚約の決まった娘を他の男に与えようとしたではないか。カスカジークは儀式を中断させ、山とタイガ《パル・ウィズング》の神の危険極まる憤怒を呼び招こうとしている。だが憤怒は、ケヴォング一族にふりかかるのではない。ケヴォングたちは舅《アフマルク》の氏族の要求を果たして、熊の身体を手に入れたに過ぎない。憤怒がふりかかるのは、本当の罪人たち――アヴォング一族である。偉大な全能の山とタイガ《パル・ウィズング》の神は彼らに冬眠の穴を教えてやったのだから。山とタイガ《パル・ウィズング》の神は彼らをこらしめるだろう。そして、この前代未聞の出来事は言い伝えとなり、口から口へ、世代から世代へと語りつがれ、誰の心にも卑劣な欺瞞が入り込まぬよう、すべての人にとっての教訓となるだろう。

　　父さんカラス！
　　父さんカラス！

華やかに着飾った女たちが、集落の寝坊した住人と客を祭りの広場へ呼び招いていた。カエデヤミザクラの撥《ばち》が連打音を高く響かせる。その響きはどんどん大きくなり、秋の渚に打ち寄せる波のように集落中を駆けぬけた。雪の中で心地よく寝た犬たちは何か物憂げに鼻を鳴らした。樅の木は連打音に合わせて先端の梢を揺らしている。今日は祭日、熊祭りの二日目だよと。

宴会だよ！　大宴会になるよ！
みんな、腹一杯たべられるよ！
みんな、来ておくれ！
来ておくれ！
みんな、腹一杯たべられるよ！

女たちは自分の仕事を心得ていた。夜なべして、干したゴイ†の皮を剥いで鱗《うろこ》を取り除き、その皮を水に浸《つ》けて白くなるまでこすり上げる。それをたっぷり一抱え用意して、大鍋で夜半までじっくり煮込む。それから熱いゼリー状の煮こごりをいくつもの大きな桶に注ぎ分け、凍ったコケモモとゆでた百合根を加え、煮溶かしたアザラシの脂肪をたっぷりふりかけ、廊下に出して固める。ゴイの身を少しばかり犬たちに与える。犬は進物の荷を携え、熊の魂を山とタイガ《パル・ウィ》の神《ズング》のもとへ導くために旅立つのだ。いけにえを捧げるための聖所に若干の供物《モス》を取り分け、

†ゴイはサハリン種のサケ・マス類の魚で、イトウに似る。重さは五〇キログラムに達する。

残りはすべて客が食べる。主人側がほんのひと切れを口に入れるだけだ。そのあと、客が肉をのこらず平らげるのだが、肉は大量にある。ケヴォングの次男、腕の良い幸運なウィキラークが仕留めた熊は大物だったから。

父さんカラス！
父さんカラス！

女たちは自分の仕事を心得ていた。てきぱきと自分の仕事をこなした。人々はゆっくりと長老の冬の家《トラフ》に近い祭りの広場へ向かう。最初に来た人々が雪を踏み固め、少し遅れて来た人々もこの単純な仕事に加わった。客が雪を踏み固めて、広場は出来上がった。人々は今日、誰が一番力持ちで、敏捷で、狙いが正確かを知るのだ*。

大きな焚き火の周囲に、人々はてんでに腰を下ろした。朝飯時になった。

タルグークは客の間をまわって各人の前に指四本分の厚さがある板状の供物《モス》を置いた……。

だが、長老の冬の家《トラフ》は沈黙している。シャーマンの言葉を待っているのだ。カスカジークも待っていた。彼は焦ってはいなかった。アヴォングたちはしきたりどおりにするほかないのだ。分別のある人間なら誰だって山とタイガの神《パル・ウィズング》の憤怒を自分の一族に招くようなことはしまい。クターンに語らせるがいい――夜中に賢明な先祖の霊と話をしたのだから。語らせるがいい。そしてもしクターンが深い雪の下のネズミをかぎつけたキツネのように策略に走るなら、その時はケヴォングの長老が黙ってはいない。

　長老の冬の家《トラフ》から、最初にヒルクーンが、続いてニヨルグンとチョチュナーが出てきたとき、ただ飯にはいつだって喜んで飛びつく大勢の見物客たちが賑やかに朝飯を食べていた。彼らに続いて他の者たちも出てきた——足のしびれをほぐそうとして。ヒルクーンは四方に並べた棒で仕切られた聖なる焚き火の場所へ向かっていく。人々は悟った。いまヒルクーンは客に構っていられず、熊の神聖な部位《ウィフラフ》を焼く仕事にとりかからねばならないのだ。

　チョチュナーとニヨルグンは笑顔を見せていた。ニヨルグンはヤクートのチョチュナーに、客たちがどの氏族、どの村の出身であるかを教えてやった。

「この男はポトヴォの者だ。こっちの連中は」と、ひどい身なりの年寄りたちを指して言う。「チルヴォの者だ。連中のところにはテンがいくらでもいるのに、宝の持ち腐れだ。寒さに震えて襤褸《ぼろ》をまとい、ただじっとしているだけなんだ。チモーシャはあそこまでは行けないからな。ここはトナカイなしじゃ駄目なのさ」

　人々の間をまわりながら、ニヨルグンはなおもチョチュナーに氏族と集落の名前を教えてやった。チョチュナーは招待のあるなしに拘わらず客たちと近づきになり、ニヨルグンにこう伝えてくれと頼んだ。〈ニヴフの全集落の人たちに知ってもらいたい。チョチュナーは善い心をもってニヴフの土地にやってきた。ニヴフの苦しい生活を援助したいと願っている。今は爺さん

＊熊祭りでは、犬橇競争、格闘技、縄跳びなど、さまざまな競技が行われる。

や曾爺《ひいじい》さんの昔とは時代が違う。魚皮でつくった服を着ているニヴフもまだいるが、ラシャ地の服の方が暖かいし、着心地がよく、長持ちする。ニヴフはまだ括り罠を使ってテンを捕っているが、鉄の捕獲具の方がよく捕れるし、頑丈だ。弓や槍を使って狩りをする者がまだ大勢いるが、銃の方がいいし、獲物も多く手に入り、確実だ。多くの集落では鍋や鉄製の容れ物が不足している。針や斧、鋸、ナイフ、漁網が不足している。チモーシャは長衣一枚につき四十匹から四十五匹のテンを要求しているが、これは法外に高い！　タイガのニヴフよ！　川沿いのニヴフよ！　お前さんたちは商品を手に入れるために貪欲なペテン師商人の所まで出かけて行く必要はなくなるだろう。必要な商品は、チョチュナーの方から運んで来る。トナカイに積んで運んで来る。テンやキツネをロシア人や満州人の強奪商人に渡すのを急がないでくれ。お前さんたちのテンに正当な値をつけるのはニヴフの善き友人、チョチュナーだけだ。毛皮を持ってここに来た者は、自分ではっきりと分かるだろう。ヤクートはニヴフと同じように正直で、ニヴフと同じように善良だ。さあ、こっちへ来てくれ！　まずは一杯、陽気の水を飲んでくれ。何も持ってこなかった人たちも。チョチュナーは気前がいい、チョチュナーは親切だ、誰にでもご馳走するぞ！〉

カスカジークは頭がかっと熱くなるのを感じた。小声で問いかけた。

「何をしている、皆の衆？　何をしているんだ？　神聖な熊祭りを商いの場に変えてしまうとは！」

全員に酒が注がれた――老人にも若者にも、男にも女にも。大きなコップが皆の間をめぐり、空になると再び満たされた。飲んでくれ、ニヴフの友人たち！　ヤクートは誰にでもご馳走してやるぞ。毛皮を持参した者にも、運を逃がした者にも。飲んでくれ、食べてくれ。このあとニヴフの友人が、持ってきた品物を披露するぞ。

……ニヨルグンが呼ばれたのは、忙しくしている最中だった。シャーマンは言った。こんな言葉だった。長いこと助言者《テフング》の霊と相談したが、結論はこうだ。精霊たちは、ウィキラークとニヨルグンの両者を共に憐れんでいる。二人とも滅亡のふちにある弱小氏族の人間だ。公正であるべく、二人に自分たちで決めさせよ。助言者《テフング》の霊は言った。〈棒術《ザル・チャル》で決めさせよ〉

ニヨルグンは勝ち誇ったような目で周囲の人々を見まわした。その視線はウィキラークを捉えた。父親の隣に座り、その背中に隠れようとでもしているようなウィキラークの姿を。

「駄目だ！　駄目だ！」カスカジークは叫んだ。「息子は疲れきって、腕を動かすこともできんのに、お前さんたちは息子を闘わせようというのか。いいや、そんなことはさせん！」

エムラインは落ち着きはらって答えた。

「お前さんも交霊に立ち会ったじゃないか。自分の耳でシャーマンの言葉を聞いたじゃろう」

「息子はお前さんたちの試練に耐えてみせたぞ！　しっかり耐えてみせたぞ！　それに、わしとお前さんとは、エムラインよ、草結び《チヌィル・ユプト》による婚約の聖なる儀式を行ったのだぞ。聞いているのか、エムライン？」

だが、カスカジークに耳を貸す者はいなかった。

それじゃ、あの夢は？　タルギンの助言は？　ついさっきまで自分が勝ちだと思っていたのに。どんなろくでなしであれ、熊の魂を送り出すという神聖この上ない儀式を侵すことは決してないと考えていたからだ。カスカジークの父親の時代も、エムラインの父親の時代もそうだった。カスカジークの祖父とエムラインの祖父の時代もそうだった。地上に最初のニヴフが現れた日からずっとそうだったのだ！

　それなのに、連中は何をしている？　アヴォングは大昔からつづくニヴフの氏族ではないか。連中に何が起きているのか？　悪い精霊たちに取り憑かれたのだ。悪い精霊たちが連中から人間らしい魂を奪ってしまったのだ。そうでもなければ、こんなやり方はどうにも説明がつかない。長老のエムラインとシャーマンのクターンは、ケヴォング一族から嫁を奪おうとしているのだ。

　ティミ川上流のヴィスクヴォ村の一族に長男を遣わして助けを求めようという考えが、ちらりと頭をよぎった。ヴィスクヴォング一族は求めに応じてくれるだろう、ケヴォングの婿の氏《ウィム》族《ヒ》なのだから。カスカジークの娘のイニギートは、ヴィスクヴォング一族のために沢山の子供を成したのだから……。

　呼びさえすれば、駆けつけてくれるだろう。槍と弓をもって、あるいは銃をもって。だがそうなると、血が流される。またしても血が流されるのだ！……

長老の冬《トラフ》の家の外にいた者は、そこで起きたことのすべてを知ることはできなかった。しかし、事の次第はこうだったという噂はすでに広まっていった。ケヴォングたちは主人側の要求した試練をすべて遂行し、幸運は彼らに味方した。しかもずっと以前に、聖なる草結び《チヌィル・ユ》による婚約《ブト》の儀式が行われている。だから、ラニグークがケヴォング一族のものであることには疑問の余地がない。ところがエムラインの取った行動は実に不誠実なものだった。人々はエムラインが買収されたのだと受けとめていた。

見たところラニグークは、長老の冬《トラフ》の家で何が話し合われているのか無関心な様子だった。自分には関係のないことだと。ウィキラークはラニグークが自分の集落に来てくれるよう、あらゆることをしたのだ。母親はしきたりは決して破られることはないと言っていた。そして今ウィキラークは胸の内に勇者の心があることを世間に証明して見せたのだ。それなのに父親と兄たちが聖なる冬《トラフ》の家にこんなに長く居るのは、ヌガクスヴォから来たニヨルグンの申し出を角《かど》が立たぬよう丁重に断らねばならないからだ。ケヴォング一族は立派な結納品をくれたから、もしニヨルグンが贈り物を返してくれと要求したら、その結納品の一部を与えたらよい。いずれにせよ、父はそうするだろう……。

白樺の木の下で
白樺の木の下で

若いライチョウが
丸くかがんだかと思うと、
また草の上に現れる……

ラニグークは長老の冬の家《トラフ》からニヨルグンが出てくるのを見た。滑らかに削り上げた棒術用の棒を両手でつかんでいる。ラニグークはよく棒術の試合を見たことがある。リギャインは特にこの棒術が好きだった。近隣の集落の同年代の者が遊びに来たり、彼らの集落を訪ねた時には、棒術を挑む機会を逃さなかった。大きな集落では若者たちは皆、巧みに棒を操る。敏捷さを競う棒術は、どこでも好まれていた。

熊祭りで棒術の試合が始まったのだろうとラニグークは思った。

でも、どうしたのだろう？　同じような棒を持ってウィキラークが現れた。そのあとから威厳のある老人ふたりが出てきた。なぜか厳しい顔つきで、陰うつにさえ見える。

ニヨルグンは踏み固められた祭りの広場に進み出た。そして、衣服で動作が窮屈にならないように、帯を下げた。両足を広げ、棒を両手で眉の高さまで持ち上げた——かかってこいと誘っているのだ。ウィキラークはニヨルグンの真向いに立ち、棒をさっと振った。

彼の動きはぎごちなかった。いや、闘いを恐れていたのではない。巨大で強力な熊を打ち負かすという大きな試練を見事に乗りこえた後、この試合をする気にならなかったのだ。それに手も足も、言うことを聞かなくなっていた。

確かにカスカジークは、何が起こるか分からないと思っていた。しかし、こうした展開は予期していなかった。ケヴォングの長老は、そんなにひどい負け方はしないだろうと思っていた……。いや、まだ負けたわけではない。まだ望みはある……。息子は一撃をくらわせるに違いない。この男の頭に一撃を。男は、何年も前にケヴォング一族が流血の闘いの末に、その由緒ある一族の血を絶やさぬ権利を勝ち取った相手、あの強大なヌガクスヴォング一族の子孫なのだ……。

戦う二人を野次馬たちが取り巻いた。ひまつぶしに叫ぶ者もいれば、煽り立てようとする者もいた。

ウィキラークは力を振りしぼり、一撃を加えた。棒がふたつに折れてしまった。〈ひびの入った棒を寄越したんだ〉――ぞっと寒気をおぼえた。

ラニグークはほかの者たちに後れて初めて知った――これは競技ではなく、闘いなのだ！　自分をめぐる闘いなのだ。ミザクラの棒を放り出してその場から走り去ろうとしたが、雪にはまり込んでしまった。かすかな希望がラニグークを騒然と喚声を上げる群衆の方へ引き戻した。

しかし、近づいたラニグークが目にしたのは、ニヨルグンの一撃を受けてぐらりとよろめく婚約者の姿だった。ウィキラークは折れて端の裂けた棒につかまり、少しの間揺れ、そして倒れた。

鳴りをひそめた集落の上を、つんざくような悲鳴が上がった。人々が見る前で、ラニグークは冬の家《トラフ》へ駆け込んだ。真新しい男物のトナカイ靴を抱えて飛び出し、ケヴォングの橇道に向かい、力を限りに橇道を駆け出した。

「ハ・ハ・ハ・ハァー！」

リヂャインは笑い、ふざけたように妹の方を指さした——「馬鹿ものが！　遠くまで逃げられるものか！」

リヂャインは素早く慣れた手つきでアゴヒゲアザラシのベルトをくるりと巻き、橇の方に投げ、犬たちを橇につないだ。ニヨルグンはしきたりどおりに振る舞い、敗れた相手の頭を包帯でくるんだ。

人々はそれぞれ家路についた。そしてカスカジークだけが、髪を振り乱した哀れな姿で、無数の足で踏みしだかれた雪の上に座り込み、両手を振り上げて問いかけていた。

「何ということが起きたのだ、皆の衆！　この世の中はどうなってしまったのだ？　どうなってしまったのだ？　ああ、皆の衆よ！」

（完）

訳者あとがき

ウラジーミル・サンギ（一九三五―）はサハリン北部の町、ノグリキに暮らすニヴフの作家である。ニヴフはサハリンを含むロシア極東に居住する北方先住民族のひとつであり、「ニヴフ」は「人間」という意味のニヴフ語。自分たちの民族を「ニヴフ」と自称していたが、他の民族からは長く「ギリヤーク」と呼ばれていた。サハリン北部とアムール河下流域を主な生活圏とし、人口は両地域を合わせて四五〇〇人ほどといわれている。古くは狩猟・漁撈により食料と日用品を自給していたが、二十世紀初頭から生活様式の近代化が進み、今ではニヴフの人々の生活は地方に住むロシア人の生活と変わらない。

サンギの最初の本『ニヴフの伝説』は一九六一年にサハリンで刊行された。書き手としての力量と民族色豊かな内容は中央の文壇からも高く評価され、作家としての地位を確立した。六〇年代から七〇年代にかけて、詩、短編、長編をつぎつぎに発表し、一九八五年には長編『ケヴォングの嫁取り』を含む作品集『ルンヴォ集落への旅』によってロシア国家賞を受賞している。作家になったいきさつについてサンギは「文学作品に登場する北方の人々の姿は、実際とはちがってエキゾチックな興味から書かれていることが多い。ありのままの姿を自分で描きたいと考えた」と語っているが、この言葉のとおり、作品のテーマはもっぱら北方先住民族、とりわけ、ニヴフ民族である。

私がサンギと最初に出会ったのは一九九七年、網走市の道立北方民族博物館で開催されたサンギの講演会のときだった。ニヴフ民族の生活圏と文化の保存を訴えるサンギの話を聞きながら、この作家が書くニヴフの物語を翻訳・刊行したいと考え、本人に相談してみた。快諾を得て一九九九年に、六つの短編を収めた『サハリン・ニヴフ物語――サンギ短編集』(北海道新聞社)を出すことができた。短編集を出して十年ほどたって、私はふたたびサンギの作品、今度は長編『ケヴォングの嫁取り』を読み始めた。網走で出会ったとき、サンギが言っていた言葉が気にかかっていたのだ。「出してほしい長編がひとつあるのだが……」。ニヴフの歴史、伝統文化、生活をパノラマ的に広く取り上げた作品だ」。その長編を読んでいた二〇一一年八月に、北海道のある村の学童グループに同行してサハリンにいくことになった。グループの食事でユジノサハリンスク市内のレストランに立ち寄ったとき、偶然、そのレストランに居合わせたサンギと再会したのである。ニヴフ集落復活の活動を語る氏は、いくらか痩せて白髪もうすくなっていたが、眼光はするどく、意気盛んだった。この偶然の再会は、長編の翻訳を促すものに他ならないという気がした。帰国して私は、ようやくこの長編の翻訳にとりかかった。

『ケヴォングの嫁取り』で描かれている時代は、一八八〇年代後半から一九一〇年代前半。シベリア鉄道が着工されるなど、ロシアが本格的にシベリア・極東の開発にのりだし、その後、第一次世界大戦が始まり、革命を目前にした時期である。北方先住民族の人々の伝統的な暮らしは、ロシア化という時代の波に呑みこまれて、大きく変貌する。大規模な入植と開発、商品経済の浸透により人々は従来の居住地や生業を失い、古来の文化、信仰やしきたりは次第に衰退していく。

歴史上のこの時期に焦点があてられ、サハリン・ニヴフのケヴォングという一族の嫁取りのストーリーを軸に物語は展開する。『ケヴォングの嫁取り』ではさらに、富と権勢を渇望するヤクート商人の活躍というニヴフ社会の外部で展開するストーリーがもうひとつの軸になっている。物語の最後でこの二つの軸が交差する。作者は「先進文明」の侵入に揺さぶられるニヴフ社会を内側と外側から複眼的にとらえて示し、リアリティーのある重層的な物語に仕上げている。

サンギの代表作ともいえる長編『ケヴォングの嫁取り』が最初に発表されたのは一九七五年、「民族友好」(三月号、四月号)誌上だった。長編は二年後に大幅に加筆され、この長編を中心に編まれた作品集『ケヴォングの嫁取り』(イズヴェスチヤ出版所、一九七七年)が出版された。今回の翻訳は、二〇〇〇年にサハリン図書出版所(ユジノサハリンスク)から刊行された二巻本選集を底本とし、さらに他の版も参照している。単行本収録時の主要な加筆部分は二つある。ひとつは、チェーホフやピウスツキといった著名な知識人とサハリン知事を登場させ、「ギリヤーク」について語らせる場面。初出に比べてニヴフたちと外部社会の関わりがより鮮明に描かれている。もうひとつは、ニヴフ独自の伝統文化の描写をさらに充実させた箇所。昔話や言い伝え、少女の即興の恋の歌、切々と心情を訴える族長たちの即興の歌などが書き加えられた。加筆によって、ストーリーのテンポの良い流れがいくぶん滞る感じもあるが、ニヴフの口承文学の豊かさと、詩歌の才能に秀でたニヴフ民族の特性をよく伝え、物語に鮮やかな彩りを添えている。

作者の話によれば、作品に描かれた時代は作者の曾祖父の時代であり、「ケヴォング」は架空の名称ではなく、作者自身が属する氏族のことだという。歴史学や民族学になじみの薄い者にとっても、作者のすぐれた造形力によって生き生きと描き出された登場人物たちをとおして、この時代に先住民族が置かれた状況を見ることができる。それは、北海道のアイヌの人々をはじめとして、世界のさまざまな地域で先住民族がたどった運命とも重なる。この長編を訳しながら、第二次世界大戦の終戦前にサハリン中部の日本領内に住んだニヴフやウイルタの人々のことを思わずにいられなかった。日露の国境を行き来して暮らす人々は、日本によって皇民化教育をうけ、その多くがソ連領内の偵察活動に従事させられた。彼らは戦後、ソ連当局から罪に問われてシベリアに送られ、抑留を生きのびた人々はわずかだった。その一部はサハリンへ戻ったが、一部は北海道に移り住み、異郷の地で身をひそめるように暮らしたのである。

サンギはニヴフのフォークロアと言語の分野でも重要な仕事をしている。レニングラード教育大学を卒業したあと、サンギの生活拠点はサハリンとモスクワに移るが、最初にサハリンに帰ったのは一九五九年。ニヴフの生活は急速にソヴィエト化が進んでいたが、当時はまだ、ニヴフ語に堪能で古い風習やしきたりに明るい人々、伝説のすぐれた語り部が旧集落に生存していた。サンギは、この時代に居合わせた者として、これらを記録・伝承することは自分の使命だと考え、旧集落を訪ね歩いて精力的に言葉と昔話を収集した。サンギは言語学者との共同作業を経て、ロシア文字をもとに独自のニヴフ文字を考案し、学校用のニヴフ語教本を作成している。

サンギは近年、文学創作のペンを脇に置き、仲間や家族と共にニヴフの昔ながらの集落を復活させるプロジェクトに取り組んでいる。サハリン州政府から土地を獲得し、橇用の犬を育て、サケを獲り、アザラシを捕獲し、言葉や昔話を新しい世代に広める取り組みである。環境を汚染する大陸棚の石油・ガス開発に抗議の声を上げるなど、先住民族の権利を擁護するサンギの活動は国際的にも知られている。

二〇一三年には、長年の叙事詩研究の集大成である『サハリン・ニヴフ叙事詩』をニヴフ語とロシア語の併記により刊行した。モスクワとユジノサハリンスクで行われたプレゼンテーションの場で「私は民族に対する責務を果たしたのだ」と語っている。

二〇一五年三月十八日、サンギは八十歳の誕生日を迎えた。この日に合わせてパリのユネスコ本部では「サハリン・ニヴフの文化・言語遺産の保存と普及」の会議が開かれ、サハリン代表団と共にサンギが招かれて傘寿の祝賀会が催された。

「サハリンのドンキホーテ」とすら呼ばれるサンギの不撓不屈の活動が、望む成果を得ることは容易ではない。しかし、その作品を読むとき、サンギが失うまいとしているものは、他ならぬ私たち自身の共有の富であることを知るのである。

本書の翻訳には二年三ヶ月を要したが、刊行に向けての夫・岩浅武久の協力はありがたかった。出版の機会を与えていただき、数多くの貴重なアドバイスをいただいた群像社の島田進矢氏に厚くお礼申し上げます。

田原佑子

ヴラジーミル・ミハイロヴィチ・サンギ
1935年、サハリン州ノグリキ生まれ。レニングラード教育大学（サンクトペテルブルグ）を卒業し、故郷のサハリンで『ニヴフの伝説』を執筆した。その後モスクワに居住し、散文作品集、詩集を次々に発表。1985年に『ケヴォングの嫁取り』を含む作品集『ルンヴォ集落への旅』でロシア国家賞を受賞、北方先住民族の作家として高く評価される。ペレストロイカ以後、サハリンに移住し、ニヴフの文化を伝えるプロジェクトに取り組む。先住民族の権利を守る活動は国際的にも広く知られている。

訳者　田原佑子（たはら ゆうこ）
サハリン（樺太）のコルサコフ（大泊）生まれ。大阪外国語大学ロシア語学科卒業、早稲田大学大学院（露文専攻修士課程）修了。訳書にサンギ『サハリン・ニヴフ物語』（北海道新聞社）、ピークリ『オキヌさんの物語』（共訳、恒文社）がある。札幌市在住。

群像社ライブラリー35
ケヴォングの嫁取《よめと》り

2015年11月25日　初版第1刷発行

著　者　ウラジーミル・サンギ
訳　者　田原佑子

発行人　島田進矢
発行所　株式会社 群 像 社
神奈川県横浜市南区中里1-9-31 〒232-0063
電話／FAX　045-270-5889　郵便振替　00150-4-547777
ホームページ　http://gunzosha.com　Eメール　info@gunzosha.com
印刷・製本　モリモト印刷

カバー写真／小原洋一
扉絵／V.ペトロフ（『ルンヴォ集落への旅』、ソヴレメンニク出版所、1985年）

Санги, Владимир Михайлович
Женитьба Кевонгов

Sangi, Vladimir Mikhailovich
Zhenit'ba Kevongov

ISBN978-4-903619-56-9

リス　長編おとぎ話
アナトーリイ・キム　有賀祐子訳　獣の心にあふれた人間社会で森の小さな救い主リスは四人の美術学校生の魂に乗り移りながら、生と死、過去と未来、地上と宇宙の境目を越えた物語を愛する人にきかせる。重なりあう言葉の音色が響く朝鮮系ロシア人作家の幻想的世界。　ISBN4-905821-49-5　1900円

春の奔流　ウラル年代記①
マーミン＝シビリャーク　太田正一訳　ウラル山脈の山合いをぬって走る急流で春の雪どけ水を待って一気に川を下る小舟の輸送船団。年に一度の命をかけた大仕事に蟻のごとく群がり集まる数千人の人足たちの死と背中合わせの労働を描くロシア独自のルポルタージュ文学。　ISBN4-905821-65-7　1800円

森　ウラル年代記②
マーミン＝シビリャーク　太田正一訳　ウラルでは鳥も獣も草木も、人も山も川もすべてがひとつの森をなして息づいている…。きびしい環境にさらされて生きる人々の生活を描いた短編四作とウラルの作家ならではのアジア的雰囲気の物語を二編おさめた大自然のエネルギーが生んだ文学。　ISBN978-4-903619-39-2　1300円

オホーニャの眉　ウラル年代記③
マーミン＝シビリャーク　太田正一訳　いくつもの民族と宗教人種が煮えたぎるウラル。プガチョーフの叛乱を背景に混血娘の愛と死が男たちの運命を翻弄する歴史小説と皇帝暗殺事件の後の暗い時代の影に包み込まれていく家族を描いた短編が映し出すウラル人の姿。　ISBN978-4-903619-48-4　1800円

裸の春　1938年のヴォルガ紀行
プリーシヴィン　太田正一訳　社会が一気に暗い時代へなだれこむそのとき、生き物に「血縁の熱いまなざし」を注ぎつづける作家がいた。雪どけの大洪水から必死に脱出し、厳しい冬からひかりの春へ命をつなごうとする動物たちの姿。自然観察の達人の戦前・戦中・戦後日記。　ISBN4-905821-67-3　1800円

価格は税別